잇츠
빌런스 코리아

잇츠 빌런스 코리아 5

초판 1쇄 인쇄일 2023년 4월 11일 | **초판 1쇄 발행일** 2023년 4월 14일

지은이 초촌 | **펴낸이** 곽동현 | **담당편집 팀장** 이범수
편집부 정요한 김승건 조혜진

펴낸곳 (주)조은세상 | 출판등록 제2002-23호
주소 서울특별시 동작구 동작대로1길 27 5층
TEL 02)587-2966 | FAX 02)587-2922
E-mail bukdu@comics21c.co.kr

ISBN 979-11-391-1702-8 | ISBN 979-11-391-1390-7(set)
값 9,000원

5

북두
(주)좋은세상

잇츠 빌런스 코리아

초촌 현대판타지 장편소설

초촌 현대판타지 장편소설

MODOERN FANTASY STORY

CONTENTS

Chapter. 33

Chapter. 33

탁탁탁탁.

"허억, 헉헉, 헉, 헉, 헉……."

한 남자가 삼청동 골목길을 정신없이 뛰고 있었다.

숨이 턱까지 찼는데도 멈추지 않고 좁은 골목길 사이를 이리저리 통과하며 달리는 남자는 오른손에 조그만 태블릿 PC를 들고 있었다.

"허억, 헉, 헉헉헉."

더는 못 뛰겠다 싶은 순간 누군가의 외침이 뒤에서 들렸다.

"저쪽이다! 저쪽이야!"

남자는 다시금 어금니를 질끈 깨물었다.

"제길. 허억, 헉헉헉……."

몸은 이미 녹초였다.

머리에서는 땀이 쉴 새 없이 주르륵주르륵.

뒤를 쫓는 놈들은 몸으로 먹고사는 인생들이었다.

이대로 가다간 잡히겠다 싶었던 남자는 주변을 급히 둘러보았다.

유달리 담이 높은 집들 사이로 보이는 건 재활용 분리수거 종이 박스 더미였다. 일은 순식간이었다. 태블릿 PC를 박스 더미 가운데로 쑤셔 넣는 손.

멈칫. 이게 맞나? 남자가 잠시 갸웃댔다.

판단이 서질 않는다. 자신이 돌아올 때까지 혹은 누군가를 보낼 때까지 이게 이대로 있을까?

"저기다! 저기 있다!"

그러나 고민할 시간이 없었다. 태블릿 PC는 이미 박스들 틈으로 들어가 있고.

입술을 깨문 남자는 몸을 돌려 뛰었다. 지금 최우선으로 할 일은 저놈들을 이 박스 더미에서 멀리 떨어뜨려 놓는 것이다.

남자가 사라진 후 1분쯤 지나 검은색 양복을 입은 이들이 그 골목에 들어왔다.

"휘유~ 거 새끼 되게 빠르네. 살집도 있어 보이는 놈이 뭐 이렇게 잘 뛰냐."

"글쎄다. 아유~ 나도 오늘 당직 바꿔 주는 거 아닌데. 하필 이때 비상이 떨어지냐."

"근데 무슨 일이래?"

"몰라. 그냥 잡아 오라잖아."

"그냥?"

"응."

"씨벌, 무슨 일인지는 알려 줘야 우리도 최선을 다하지. 적어도 도둑놈인지, 배신자인지는 알려 줘야 진단도 하고. 무작정 잡아 오라 하면 대책이 서냐."

"몰라. 경호실장이 아까 얼마나 지랄한 줄 알아? 오늘 저 새끼 못 잡으면 곱게 집에 가긴 글렀다."

"근데 그 새끼가 여기 잠깐 머무르지 않았냐?"

"그렇긴 한데……."

있는 건 박스 더미뿐. 수상한 건 없었다.

"……."

"……."

그래도 확인해 보는 게 좋겠다 싶어 박스 쪽으로 가는데.

"너희 뭐 해?!"

뒤에서 중년의 남자가 인상을 잔뜩 찌푸린 채 다가오고 있었다.

"아, 그게……."

"빨리 안 좇아?! 이 새끼들이 지금 비상인 거 몰라?!"

"아, 알았습니다."

"야, 뛰자."

검은색 양복 두 사람이 급히 골목길 사이로 사라지자 중년 남자도 잠깐 종이 박스를 보고는 뒤따라 사라졌다.

그리고 10분 뒤.

홍얼홍얼 리어카를 끄는 노인이 주변을 지나다가 종이 박스 더미를 보고는 이게 웬 떡이냐고 달려들었다. 이 근방은 경쟁자가 많아 타이밍이 맞지 않으면 빈손으로 지날 때가 많았는데 오늘따라 이 좋은(비싼) 박스들이 생으로 쌓여 있었다.

마음이 바빴다. 딴 놈들이 오기 전에 챙겨야 한다.

쌓인 박스를 하나하나 해체해 실으며 이런 일이 자주 있으면 얼마나 좋을까? 생각하는데.

툭. 박스 사이에서 무언가가 떨어졌다. 시선이 쏠린 건 본능이었다.

평면의 하얀색 물건이다. 태블릿 PC.

노인은 이게 무슨 일인가 싶어 들고 살펴보다 멈칫, 주변을 급히 살폈다. 그러고는 쌓인 박스는 내버려 두곤 서둘러 자리를 피했다.

…………

…………

◇ ◆ ◇

"이 정도면 성공적이라 할 수 있겠네요. 모두 수고했습니다."

"와아~~~~~~~~~~~~~."

"와아~~~~~~~~~~~~~~~~~."

참석자 전부 일어나 박수로 환호성을 질렀다.

이곳은 옛 구룡마을 터이자 현 미래바이오 단지로 불리는 양재대로 478번지였다.

그곳 가장 높은 장소에 자리 잡은 미래 청년당 중앙 당사엔 기천 명이 모여 승리의 기쁨을 누리고 있었다.

파티였다. 한식, 양식, 중식, 일식을 망라한 뷔페가 일렬로 깔려 식욕을 자극하고 가지각색 주류도 넘쳐 났다. 하늘은 청명했고 햇살은 눈부시다. 각자의 잔에 가득 담긴 샴페인은 그 햇살을 받으며 찬란하게 빛났다.

하지만 누구도 그런 빛에 현혹되지 않고 단상에 선 장대운을 바라보았다.

이 자리를 있게 한 가장 중요한 순간이다.

숨죽이며 기다리길 얼마나 됐을까?

마침내 장대운이 잔을 들어 올리며 성공을 선언하였고 모두가 잔을 추켜올렸다. 기쁨의 환성을 질렀다.

승리했다고.

2016년 4월 13일에 열린 제20대 국회의원 선거는 유권자들의 분노와 실망이 그대로 표출된 선거였다.

주시정호의 한민당, 황희만호의 민생당, 그리고 장대운호의 미청당 3자 대결 구도로 점쳐지는 가운데 정민당의 안철순호도 살짝 언급되긴 했지만 그다지 유의미한 결과는 내지 못한 채 끝났다.

이번 선거로 미청당은 118석을 차지하며 명실공히 원내 제

1당으로 자리매김하게 되었다.

분열된 민생당은 전혀 힘을 쓰지 못했고 한민당은 50대 콘크리트 지지층에 금이 가며 큰 자산을 잃었다.

한민당이 패배한 원인은 크게 다섯 가지였다.

2015년 연말에 터진 일본과의 위안부 합의.

메르스 사태에 대한 미비한 대처.

치솟는 물가 상승. 부동산 문제. 청년 실업난.

날이 갈수록 안하무인 격으로 변하는 한민당의 행태에 분노와 실망을 감추지 못한 수도권과 영호남 민심이 대번에 미청당으로 몰리며 미청당 의석수가 단번에 2배 가까이 뛰었다.

무소속의 반전도 컸다. 20석이나 나오며 파란을 일으켰다.

전 제1당이자 여당이었던 한민당은 82석으로 추락했고 쪼개진 민생당은 57석, 안철순의 정민당은 10석, 자정당 등 작은 당들이 13석을 나눠 가지며 끝났다.

미청당의 시대가 열린 것이다.

"고생 많으셨습니다. 대표님."

"뭘요. 권 원내대표께서 수고 많으셨죠."

2008년까지 구의회 의장직을 유지했던 권진용은 2008년 제18대 국회의원 선거에서 강남구 을에 당선되며 국회의원의 길을 걷게 됐고 이번 선거에서도 당선되며 3선 의원이 됐다. 그의 유산은 예전 강남구 구의회 부의장이었던 성백선이 이어받았다.

'이제 완전히 자리 잡은 것 같군. 당 전반에 흐르던 불안감이

거의 사라졌어. 이전과는 달리 한층 더 견고해진 기분이야.'

장대운도 미래 청년당이 궤도에 오른 느낌을 받았다.

중앙 당사에 모인 기천 명은 각 지역 국회의원, 시장, 구청장, 시의원, 구의원들이었다. 2001년 정치판에 뛰어들어 온갖 고난을 넘으며 이룩한 자산들.

저들의 잔이 부딪치는 소리가 울렸다.

하하하. 호호호. 보기만 해도 배부르고 흐뭇한 장면이라.

장대운이 별말 없이 웃고만 있자 권진용은 미소로 한 발 더 다가왔다.

"기쁘십니까?"

"예, 아주 많이요."

"대표님이 기쁘시다니 저도 기쁩니다."

"15년이 걸렸네요. 이 장면을 보는데."

"앞으로는 더 커지겠죠?"

"일단 과반수까지만 가져가 보죠."

"그리될 겁니다."

"……."

"……."

"……."

"……."

"……우린 방심하지 않을 겁니다."

"걱정 안 합니다."

장대운은 만면에 미소를 띤 권진용을 신뢰 가득한 눈빛으로 보았다.

"맞아요. 오늘부터 우리가 1등의 프리미엄을 차지하겠죠?"

"예, 한민당은 그동안 누려온 모든 혜택을 내려놓아야 할 겁니다."

"기분인데 의석수 분석 놀이나 해 볼까요?"

"그런 놀이는 백 번 해도 좋습니다."

서울 지역 국회의원 전체 의석수는 49석이었다. 인천은 13석, 대전은 7석, 세종 2석, 대구 12석, 부산 18석, 울산 6석, 광주 8석. 경기도는 59석, 강원도 8석, 충북 8석, 충남 11석, 경북 13석, 경남 16석, 전북 10석, 전남 10석, 제주 3석이라.

총 253석으로 나머지는 비례대표였다. 이중 수도권이 121석이었는데 60석을 미래 청년당이 가져왔다.

더 고무적인 건 조 단위 자금을 들여 대전, 광주, 대구, 부산에 건설한 미래 청년당 지역 당사에서도 국회의원이 나오기 시작했다는 것이다.

특히나 철통같았던 광주에서 미래 청년당 국회의원이 세 명이나 배출됐다. 광주지역당 당회장이었던 서미현은 현재 광주시장이다. 가히 괄목할 만한 성장.

성공 원인에 대한 분석도 꽤 많았는데…… 장대운과 장대운의 돈, 장대운의 사람들 외에도 아주 많은 이들이 미래 청년당 성공의 핵심으로 꼽는 게 있었다.

바로 미래 청년당의 독특한 인재 개발 시스템이었다.

- 미래人 프로그램.

도종현이 기획하고 미래 청년당이 전적으로 투자한 대한민국 정치 개조 프로젝트로서 전 세계에서도 유사한 사례를 찾아볼 수 없을 만큼 특별한 프로그램이었다.

혹자는 이 프로그램에 대해 이런 말도 남겼다.

- 미래 청년당의 '미래人 프로그램'이야말로 누구든 정치에 참여할 수 있다는 민주주의 원리를 가장 근접하게 구현해 낸 장치이다.

당신에게 필요한 건 청렴한 의지와 열정뿐.

나라와 민족을 위해 이 한 몸 바쳐 보겠다는 각오가 선 사람은 누구든 오라.

그 외 나머지 것은 미래 청년당이 책임진다. 보좌진, 운동원, 당선 전략에 선거 비용까지 전부.

당선 후에도 프로그램은 끝나지 않았다. 원활한 국정 운영을 위한 비서진, 법률 서비스 등등 애프터서비스가 기다리고 있었다.

- 뭐라고? 정치하는 데 돈이 필요 없다고?

공천받으려 몇 천씩, 몇 억씩 찔러주고 그놈들 집안 대소사까지 다 챙기지 않아도 미래 청년당에 들어가면 돈 없는 놈도 빽 없고 명성 없는 놈도 정치할 수 있다고?

서미현이 그 대표적인 수혜자였다.

대외 활동 경력 전무의 가정주부인 그녀가 오직 의기 하나로 2010년 광주시장에 당선됐고 2선을 역임하면서도 지금껏 어떤 물의도 일으키지 않고 훌륭하게 시정을 수행하고 있었다. 도리어 광주시가 더 윤택해졌다고 칭찬을 받는다.

선량한 사람이 선량한 목소리로 선량한 정책으로 선량한 사람들에게 선량한 혜택을 돌려줄 수 있다는 가능성이 실천된 것.

그래서 지금 이곳에서 파티하는 이들 대부분이 판검사, 언론인, 정치인이 아닌 평범한 사람들이었다. 갓 졸업한 학생부터 청소부, 자영업자, 주부, 학원 강사, 의사 등등.

그 덕에 선거 시즌마다 미래 청년당은 수천억씩 깨지는 게 후유증이라면 후유증이라지만.

"그렇기 때문에 한민당이든 민생당이든 따라 하지 못하는 거겠지요. 아니, 세계 어떤 정당도 이걸 실천해 낼 수 있는 당이 없을 겁니다. 오로지 대표님이 계시는 미래 청년당만이 가능한 사업이니까요."

"너무 띄워 주시네요."

"진실이지 않습니까. 결국 저들도 아니, 저부터가 대표님의 키즈라고 볼 수 있는데요."

장대운 키즈라 불렀다.

장대운 키즈라는 말이 공공연하게 돌고 있었다. 장대운 키즈가 된다는 건 곧 정치인이 될 가능성이 높다고.

정작 장대운은 이 '키즈'라는 단어가 굉장히 불편했다.

그 '키즈'를 실질적으로 관리하는 자들 때문이었다.

'청운이 또 죽어 나가겠군. 이거 금일봉으로는 안 되겠는데.'

안 그래도 정보 관리로 미어터지는 판국에 사방팔방에서 후보가 쏟아져 나온다. 이들을 중간에서 검토…… 학창 시절은 어땠는지, 집안에 문제가 없는지, 회사 다니며 비리 저지른 건 없는지부터 하다 못 해 개인적 일탈, 음주 운전 경력까지 싹 훑어 거르는 이들이 바로 청운이었다.

미래 청년당 전용 필터.

1차로 청운이 선별하고 전당 대회를 통해 선거에 나갈 후보를 뽑고, 뽑은 후보를 또 2차로 심도 있게 검증하는 과정은 국정원도 두 손 두 발 들 고난도 작업이었고 그 덕에 깨끗하고 좋은 인재를 발굴할 수 있게 됐는데. 청운만 계속 죽어 나간다.

'조만간 방문해야겠어. 그래도 최후의 보루인데 너무 무심하긴 했어. 더 잘해 줘야지.'

장대운이 이런 생각을 하고 있는지도 모른 채 권진용의 말은 계속되고 있었다.

"2016년의 사회 이슈가 대 중국 정책에 있는 것도 큰 도움이었습니다. 경북 성주군에 사드 배치를 확정한 게 결정적이었죠. 물론 아직 설치된 건 아니지만, 중국이 크게 반발하고 정치, 경제, 사회, 지역을 넘어서 대중적인 문제로 부각됐습니다. 이에 따른 갈등과 분쟁도 폭발하는 상황이고요."

"으음, 맞아요. 우리가 그걸 이용했죠. 2013년 이후 밀월 관계로 가는 듯한 한중 양국이 사드 문제로 3년 만에 파열음이 생겼어요. 한중 관계의 불안정성이 높아졌다는 건 중국에 투자한 기업의 손해로 이어질 테니까요."

"이미 그리 진행되고 있습니다. 중국이 사드 배치에 대한 보복으로 한국 기업들을 압박하기 시작했으니까요. 이에 대한 한민당의 대응도 우려할 점이 큽니다."

중국이 사드 배치 확정에 대한 반발로 대 한국 경제 제재에 돌입하겠다 으르렁대자 한국 언론은 미쳐 날뛰었다.

근 한 달을 내내 중국의 경제 제재로 벌어질 한국의 손해를 분석해 댔고 내정 간섭이니 뭐니 하며 애국심을 건들어 댔다.

국민의 마음속엔 어느새 반중(反中)·혐중(嫌中) 감정이 치솟았다. 한민당 국회의원 중 어떤 놈은 11억 거지 떼라는 막말로 중국을 자극하기도 했고 중국 관영 언론도 한국 대통령의 실명까지 언급하며 날 선 비판을 해 댔다.

이럴 때 사드가 설치된다면 중국은 주변에 본보기를 보이기 위해서라도 한국에 제재를 가해야 했다.

그 사이에서 미국만 웃고. 한국은 괜히 등만 터지는 격.

'흠…… 기분 더럽긴 한데.'

막아야 했으나 일부러 놔뒀다.

2000년대에 들며 한국의 대 중국 경제 의존도는 기하급수적으로 높아졌다. 너도나도 넘어가 11억 중국을 공략하려 들었지만 정작 성공한 자가 몇이나 될까?

대부분이 탈탈 털려 한국으로 돌아온다.

지금 중국은 90년대랑 달랐다.

그때야 뭣도 모르고 아무것도 없었으니 한국에 엄지를 추켜세워 줬다지만 돈맛 보고 각성한 중국은 어느새 한국 보기를 청나라 시절 조선쯤으로 깔아 본다.

'알면서 놔둘 수밖에 없었어. 이것도 성장통이니까.'

타격이 있을지언정 죽지는 않는다.

죽지 않는다면 이도 결국 수업료를 치른 것과 같았고 이번 기회에 반드시 다각화에 들어가야 할 것이다.

한국이 살길은 언제나 그렇듯 중립 기어 박고 교섭 단체로서 정체성을 잡아야 했으니.

"북한에 대한 태도도 문제가 큽니다. 잇따른 핵 실험과 미사일 발사 논란에도 중국은 미온적인 대응만 할뿐더러 오히려 화기애애한 관계를 과시하려고 하죠. 중국에 대한 반감이 커지는 건 어쩔 수 없는 일입니다."

"음…… 일전에 그걸 풀기 위해 중국에 방문한 민생당 의원 6명은 어떻게 됐나요?"

"양국 언론 모두 냉담한 반응이었습니다. 왜 갔는지 모를 만큼 푸대접받았다고 하네요. 누가 만나 준 것도 아닌 것 같고요."

"확실히 중국이 커지긴 했어요. 수교할 때만 해도 간이든 쓸개든 다 떼어 줄 테니 오기만 하라던 나라였는데."

"아휴~ 그게 언제 적 얘기입니까? 지금 중국은 세계를 넘보고 있습니다."

안다.

진즉부터 미국의 자리를 차지할 구상을 하고 있었다는 걸.

미국도 이제 눈치챘다.

중국이 더는 어여쁜 시장으로서 남을 생각이 없다는 걸.

'이빨을 너무 빨리 드러냈어. 한 이십 년만 더 참았으면 건잡을 수 없었을 텐데. 그것이 미국이든. 러시아든.'

실로 거대한 땅덩이였다. 그보다 더 거대한 인구수였다. 구석구석에 박힌 자원은 또 얼말까? 그리고 공산당 특유의 미친 추진력은?

민주주의 나라에서는 꿈도 못 꿀 일들이 중국에서는 빈번하게 일어난다.

산을 옮기라 하면 다음 날 바로 산이 없어지는 나라.

호수를 파라고 하면 다음 날 바로 호수가 생기는 나라.

이 모든 요소가 긍정적인 바람을 타게 된다면 중국이 세계를 제패할 가능성은 굳이 석학들의 경고가 아닐지라도 널리고 널렸다. 가히 파멸적인 잠재력이니까.

하지만 그 때문에 중국은 도리어 자기 한계가 규정돼 버렸다. 안타깝게도.

어린 사자가 자라면서 점점 자기 힘을 인식하는 것처럼.

주변에 눈치 볼 사람이 없다는 걸. 자기가 제일 세다는 걸.

눈치 볼 사람이 없다는 건 폭주를 의미한다.

힘에 휘둘려, 자기 절제를 잃어버린 욕망들의 리그.

그들은 더는 미래를 보지 않았고 눈앞의 이익을 좇았다.

와신상담(臥薪嘗膽)의 고사는 내팽개쳐 버린 지 오래.

이제 겨우 사춘기에 불과한 애송이가 세계를 경영하는 40대의 완숙한 성인에게 도전장을 내민 것이다. 뒈지려고.

'와신상담이 고사로서 전해질 수 있었던 건 와신상담할 수 있는 인재가 극희귀하다는 방증이겠지. 사람이 많다는 건 호재일 수도 있지만 비열한 경쟁과 인면수심을 부추기는 악재이기도 해. 즉 중국이란 나라의 인구수는 양날의 검일 수밖에 없다.'

양날의 검을 다루는 방법은 오직 하나 절제밖에 없었다.

홍청망청 휘두르면 반드시 자신이 다치게 마련이다.

이것이 바로 현재 큰형님 미국에 까불다 호되게 처맞고 꽥꽥 소리 지르는 중국이란 나라의 현실이었다.

"또 다른 한중 갈등으로는 중국 불법 조업 문제도 있습니다. 계속되는 한국 해경과 중국 불법 조업 어민과의 다툼으로 인적, 물적 손해가 상당합니다. 해경은 M60 화기까지 배치하였다고 합니다."

배치하면 뭐 하나? 쏘질 못하는데.

답답한 얘기에 장대운은 귀에 가시가 돋는 기분이었다.

자신이 아는 중국 사용법은 이런 게 아니었다.

중국은 이런 식으로 다뤄선 끝이 없다. 계단으로 차근차근, 변두리 작은 나라의 입장에서 접근하려는 순간 되레 헤어나올 수 없는 늪에 빠져 버린다.

해결책은 하나였다.

'대가리부터 내리꽂아야 하는데 한국은 그럴 능력도, 그럴

의지도 없어.'

"중국 얘긴 그만하죠. 미국은 어떤가요?"

"찰스 그랜즐리 대통령이 건재할 때까지의 미국과 현 도람프 대통령의 미국은 급선회라고 할 수 있을 만큼 크게 달라졌습니다. 같은 공화당인데도 대 한국 정책에 대한 논의가 상당히 과격해졌습니다."

"주한 미군 주둔 분담금 얘기죠?"

"갑자기 2조 원 수준으로 올리라는 제안 아닌 명령이 떨어졌습니다. 우리 정부는 속수무책이고요."

2007년 찰스 그랜즐리는 조지 부시의 뒤를 이어 성공적으로 백악관의 주인이 됐다. 재선까지 성공했고 그렇게 미국 역사상 최초의 흑인 대통령은 존재부터 사라졌다.

같은 해 한국도 대선을 치렀는데 한민당 대표가 당선됐다. 덕분에 4대강 사업은 기획조차 논의되지 않았다. 2012년에 치러진 대선도 한민당 대표가 당선됐다. 전 대통령의 딸이라는 베네핏은 그 시대를 추억하는 이들에게 거의 신드롬 격으로 돌풍을 일으켰고 그들은 묻지도 따지지도 않고 그녀를 당선시켰다.

다시 돌아가 여기에서 문제가 되는 건 도람프였다.

2015년 미국 대통령 선거에서 당선되자마자 돌연 한국에 대한 입장을 바꾸더니 진하게 압력을 가하는 중.

그동안 좋았던 한미 동맹의 관례를 깡그리 무시하고 있다.

아 참, 세월호는 어쩔 수 없이 침몰시켰다. 배만.

"답답하네요. 도람프 같은 자들은 오히려 더 강하게 부딪

쳐야 하는데. 약세를 보이면 더 뜯어먹으려 달려들 거예요."

"저도 정부의 대처가 의문이긴 합니다. 이상하게도 대통령이 정신이 없는 것처럼 보여요. 아무 생각 없는 건지……."

"대표님, 다들 모여 있습니다."

김문호가 다가왔다.

"오, 김 비서관."

김문호는 5급 비서관이 됐다. 직책상으로 백은호와 동급. 정은희와 도종현은 여전히 4급 보좌관이다.

다가온 김문호가 한쪽 방향을 가리켰다.

"기념사진 찍으셔야죠."

"아! 식순이 벌써 그렇게 됐어요?"

"그럼요. 어서 가시죠."

"원내대표님, 가시죠."

"허허허, 그럴까요?"

멀리서 도종현과 정은희도 빨리 오라 손짓하고 있었다. 다 준비됐다고.

장대운도 권진용도 김문호도 환히 웃으며 다가갔다.

사진은 중요하니까.

"다음 스케줄은 뭔가요?"

"오필승 테크 이형준 대표께서 뵙기를 요청하셨습니다."

"강남구 사무실에서죠?"

"예."

"알겠습니다."

이동하는 중이다.

2004년 마지막 전체 회의를 기해 장대운은 오필승 그룹의 회의 참가를 삼갔다.

보는 눈이 많아진 것에 대한 의식적인 행보인데. 이슈가 있을 때마다 개별로 찾아오는 건 막지 않았다. 대부분의 일을 전결로 끝내더라도 장대운의 판단이 꼭 필요한 부분이 있으니까.

대표적으로 오필승 바이오 같은 경우였다.

설립과 건설까지 완공한 오필승 바이오의 하드웨어에 소프트웨어를 얹히는 작업 즉 제약 라이센스를 따오는 것에 대한 협상은 존 콜 마이어 대표에게 전권을 줬더라도 CEO를 넘어선 권한으로 긴밀히 협조해야 할 일이 많았다. 수수료 0.1% 하나에도 향후 수조 원이 갈릴 수도 있는 계약이었으니.

오필승 테크도 출입이 잦은 이들 중 하나였다.

미국의 DG 인베스트가 테슬라를 인수한 후부터 끊임없이 오가며 자율 주행 기술에 관한 협력을 진행했는데 명분이 좋았다. 1996년 합류한 한민호 고려대 산업공학과 교수 이래 오필승 테크의 자율 주행 기술은 세계 최고였으니까.

아마도 오늘 만남의 주 의제도 그쪽이 아닐까 생각했다.

"축하드립니다. 당 대표님."

"뭘요. 이 대표님은 건강하시죠?"

"저야 늘 기쁘게 살고 있습니다. 당 대표님 덕분에요."

"하하하하하, 이 대표님이 기쁘시다니 저도 기쁩니다."

"그러신가요? 하하하하하하, 저도 당 대표님께서 기쁘시다니 더 기쁩니다. 하하하하하하."

한참을 웃고 떠들던 두 사람은 마치 약속이라도 한 듯 금세 표정을 단속하며 본론으로 들어갔다.

"오늘의 주목적은 자율 주행 기술이 아닌 중소기업 사업 본부입니다."

"오호, 그래요?"

2004년까지 300여 개의 중소기업만 관리하던 오필승 테크 소속 중소기업 사업실이 격상해 중소기업 사업 본부가 됐고 직원만 300여 명으로 불어나 밤낮으로 돌아갔다.

2016년 현재까지 1,200여 개의 중소기업을 관리하며 지분 투자 비율부터, 사업이 제대로 돌아가는지, 어디 외압 받는 곳은 없는지, 자금을 유용하고 있는 건 아닌지, 기술력을 탈취하려는 세력이 없는지 살피며 해마다 조 단위의 예산을 들여 소속 기업을 관리하고 새로운 기술 개발에 나서는데 앞장서는 중이다.

그 일을 진두지휘하는 이형준의 표정이 오늘 아주 밝았다.

"좋은 소식입니다."

"그래요?"

"재작년에 말씀드린 세 개의 기업을 기억하십니까?"

"세 개의 기업이라면…… 아! 그들이요?"

일호 에칭, 후영 플루, 대정 리지스트.

김문호도 익히 들어 알고 있는 기업이었다.

잠시 설명하자면.

일호 에칭은 불화 수소를 개발하는 기업이다. 불화 수소는 반도체를 세정하는 물질로 일본이 세계 시장의 70%를 점유하고 한국이 수입하는 불화 수소도 95% 이상이 일본산이다.

2004년부터 오필승 테크가 일호 화학이라는 중소기업을 찾아 사명을 바꾸고 갖은 투자로 키워 왔는데 작년에 일본 제품의 95% 수준까지 따라잡았다고 하여 이형준이 보고하러 온 적이 있었다.

후영 플루는 플루오린 폴리이미드 제조 기업으로, 플루오린 폴리이미드는 불소 처리를 통해 열 안정성을 강화한 필름을 말한다. 디스플레이 제조에 쓰이는 PI 중 하나로 일본이 세계 시장의 90%를 점유하고 폴더블 스마트폰 디스플레이, 반도체 패키징, 전기차 경량화 소재. 3D 프린팅 소재 등 다양한 곳에 활용 가능한 제품이다. 이도 일호 에칭처럼 오필승 테크가 뿌리부터 갈아엎어 키운 기업이다.

대정 리지스트도 같았다.

반도체 기판 제작에 쓰이는 감광액 재료인 리지스트를 개발하는 기업으로 현재 일본이 세계 시장의 90%를 점유하고 있는데 반도체 기판 포토마스크 제작에 없어서는 안 될 필수품이라 모두 일본을 드나들기 바빴다.

세 기업 모두 반도체 관련 소부장재 기업으로 2004년부터 장대운이 부르짖은 사업 다각화와 국산화의 결과물로서 모두 2~3년 안에 일본과 본격적인 경쟁을 임해도 될 만큼 성장한 기업들이었다.

이형준이 고개를 크게 끄덕였다.

"맞습니다."

"오오, 그럼!"

"맞습니다. 게다가 이번에 세 개를 더 건졌습니다."

"세~~~개씩이나요?!"

"예!"

"어서, 어서 말씀해 보세요."

"물론이죠. 첫 번째는……."

도신유전이라는 회사였다.

파동 에너지를 이용한 폐플라스틱 분해 처리 기술을 개발한 회사라는 얘기를 들을 때까지만 해도 뭐가 뭔지 몰랐는데.

세라믹을 이용, 폐플라스틱에서 기름을 추출하는 기술이라 한다.

"예?!"

"플라스틱을 환유한다고요?!"

모두가 깜짝 놀랐다.

세라믹은 국어사전에 고온에서 구워 만든 비금속 무기질 고체 재료라고 했다. 유리, 도자기, 시멘트, 내화물 따위를 통틀어 이른다고.

이형준이 설명하기를 이 세라믹을 가열하면 고유한 파장이 나오는데 이게 폐플라스틱을 오염 물질 배출 없이 환유한다는 것이다. 그 파장의 최적화를 찾아낸 것.

여기에서 진짜 중요한 건 환유가 아닌 환유 작업 시 오염 물질 배출이 없다는 것이었다.

이게 왜 중요하냐면, 플라스틱이나 폐비닐과 같이 분해되지 않는 폐기물을 불에 녹여 다시 원료 혹은 유류로 환원하는 유화 환원 기술은 현재 전 세계적으로 연구 대상이었다. 지구 환경 때문에라도.

하지만 환경 오염 물질 배출과 고비용이라는 치명적인 단점으로 손을 놓고 있는 상황이다.

쉽게 설명해, 유화 환원을 하려면 우선 400도 이상의 열을 통해 플라스틱과 폐비닐을 녹여야 하는데.

문제는 이 열을 가하기 위해 화석 연료가 필요하고 이를 녹이는 과정에서 환경 오염 물질이 화산 분출처럼 뿜어져 나와 배보다 배꼽이 더 크다는 것.

그런데 도신유전은 열을 가했음에도 오염 물질 배출이 없다 하였다.

즉 300도 이하에서 플라스틱과 폐비닐이 녹았다는 뜻.

보통 플라스틱은 300도부터 오염 물질을 배출시키니까.

"우연찮게 발견했다고 합니다. 어느 열분해 회사가 생산한 기름이 굳어 버리는 왁스화 현상을 세라믹 볼로 해결할 수 있는지 문의했는데……."

점입가경이었다.

파동 에너지를 이용한 폐플라스틱 분해 처리 기술을 개발한 도신유전 정연훈 대표의 아버지 정홍제 씨가 바로 세라믹 기술을 최초로 개발한 인물이란다.

이 기술의 모태가 선박용 연료 절감 장치라고.

선박의 연료로 사용되는 중질유를 세라믹 봉에서 발생하는 파장 에너지에 노출시키면 순간적으로 경질유로 환원되는 원리를 이용했다고……. 뭐가 뭔지…….

현재 많은 선박이 이 연료 절감기를 장착했다고 하는데 의뢰를 받은 도신유전에서는 왁스화 된 기름을 액상화시키는 데 성공했고 이에 힌트를 얻어 동일한 테스트로 플라스틱에 시도한 결과 석유로까지 환유하는 데 성공해 버렸다는 것이다.

세라믹 볼로 유해 물질 발생의 기준점인 300도를 지켜 버린 것. 기존의 열분해 방식과는 차원이 다른 기술이 나왔다는 것.

"도신유전에는 굴뚝이 없습니다. 폐플라스틱, 폐비닐을 처리하면서도 전혀 걱정할 필요가 없다는 뜻입니다."

"허어……."

"우와~~."

"미치겠군."

다들 고개를 절레절레. 이형준은 멈추지 않았다.

"현재 도신유전 인천 서구 수도권 매립지 공장에서는 매일 6톤의 플라스틱을 석유로 환유화 하는 작업을 하고 있습니다."

이미 상당히 진행된 기술이라는 얘기다.

장대운이 다급히 물었다.

"수율은요?"

"하루에 약 2,500~5,300 리터 정도 추출된다고 합니다."

"6톤에 그 정도라…… 갭 차이가 꽤 나네요."

"플라스틱 상태에 따른 수율 문제라 하더군요. 최소 40%에서 최대 90%까지 차이가 난다고요."

장대운은 바로 끄덕였다.

하긴 더럽고 상한 플라스틱과 깨끗한 플라스틱에서 나온 것이 같은 게 더 이상하겠다.

장대운은 주먹을 꽉 쥐었다.

"그럼 남은 폐기물은요?"

"아, 그것도 에너지로 활용할 수 있다는 연락을 받았습니다. 아직 연구 중이긴 한데 곧 획기적인 방법이 마련될 것 같다고 하더라고요."

"하나도 버릴 게 없다는 거군요."

"하나도 버릴 게 없어야 진정한 재활용이지 않겠습니까?"

맞는 얘기였다.

안 그래도 탄소 중립 때문에 온 세계가 들끓는 중이다.

파리 기후 협약. 지구의 온도가 갈수록 높아지며 비롯된 이상 현상에 대한 자각을 가지자는 것이 아닌가.

주범인 이산화탄소를 잡을 궁리 끝에 나온 협약 덕에 갈 길 바쁜 나라들은 골머리가 더 아파졌는데 이는 아무리 장대운이라도 방법이 없었다. 발전을 안 할 수가 없으니.

그런데 그 실마리가 잡히기 시작했다는 얘기가 아닌가.

"이제 하나만 남았군요."

이형준은 바로 알아들었다.

“예, 맞습니다. 추출한 석유가 실제 연료로 사용할 수 있나? 이 말이시죠.”

“진행하고 있습니까?”

“비밀리에 한국중부발전과 글로벌 석유 화학 기업 인피니엄(INFINEUM)에 의뢰했습니다.”

“어떻게 만든 기름인지는 밝히고요?”

“설마요.”

“잘했습니다. 성공한다면 유전보다 더 확실한 석유 확보 방법이 나오는 거네요.”

“그렇죠.”

“가능성은요?”

“…….”

이형준이 대답 없이 씨익 웃는다.

자신한다는 것. 이미 자체 시험을 마쳤다는 것.

장대운의 표정이 확 풀렸다.

“됐군요. 이거 조커를 쥔 기분입니다. 이 기술을 고도화시킨다면 한국은 산유국이 되겠어요. 저기 멀리 태평양에 한국의 70배에 이르는 거대 폐플라스틱 쓰레기섬이 있다던데 전부 가져와도 되겠어요. 갈수록 늘어만 가는 플라스틱 용품 걱정도 없어질 테고요. 산업화 시설에 대한 재투자도 가능하고. 허어…… 버릴 게 하나도 없네요.”

“예, 칭찬해 주십시오.”

"칭찬해 드려야죠. 세상을 바꿀 기술인데. 우리의 입장에서는 환경을 보호할 획기적인 방법을 손에 쥔 겁니다. 석유를 확보할 방법도요. 이를 풀어낼 방향성을 잡아야겠어요."

석유를 수입할 필요성이 줄어든다는 얘기였다. 재활용만으로도 충분히 자체 수급이 가능할 테니까.

대통령을 목표로 하는 자로서 어찌 전율이 일지 않을쏘냐.

대한민국 안마당에서 유전이 터진 거나 진배없는데.

"첫 번째부터 대박이군요."

"보안을 최고 단계로 격상시켰습니다."

"남은 건 규모와 효율이겠네요."

"예."

"아 참, 지분 비율은 어떻게 됐습니까?"

"오필승 테크가 70%입니다."

"인수 의향을 내비치세요. 현 대표와 그 아버지께 각각 옵션 5%를, 아들 대에서 한 명까지 할아버지의 옵션을 물려줄 수 있게 해 주세요. 이제부터 연구에만 몰입하라고요."

"알겠습니다. 안 그래도 인수팀이 움직였습니다. 일호 에칭, 후영 플루, 대정 리지스트 사례도 있어 수월하게 진행할 듯합니다."

회의실에 모인 모두가 만면에 미소를 지었다. 특히나 도신 유전에 대해서만큼은 김문호도 아주 잘 알고 있었다.

훗날 세계적 자원 재활용 기업이 되어 상당한 영향력을 행사하는 것도, 한국의 정치권과 마찰을 겪으며 큰 진통을 겪게 되는 것도 말이다.

차라리 잘됐다.

'오필승의 것이 된다면 큰 우산을 쓰는 것이니 탄탄대로겠어. 그나저나 이게 이때 개발됐던가? 내 기억으로는 조금 더 나중에 개발되는 거로 알고 있는데. 그것도 영국의 자원 개발 기업에서 나서며 언론에 부각된 거로.'

이해 못 할 상황은 아니었다.

이미 중소기업 1,200여 개를 관리하는 오필승 테크라.

한국의 실리콘 밸리로서 스타트업이 성장할 토양 제공해주고 전폭적인 투자까지 아끼지 않는 큰 손이 한국에 있는데 연구 성과가 더 빨리 나오는 건 당연했다.

이형준이 말을 계속 이었다.

"UNIST(울산과학기술원)에서 꿈의 신소재로 불리는 그래핀을 뛰어넘을 새로운 '2차원 유기 반도체 소재'를 합성하는 데 성공했다고 합니다."

"갑자기 2차원 유기 반도체 소재요?"

다들 어리둥절.

"예, 백종헌 에너지화학공학과 교수 연구팀이 '방향족 고리화 반응'을 통해 '에이치피-팬(HP-FAN) 2차원 유기 고분자 구조체'의 합성에 성공했다는 보고가 올라왔습니다. 이 물질은 반도체로 활용하기 적절한 밴드갭(하나의 전자가 결합 상태에서 벗어나는 데 필요한 최소량의 에너지)과 높은 점멸비(점멸비가 높을수록 반도체에 흐르는 전류량을 효과적으로 제어 가능), 전하 이동도 등의 특색을 가져 향후 발전 가능성 이 어마어마하다고 합니다."

"……?"

"……?"

"……?"

모르겠다.

다들 똑같은지 눈에 초점이 없었다. 저 장대운마저도.

그걸 눈치챘는지 이형준(본인도 그러했음을 깨달은)은 서둘러 쉽게 풀어 주었다.

"현재 사용되고 있는 실리콘 반도체(무기 반도체)는 딱딱하고 무거워 돌돌 말리는 디스플레이나 몸에 입는 전자 기기에 적용하는 데 한계가 있습니다. 이를 대체할 반도체 물질로 그래핀이 주목받았지만 밴드갭이 너무 작아 점멸비가 낮고, 반도체 내에서 전류 흐름을 통제하기 어렵다는 문제가 있었습니다."

"아아, 그렇다면 이번에 개발한 물질로 몸의 굴곡에 적응할 수 있다는 건가요?"

역시 장대운이 제일 빠르다.

"예, 이제 입는 스마트폰이 나와도 이상할 게 없다는 겁니다."

"호오~."

"유기 반도체는 그래핀처럼 유연하고 가벼울 뿐만 아니라 공정 비용이 적고 물성 조절이 쉽습니다. 물론 이 과정에서 소재 내부의 전자나 정공이 느리게 움직이는 바람에 반도체 소자로 적용하기는 쉽지 않긴 했습니다."

"으음……."

"음……."

"연구팀은 유기 반도체의 전하 이동도를 높일 새로운 구조체를 고안한 끝에 두 종류의 화학물질인 헥사아미노벤젠(HAB)과 다이하이드록시벤조퀴논(DHBQ)을 반응시켜 HP-FAN 구조체를 얻었습니다. 백종헌 교수는 '이로 고질적 문제인 낮은 전하 이동도와 그래핀 반도체의 치명적 한계점 즉 낮은 점멸비까지 모두 극복했다'라고 했습니다."

나는 아직도 무슨 소린지 모르겠다.

그러나 장대운만은 크게 감탄했다.

"그러니까 가볍고 잘 휘어지는 유기 반도체를 반도체 소자로 응용할 수 있는 발판을 마련했다는 거네요?"

"정확합니다."

"이야~~ 그럼 이게 앞으로 시장에 어떤 변화를 일으킬 것 같습니까?"

"우선 두 손 무겁게 스마트폰을 들고 다닐 이유가 없어지겠죠. 예를 들어 팔에 부착한다면 이런 식이 가능하지 않겠습니까?"

시계를 보는 것처럼 팔을 터치하고 화면이 떠오르는 묘사를 하는 이형준이었다.

그걸 보는 순간 김문호는 남몰래 어금니를 깨물었다.

2030년대에 이르면 상용화될 밴드형 스마트폰에 대한 이야기였다. 이제야 무슨 얘긴지 머리가 환해진다. 자기도 신기하다며 팔에 부착하고 다녔으니까.

근데 이게 이때 만들어진 기술인가?

'…….'

이도 역시 잘은 모르겠고 다른 분야에 적용하는 것도 또한 모르겠는데 하나는 기억했다.

스마트폰 계에선 절대적인 혁명이라는 걸.

'아아, 세상에나…… 전 세계 스마트폰 회사들이 전부 오필승으로 와야겠구나.'

기술이란 것의 속성이 그랬다. 위에서 아래로 흐른다.

그리고 그 떨어지는 파괴력은 실로 잔악할 정도로 매몰찼다.

하나가 일어서는 순간 인근 기술이 전부 파멸로 들어서니까.

기술 분야란 게 그랬다. 변혁이 일어날수록 기존의 것은 설자리를 잃고 외면당한다. 역사의 뒤안길로 사라지고 만다.

클래식처럼 불멸의 영속성은 존재하지 않았다. 부족하다면 파묻혀 버리는 것이다.

그래서 이 계통 기업들은 R&D에 사활을 걸 수밖에 없었다.

누가 언제 새로운 기술로 시대를 선도하고 나갈지 모르니까. 그 순간 자기 목숨은 죽은 목숨이니까.

'그러고 보니 TV도 돌돌 말아 다니다 아무 벽에 부착만 하면 볼 수 있었어.'

유기 반도체의 디스플레이 부문 활용도는 실로 무궁무진했다. 그걸 이때 개발했다고 한다.

오필승 테크로서는 또 하나의 노다지 광산을 발견한 것.

안 그래도 복기 시리즈로 전 세계 통신망을 제패한 기업이

욕심 사납게 말이다.

“원하는 게 있답니까?”

“지속적인 연구입니다.”

“그래요? 다른 건 없고요?”

“뭐…… 노고를 조금 인정해 달라는 것이죠. 우리 의뢰에 의해 시작했지만 말이죠.”

“참여한 연구진들에게 로열티 5%를 허락하세요. 비율은 이 대표님께서 알아서 정하시고요. 그리고 마음 놓고 연구할 수 있게 연구소도 하나 지어 주세요. 금일봉으로 200억을 드리겠습니다. 알아서 나눠 주세요.”

“알겠습니다. 그럼 이 기술은 오필승 테크로 편입시키겠습니다.”

“그러세요.”

“안 그래도 정 연구소장께서 무척 흡족해하셨습니다. 이걸 기반으로 상당한 것들이 바뀔 것 같다면서 요즘 불탔습니다.”

“그래요? 다른 연구진들에게도 소고기 세트 좀 보내 주세요. 힘 좀 내게.”

“하하하하하, 알겠습니다. 아주 최고급으로 실컷 먹게 해 주겠습니다.”

화기애애했다. 어찌 화기애애하지 않을쏘냐.

미래 먹거리가 줄줄이 소세지처럼 딸려 오는데.

‘대단해. 정말 대단해.’

오필승 테크는 이 순간을 위해 근 15년을 묵묵히 지속적으로 막대한 돈을 투자해 왔다. 아까 언급했던 세 반도체 소재 회사의 성장도 그렇지만 이번 두 회사의 성공은 단지 오필승 그룹뿐만이 아니라 한국의 미래 먹거리와도 맞닿아 있었으니 고무적일 수밖에 없었다.

대박 중의 초대박. 이쯤 되자 김문호는 마지막 세 번째 회사가 무엇인지 듣기 두려울 정도였다.

"세 번째 회사는 동진 배터리입니다."

"동진 배터리요?"

"2차 배터리 시대를 겨냥해 우리가 전고체 배터리 개발 회사로 키운 회사입니다. 정확히는 마이크로그래핀 음극재를 개발하는 회사죠."

"그래핀이요?!"

설마 했다.

그래핀은 탄소 원자들이 육각형 벌집 구조로 결합된 2차원 평판형 물질로 구리보다 전도도가 100배 높아 큰 전류를 흐를 수 있게 해 주고 실리콘보다 빠르게 전자를 이동시킬 수 있고 강철에 비해 200배나 강하다는 성질로 한때 꿈의 신소재로 알려졌다.

하지만 매우 안정된 구조를 가져 흑연으로부터 분리하는 게 어렵고 대량 생산의 방법을 찾지 못해 외면당하는 소재이기도 했다.

세계 많은 연구진이 영광을 위해 도전했지만, 물만 먹은 상태.

현재는 합성하기 쉬운 산화 그래핀까지 기술이 발전했으

나 이도 산화 환원 과정에서 이산화탄소가 생성되며 탄소가 낭비되는…… 품질이 떨어진다는 단점 때문에 그다지 호응을 얻지 못했다.

"본래 한 차원 더 발전된 플래시 그래핀 기법을 개발, 연구 중이었습니다. 플래시 증발이라는…… 전도성 물질에 전류가 흐를 때 열이 발생 되는 원리를 이용, 탄소 함유 물질을 3,000도 이상 가열하여 극히 짧은 시간에 그래핀을 환원하고 나머지는 기체로 증발시키는 기법인데요. 문제는 이때 만들어진 그래핀이 순수한 그래핀이 아닌 석탄과 탄화물 같은 불순물이 내포하기 때문에 이를 정제하는 과정에서 진도를 나가지 못했습니다. 난항을 겪었죠. 이를 해결하기 위한 다시 선택적 촉매 환원 기술(Selective Catalytic Reduction. SCR)을 개발하던 차에 한 연구진의 엉뚱한 아이디어로 차세대 전기 화학 박리 공정을 찾아냈다고 합니다."

"……!"

"……!"

"……!"

엉뚱한 아이디어? 우연한 발견?

뭔 소린지 모르겠지만, 방법을 찾아냈다는 것이 중요했다. 그것도 2030년대에도 감히 상용화라 언급하지 못했던 그래핀을.

김문호는 이 상황을 도통 이해할 수가 없었다.

'전생의 한국에서 대체 무슨 일이 있었던 거야? 도신유전은 그렇다 치더라도 유기 반도체에 그래핀 대량 생산이라고?'

이런 노다지가 나오는 토양에서 허덕이기만 했다고?

'이런 개둥신 같은 놈들이…….'

이런 노다지를 품고도 줄줄 흘리기만 했다는 것이다.

"비로소 고품질 그래핀을 생산할 기반을 얻었습니다. 휘어져도 성질을 잃지 않아 디스플레이나 롤러블 전자 기기 구현마저 가능한 그래핀이 말입니다. 기술적 난제와 비용적 한계로 지난 10여 년간 대량 생산의 문턱을 넘지 못했던 그것이 드디어 우리 손에 들어올 예정입니다."

"세상에……."

"이, 이거 믿어도 됩니까?"

"도대체 어떻게 대량 생산이 가능해졌다는 건가요?"

"하하하하하, 핵심은 새로운 박리 공정을 적용한 '멀티 전극 시스템'입니다. 전해질 용액 수조에 '금속 전극-흑연 전극-금속 전극'을 샌드위치처럼…… 이렇게 벗겨진 그래핀은 장치 하단의 필터를 통해 용액과 분리되어 가루 형태로 추출된다네요. 이를 통해 고품질 그래핀을 1시간 만에 만들어 낼 수 있다 합니다."

"1시간 만에 고품질 그래핀을 만든다고요? 이게 된다고요?"

"예!"

"허어……."

"당 대표님, 이거 이러다 정말 전쟁 나는 거 아닙니까?"

진짜로 전쟁이 떠오를 만큼 충격적이었다.

연신 터진 대박은 한국을 부강하게 하겠지만 필시 주변국

들을 자극할 것이고 특히 도람프의 미국은 이런 걸 두고 볼 국가가 아니었다.

하지만 그보다 김문호를 애태우는 건 다른 것이었다.

지금껏 잘 참아 왔지만 더는 안 되겠다.

"그래서 1g당 생산 가격이 얼마나 됩니까?"

"호오, 우리 김 비서관이 그래핀에 대해 좀 아는가 봅니다. 1g당 단가를 다 질문하시고."

"아, 그게…… 갑자기 끼어들어 죄송합니다."

"뭘요. 이쯤 되면 그게 제일 궁금하겠죠. 간단히 말씀드리자면 현재 기술로도 1g당 5천 원 선이 나온답니다. 더 발전시키면 1g당 1천 원으로도 가능해진다고 했습니다."

"허어……."

김문호가 입을 떡 벌리자 답답한지 도종현이 옆구리를 찔렀다.

"그래서 그게 얼마나 대단한 건데? 말해 줘야 우리도 알지."

"아아, 그게…… 현재 대세인 산화 그래핀 생산 가격으로 말씀드리자면 1g당 수백만 원 선입니다."

"뭐 수백만 원?!"

입을 떡.

"설비를 크게 늘려 1g당 수십만 원 선으로 내리려 노력한다만 이도 상당히 비싼 편입니다. 10만 원 선까지 줄인다고 해도 1kg당 1억 원이라는 숫자가 나오잖습니까. 전기차에 들어가는 배터리가 몇 개인데요. 그래서 그래핀이 좋다는 걸 알면서도 감히 못 쓰는 겁니다."

"가만, 그러면 지금 1g당 1천 원까지 내려가면 제작 비용이 수천 배 줄어든다는 거야?"

"예, 수십억 들어야 할 것이 1백만 원 선으로 빠진다는 거죠."

"그러면?"

"간단하지 않습니까? 이 사실을 2차 배터리 개발 기업에서 알게 되면 한우 굽다가도 달려와야 할 겁니다. 앞으로 마이크로그래핀 음극재가 들어가지 않은 배터리는 배터리 취급도 받지 못할 테니까요."

멍해지는 도종현.

그러다 또 무언가 떠올렸는지 급히 물었다.

"그럼 요즘 뜨는 전기차 가격도 떨어진다는 거야?"

"그 얘기가 아니고요. 그놈들도 와서 무릎 꿇지 않으면 전기차 생산 자체가 불가능해진다는 겁니다."

"뭣?!"

Chapter. 34

이곳에 앉은 사람 중 전기차 사업이 앞으로 어떤 전망을 가졌는지 감이 없는 사람은 없었다. 그리고 그 안에 들어갈 핵심 기술인 배터리 산업에 대해서도.

한 번 충전에 800km 달리던 전기차가 마이크로그래핀 음극재가 적용되며 갑자기 1,000km, 1,500km로 늘어난다면 과연 어떤 일이 벌어질까? 경쟁이나 될까?

아니다. 전기차 사업 자체가 완전 개편될 것이다. 기술력이 최소 5년은 더 빨라질 것이고 이외 배터리와 관련된 산업들도 전부 오필승의 요구대로 체계가 바뀔 것이다.

전 세계 미래 산업을 오필승 그룹이 쥐게 된다는 얘기였다.

"헐~ 대박."

"이거 이래도 되는 겁니까? 위험한 거 아닙니까?"

"몰라요. 지금은 아무 생각이 안 나요. 그냥 즐기자고요."

"아직 그 단계는 아닐 겁니다."

"뭐라고?"

"넘어야 할 산이 남아 있을 거란 얘기죠."

김문호가 매서운 눈빛으로 이형준을 보았다.

그래핀은 대량 생산에 성공했다 하더라도 끝이 아님을 김문호는 잘 알았다. 전생 언론에서 하도 설레발에 떡고물이나 떨어질까 싶어 관심 있게 지켜본 분야이기에 더 확신이 있었다.

이대로 마무리 지으면 안 됨을.

"여쭙겠습니다. 뒤처리까지 염두에 두고 계십니까?"

그래핀의 난제는 대량 생산에 있지만 그만큼 중요한 것이 남은 폐기물에 대한 뒤처리였다. 제조 양산 공정에서 발생하는 폐액 및 폐수, 중금속 산업 폐기물들.

제아무리 1g당 1천 원 이하까지 가격선이 떨어진단들 이 놈들의 처리가 안 되면 말짱 도루묵이다. 세계 환경 단체로부터 온갖 쌍욕을 들으며 돈만 밝히는 악덕 기업 1위로 랭크되는 건 순식간.

그런데 이형준이 피식 웃는다. 자신감 넘치는 얼굴로.

"이거 면도날인데요. 꼭 청문회 자리에 선 것 같습니다. 당 대표님."

"그런가요?"

"그래서 더 믿음이 가네요. 우리부터가 납득 안 가면 일이 되겠습니까?"

"맞아요. 애사심은 직원 스스로가 회사를 사랑하는 것부터겠죠. 강요가 아니라."

"예, 안 그래도 말이 나온 김에 이 부분도 짚어 볼 생각이었는데 콕콕 찔러주니 준비가 된 상태에서도 아프네요."

아프다면서 웃는다.

"RIST(포항산업과학연구원)에서 연구 중인 안건입니다. 몇 년 전, 저희가 그래핀 제조 양산 공정에서 나오는 '폐액 및 폐수 친환경 처리 시스템'을 개발해 달라는 의뢰를 했습니다. 그리고 현재 시험 단계라 보고받았습니다."

"시험 단계라면 개발했다는 건가요?"

설마…….

"애초 그래핀 연구의 시작이 산화 그래핀이었잖습니까."

"아……."

"같이 진행시켰습니다. 그리고 말끔하게 해결했고요. 이번에 발견한 기술의 핵심은 그래핀 제조 시 지지체로 활용된 금속 박막을 제거한 에칭액을 전기 화학적 방식을 이용, 고순도 구리로 재생하는 것이 골자인데요. 세정 공정에서 발생하는 폐수를 고효율 진공 증발 농축법을 통해 손실을 최소화하는데 성공했습니다."

"성공이라고요?"

"후훗, 폐액으로부터 구리 회수율이 80% 이상, 순도는

99.9% 이상 달성했다고 합니다."

"!!!"

김문호는 입을 떡 벌렸다.

회수율 80% 이상, 순도 99.9% 이상.

거의 로스가 나지 않았다는 뜻이다. 구리 회수 후에도 에칭액을 재생하여 사용함으로써 생산 비용을 최소화했다는 것.

'세상에 그래핀 양산 시설 구축에 있어 최대 난제 중 하나였던 에칭 및 세정 공정 후 발생하는 폐액의 재활용과 세정수의 친환경적 처리가 가능하게 됐다니.'

"이뿐만이 아닙니다. 기존 산화 그래핀 생산 과정에서는 1kg의 결과물을 얻기 위해 약 1~10t가량의 중금속 산업 폐기물이 발생하게 됩니다. 이 기술도 개선해 10kg 내외로 절감했습니다. 고가의 특수 설비 없이도 정제 공정의 시간까지 10분의 1 수준으로 줄여 그래핀 생산의 경제성을 확보했죠. 이게 가격 파괴의 비밀입니다."

모두가 아무 말도 못 했다.

역시 이형준. 저 자신감의 원천은 결국 실력이었다.

단순히 대량 생산에 성공한 것만으로는 설레발 떨지 않는다는 것. 아름다웠다.

그러나 이형준은 멈추지 않았다. 그의 용건은 아직 끝나지 않았다.

"저는 이 기술을 도신유전 폐기물과 유기 반도체 폐기물에도 적용해 보았습니다."

"예?!"

"그렇게도 됩니까?"

"어차피 폐수고 산업 폐기물이잖습니까. 그냥 버릴 것, 해봤죠."

"……?"

"……?"

"생각보다 큰 가능성을 봤습니다. 그래서 아까 연구 중이라 말씀드린 겁니다. 이게 된다면 다른 산업의 폐수나 폐기물도 적용될 테니까요. 대한민국의 폐기물이란 폐기물은 전부 이 손을 거치게끔 말이죠."

"……!"

"……!"

더 무슨 말이 필요할까?

산업 혁명에 가까운 기술을 발견했음에도 그 후유증까지 잡아내는 노력을 아끼지 않았다. 남들 같으면 벌써 방방 뛰었을 업적을 가지고 말이다.

순간적으로 사무실이 조용해졌다.

기뻐하기만 해도 부족한 일이긴 한데 이쯤 되니 다가오는 압박감이 장난이 아니다.

너무 크다. 이 큰 걸 어떻게 세상에 내놓아야 하나?

별 탈 없이 최대의 이익을 얻으려면 어떻게 해야 하지?

표정이 다들 침중해졌다.

이형준에게는 미안하지만, 도저히 대박 환호를 외칠 수 없었다.

'제20대 국회의원 선거에서 미래 청년당이 승리했음을 선언한 지 몇 시간이 되었다고 이런 문제가 날아올까? 이 대한민국에 대체 무슨 일이 생기려고?'

너무 과했다.

10년에 한 번 터져도 모자랄 것들이 한꺼번에 쏟아지다니.

차라리 도신유전에서 멈췄다면 충분히 기뻐하고 말 일일 텐데.

'향후 산업 구도와 관계된 유기 반도체와 그래핀까지 가져왔어. 앞으로 수십 년간 세계를 뒤흔들 기술을 말이야. 이게 복인지 화인지 구분이 안 될 지경이야.'

보물은 지킬 힘이 있을 때라야 그 가치가 빛난다.

지금의 한국 정부로서는…… 한민당, 민생당으로서는…….

김문호는 고개를 저었다. 아무리 잘 쳐줘도 안 된다.

장대운을 보았다. 무표정이다. 아무 생각 없는 것처럼.

과연 그럴까? 이 사람도 속이 복잡할 텐데.

정부가 하는 짓은 멍청하기 이를 데 없고 정당들은 국익은 뒷전, 조금이라도 더 권력을 잡으려고 혈안이다.

그런 정부와 정당을 맹목적으로 따르는 국민은 뒷일이야 어떻게 되든 관심도 없다.

미래 청년당이 비록 118석을 얻어 원내 제1당이 되긴 했지만, 과반수가 돼야 뭐라도 할 수 있는데. 그러려면 민생당과 무소속 의원들의 협조가 반드시 필요한데.

'장대운이 쉽게 당할 인물이 아니더라도 준비는 단단할수록 좋아. 그게 비서가 할 일이겠지. 안 되겠어. 아무래도 다음 대 대선에 출마하시도록 분위기를 만들어야겠어. 그래야 안심이 될 것 같아. 미국, 중국, 일본, 러시아, 이 승냥이들로부터 우리 것을 지키려면 더 빨리 움직여야 해.'

김문호가 결심을 굳히고 있을 때 한술 더 뜨는 이가 있었으니 바로 도종현이었다.

"……대표님."

"……."

"……."

"당 대표님."

"아, 저를 부르는 거였어요?"

"예."

"말씀하세요."

"이대로 넋 놓고 있을 게 아니라 다음 대 대선에는 무조건 출마하셔야겠습니다."

"예?"

"출마하셔야죠. 이걸 누가 지킵니까? 출마하시고 당선도 되셔야 할 겁니다. 이 불안증을 없애기 위해서라도."

김문호가 모두가 깜짝 놀라 도종현을 바라봤으나 말리는 자가 없었다. 다들 그리 느끼고 있다는 것.

어쩌면 이 방법이 나을 수 있었다. 거인을 움직이게 하려면.

"훗."

장대운이 웃는다. 장대운이 저런 미소를 보일 때는 뭔가 다른 한 방이 있을 때인데…….

'뭐지? 내가 모르는 게 있나?'

김문호는 혹시나 하여 이형준을 보았다.

아무 생각이 없다. 오로지 기쁜 마음으로 장대운을 신뢰하는 표정밖에 읽을 수가 없다.

그렇다는 건 두 사람이 연계된 무언가가 아니라는 건데.

뭘까? 뭐 길래 장대운이 저리 웃을까?

"그 문제는 천천히 다뤄 보죠. 지금까진 어차피 제가 자격 요건에 들지 못하잖아요."

"아……."

안 한 게 아니라 못 한다는 것.

대한민국은 만 40세 미만에겐 대선 도전권을 주지 않는다.

장대운이 아무리 날고 기어도 이것만큼은 방법이 없다는 것.

그가 만 40세를 넘는 때가 바로 내년이다.

"그것보단 우리 역군들을 한 번 만나 보는 시간을 가지는 건 어떨까요?"

"아, 그것참 좋은 제안이십니다."

이형준이 맞장구친다.

"자리를 만들어 주세요. 그 자리에서 애로 사항을 직접 듣고 처리해 주는 것도 나쁘지 않겠어요."

"일정만 알려 주시면 바로 잡겠습니다."

"좋네요."

"예."

"참 좋아요. 1,200개 중에 6개를 건진 건가요?"

"아…… 옙."

"0.5%이군요. 0.1%만 돼도 감수할 만한 일이라 생각했는데 예상보다 더 큰 놈들이 터졌어요. 아 참, 6개엔 끼지 못했더라도 정밀 관련 두각을 보이는 기업도 수십 개라죠?"

"그렇습니다."

"그분들과도 따로 만남의 자리를 만들어 주세요."

"감사합니다."

"지금부터 제일 중요한 건 보안입니다. 이 일이 알려지면 미국만이 문제가 아닙니다."

"……."

"저 중국이, 저 일본이 어떻게든 기술을 탈취하려 발악을 할 거예요. 이에 대한 보안 절차 매뉴얼을 만들어 놓으세요. 아마도 제가 대통령이 된다면 가장 먼저 손댈 부분일 텐데 배신자에게는 가차가 없어야 할 겁니다."

"최고의 체계로서 최고의 보안 절차를 수립하겠습니다. 모든 역량을 다해."

"좋습니다. 우리 한번 세계를 엿 먹여 보자고요."

6개사와의 만남은 일주일도 안 돼 이뤄졌다.

사장단과의 오찬 정도나 생각했는데 그 가족들까지 불러 성대하게 치렀다.

"하하하하하하."

"하하하하하하하하."

"하하하하하하하~~."

좋은 일로 모인 자리다 보니 여기저기에서 웃음꽃이 터졌다. 화기애애하니 분위기도 최고.

다만 장대운의 등장과 함께 그 기운이 가시며 조금은 긴장감이 있는 자리로 변했다.

이형준이 직접 나서서 하나하나 소개하였다.

"이분이 일호 에칭의 박만철 대표입니다."

"아, 그러시군요. 반갑습니다. 장대운입니다."

"아, 옙, 일호 에칭의 박만철입니다! 뵙게 되어 영광입니다!"

장대운이 내미는 손을 깍듯하게 받는 박만철.

장대운도 그런 박만철을 평소와 같이 만류하지 않았다.

이 사람을 부하로 받아들인다는 뜻이다.

이 자리에 참석한 모두를 그리 여기고 있다는 것.

장대운이 사람을 맞을 때 상하 관계로 받아들이는 경우는 딱 두 가지였다. 저렇게 부하로 받아들이거나 권위를 내세워야 할 때. 이와 관련된 이들이 아니라면 철저히 예의를 지킨다.

"고생 많으시단 걸 들었습니다. 일본의 95%까지 추격하셨다면서요? 정말 훌륭하십니다."

"아닙니다. 일본의 방해에 문 닫을 날만 기다리던 저를 구해 주시고 기회까지 주셨는데 이 정도로는 어림도 없습니다. 반드시 저 일본을 넘어설 겁니다. 믿어 주십시오."

일호 에칭의 전신은 일호 화학이었다.

대한민국이란 소부장재 불모지에서 고순도 불화 수소 개발에 매달린 작은 날갯짓 중 하나.

일본의 덤핑 전략에, 국내 기업의 외면에, 가진 자금 다 털어먹고 거리로 나앉을 판에 오필승 테크와 만났다.

일생을 바친 자식 같은 회사였으나 개발 자금 지원과 지분 옵션 5%에 사뿐히 넘겼다. 박만철은 그때의 선택을 조금도 후회하지 않았다. 오필승 테크가 없었다면 이 자리에 오는 것조차 불가능했음을 지난 10년간 처절히 느꼈기 때문이었다.

그런 박만철의 손을 장대운이 두 손으로 꼬옥 잡았다.

"믿고 있었습니다. 박 대표님이 일본 놈들의 목줄을 틀어잡을 날을요."

"아, 아아……."

"조금만, 조금만 더 참읍시다. 머지않아 기회가 올 겁니다. 세계인의 가슴에 일호 에칭의 이름을 새겨 넣을 날이요."

"저도 믿습니다. 장대운 대표님, 부디 꿈을 이뤄 주십시오."

"물론입니다. 제가 그걸 해내겠습니다. 제 꿈도 박 대표님과 같거든요."

결의에 찬 두 사람.

마주 잡은 손에는 굳건한 신뢰만이 가득하였다.

뒤이어 만난 후영 플루의 오희성 대표와 대정 리지스트의 정신태 대표와의 만남도 박만철과의 사연과 그리 다르지 않았다.

모두 일본 기업의 음모에 고사 직전까지 내몰렸던 순수 우리 기업이었다. 일본을 이기겠다는 다짐 아래 절치부심.

다음은 도신유전이었다.

정연훈 대표와 세라믹 기술을 확립한 그의 아버지 정홍식 씨가 나와 인사를 하였다.

장대운은 참으로 장한 일을 해냈다며 두 사람 덕분에 이 대한민국이 유전 보유국이 됐고 이참에 플라스틱 쓰레기가 없는 나라로 만들어 보자며 의기투합했다.

뒤이어 UNIST 백종헌 교수도 수석 연구원들과 우르르 나와 치하를 받았다.

충성 맹세처럼 모두의 앞에서 최고의 연구 결과를 바치겠다 외쳤고 장대운이 흡족해하자 정복기 연구소장이 이들을 데려갔다. 데리고 나가며 이런 말도 남겼다.

"이번 백종헌 교수의 연구 결과로 오필승 테크의 스마트폰 칩셋은 그나마 남은 적수마저 무릎 꿇리게 됐습니다. 이를 활용하시는 건 대표님이지만 이를 더욱 언터처블로 만드는 건 우리 몫이 아니겠습니까? 그러니 연구비나 팍팍 땡겨 주십시오. 애들 기 좀 팍팍 세워 주세요. 하하하하하하하."

그리고 동진 배터리.

이제운 대표가 가족들을 데리고 나오는데 김문호는 순간 심장이 덜컹 내려앉는 줄 알았다.

'저 사람은……!!!'

이제운 대표 곁에 선 젊은 아가씨.

'정희…….'

이정희였다. 전생의 아내.

그녀가 싱그러운 미소로써 이제운 옆에 서 있었다.

"제 여식입니다."

아…… 딸.

"아아, 그러십니까? 따님이 아주 아름다우십니다."

"감사합니다."

동진 배터리의 대표가 이정희의 아버지였다고 한다.

동진 배터리는 이곳에 온 나머지 5개 기업과 비교해서도 꽤 늦게 오필승 테크의 품으로 들어온 기업이었다.

리튬 이온 배터리에 들어가는 흑연 봉을 제작하는 조그만 중소기업을 오필승 테크가 때 빼고 광내고 하여 여기까지 끌고 온 건데.

"비록 멀리서라지만 늘 장대운 대표님을 위해 기도드리고 있습니다. 저희 가족 모두가요."

"아이고, 그러십니까? 하하하하하, 제가 잘 풀린 건 어쩌면 이 대표님의 기도도 한몫하였을 수도 있군요."

"아닙니다. 천부당만부당입니다. 저희 따위가 어찌 대표님께 그런 생각을 품겠습니까. 절망에 빠져 죽을 날만 기다리던 저희를 구원해 준 분께요. 그저 감사할 따름입니다."

이제운 대표는 시종일관 황송하다는 듯 허리를 펴지 못했다.

이정희도 동감하는지 쉴 새 없이 허리를 굽혔다. 아주 공손하게.

전생의 그녀는 누구와 만나도 쉽게 친해지지 못했다. 그런 그녀가 미소를 감추지 못하고 기쁨을 드러냈다. 그러다 눈이 마주쳤는데.

"……."

찰나지만.

김문호는 다시 또 심장이 덜컥 내려앉는 기분이 들었다.

그때와 같았다. 저 눈빛에 반해 결혼을 결심했으니.

이걸 어떻게 해야 하나. 이걸 어찌 받아들여야 하나.

운명의 가혹한 형벌인가?

아님, 이조차도 짊어져야 할 죄업인가?

순식간에 밀려드는 상념에 김문호는 제정신을 차리기 힘들었다. 이정희를 본 순간부터 그녀에게 받았던 상처가 둑 터진 듯 쏟아져 나왔고 이는 수십 년 정치 바닥에서 닦은 자제력으로도 어찌할 수준의 것이 아니었다.

할 수 없이 창가 쪽으로 자리를 옮겼다.

"후우~~."

그녀와의 첫 만남도 떠오른다.

처음 만난 날부터 호감을 표했고 시간이 흐를수록 입안의 혀 같이 굴었다. 그런 그녀가 달라진 건 결혼식 이후.

그러고 보니 아이도 억지로 가진 것 같고…… 임신한 이후엔 동침조차 허락하지 않은 채 거리를 뒀다.

가정생활은 삭막하기 그지없었고. 직장에 출근하여 사무를 보듯 아침에 일어나면 집 안 청소하고 식사 준비하고 사람이 사는 것처럼 꾸미긴 하나 온기가 없었다.

각방은 수순. 그나마 유지하던 쇼윈도 부부 생활도 아이를 유학 보내며 막을 내렸고 간혹 한국에 들어올 때도 회복되지 못한 채 더욱 멀어져만 갔다.

이혼은 진즉 생각했다.

다만 그 이혼이라는 멍에가 정치 생활에 어떤 영향력을 끼칠지 몰랐기에 선택하지 못했을 뿐.

창밖을 보던 김문호는 자기 따귀를 날리고 싶었다.

'나도 정말 어지간한 놈이구나. 겨우 이런 만남에 흔들리다니. 정신 차려라. 나의 죽음을 알고도 외면했던 여자야. 그녀는 독사야. 아주 지독한 독을 품은 뱀.'

독사 주제에 또 누구를 죽이려고 생기 넘치는 아름다움을 뿜어낼까. 자조적인 미소를 지으며 돌아서는데.

'으응?!'

앞에 서 있었다.

그녀가 똘망똘망 자신감 넘치는 당돌한 눈빛으로.

"안녕하세요?"

"아, 예, 안녕하십니까."

"김문호 비서관님이시죠?"

"예."

"저 물어볼 게 있는데요."

"그러십니까? 말씀하십시오."

"혹시 우리 어디에서 만난 적 있나요?"

"예?"

"아까부터 이상해서요. 분명 처음 뵙는 분인데 아는 것 같아서요. 근데 제가 김 비서관님께 무슨 잘못을 했나요?"

"예?"

"영문을 모르겠어서 말이에요. 비서관님을 보는 순간 크게 빗진 느낌을 받아서요."

"……."

"희한하죠? 아! 이거 작업 멘트 아니에요. 제가 아무리 당돌해도 장대운 대표님의 비서관님께 장난칠 강단은 없습니다. 그냥 그런 느낌이 들어서 말이에요. 처음임에도…… 얼굴도 모르는데 아는 것 같은…… 뭐랄까 가슴 아리면서도 아득한…… 비극적으로 헤어진 연인이랄까요?"

"……."

쳐다보니. 얼른 허리를 굽힌다.

"죄송합니다. 제가 말하면서도 말이 안 되는 것 같네요. 정말 죄송합니다. 절대 장난치려는 마음이 아닙니다. 죄송합니다."

물러가는데. 김문호는 그런 그녀의 등을 도저히 지켜볼 용기가 나지 않았다.

창가로 다시 몸을 돌렸다.

"씨벌……."

◇ ◆ ◇

알기로 그녀에겐 아버지가 없었다.

'아버지가 동진 배터리의 사장일 줄이야.'

진정 꿈에도 몰랐다. 작은 아파트 한 채 겨우 마련한 집안인 줄로만 알았다. 홀어머니 모시고. 그래서 더 마음에 들었다.

"납품을 미끼로 설비 투자를 종용하게 하고 뒤통수를 쳤구나. 융자는 고스란히 빚으로 남아 회사는 물론 가족까지 늪으로 빠트렸고 그놈들이 헐값으로 흡수하려 순간 2차 전지 산업에 필요한 중소기업을 물색하던 오필승 테크의 눈에 띈 거로군."

전형적이고도 악질적인 인수 합병 수법에 걸린 케이스였다.

기술을 가진 중소기업을 두고 벌이는 대기업의 농간.

오필승 테크를 만나지 않았다면 동진 배터리는 틀림없이 그리 됐을 운명이었다.

이후 이제운은 월급 사장이 됐지만, 대우는 이전의 몇 배나 좋아졌고 살림도 폈다. 그리고 그는 세계를 선도할 기술을 완성했다.

"여기에도 한민당이 끼어 있었구나."

이런 식의 인수 합병 사례를 몇 건이나 봤다.

정치와 기업이 손잡고 쓸 만한 중소기업을 사냥한다. 정부와 은행은 나 몰라라.

청운의 보고서를 읽던 김문호는 두통이 올 것 같았다.

전생엔 오필승 테크가 없었고, 동진 배터리도 없었다.

멀쩡히 살아 있는 이제운을 두고 이정희가 아버지가 죽고 없다는 말은 하지 않았을 테고 아마도 이 시기에 아버지는 죽었을 것이다. 남은 가족이 그 빚을 고스란히 물려받았을 테고.

"상속 포기를 몰랐나?"

아니다. 상속 포기를 한들 통할 놈들이 아니다. 지독하게 옭아맸을 것이다. 온갖 위협을 다 하며.

"강단 있더라도 여자 하나가 어찌해 볼 성질이 아니지. 만일 그 결혼까지…… 한민당이 시킨 짓이라면?"

싹수 보이는 정치인을 발굴했으나 영~ 믿음이 안 간다.

저들은 어떻게 행동할까?

그 개 같은 보좌관 새끼도 그 시기에 곁으로 왔다.

"하아……."

다른 변수도 있겠지만, 이 정도에서도 흐름은 이어진다.

아주 간단히.

"그랬구나. 그랬어."

그렇다는 데 전 재산을 걸 수도 있겠다.

그 증거가 아까 낮에 보았던 이정희였다.

초조함이 1도 없는 이정희. 당돌하고도 당당한 이정희.

결혼 생활 내내 보였던 근원 모를 두려움도, 어색함도 보이지 않았다. 전혀! 네버!

어쩌면 그게 그녀의 본 모습일 수도.

"……."

악랄한 채권 추심에 영혼까지 팔아먹은 그녀가 아닌 진짜 이정희던가?

"이게 맞겠지…… 그놈들이라면 충분히 그러고도 남을 테니까."

기가 막혔다. 한민당과 그 주변에 도사리는 놈들이 기가 막히다는 말은 아니다.

장대운 때문이었다.

그런 막가는 놈들마저 장대운 근처에는 그림자도 감히 비치지 않는다.

건드릴 엄두조차 못 한다는 것.

그렇게 당하고도 변변찮은 반격조차 못 한다는 것.

이게 바로 충격이었다.

"결국 정치도 힘이 있어야 가능하다는 건가? 후우~~ 내가 미래 청년당으로 온 건 신의 한 수가 아니라 생문을 찾은 거구나. 수없이 펼쳐진 죽음의 길 사이에서 단 하나 있는 살길 말이야. 그 생문이 나머지 죽음들마저 압도할 줄은 몰랐지만."

어쨌든 당시 죽어야 했던 이유에서 몇 가지 조각은 맞춰진 듯했다. 그래서 행복을 빌어 줬다.

더는 악의 구렁텅이에서 헤매지 않고 자신만의 길을 가길.

원망도 접기로 했다. 둘 다 피해자였으니.

씁쓸한 미소를 지으며 청운의 보고서를 덮던 김문호가 멈칫한 건 순간이었다.

"가만, 이럴 게 아니잖아. 이 시기면 그놈들도 움직이고 있을 거잖아. 어딘가에서 꾸역꾸역. 내가 왜 그놈들을 잊고 있었을까?"

찾을 이들이 있었다.

멍청했던 전생 덕에 놓쳐 버린 인연들.

동시에 확인해야 할 일도 떠올랐다.

"윤정훈이…… 그 새끼라면 분명 어딘가에 소속돼 있을 텐데."

자기 손으로 근 20년간 모시던 의원을 죽인 놈이다.

막 국회의원 배지를 단 멍청한 김문호의 보좌관으로 왔으니 분명 한민당 어딘가에 소속돼 았을 것이다.

의욕이 샘솟았다. 그 독사 같은 놈이 지금 어딘가에 있다는 게 이리도 기쁠 줄이야. 웃음마저 나왔다.

"그러고 보니 독사 참 많네. 안팎으로 독사를 끼고 살았으니 안 죽고 배기나."

기쁜 마음으로 한민당 의원과 그 보좌진들을 살폈다.

못해도 어디 잘난 의원의 비서쯤은 하고 있을 거라 봤는데.

"없어…… 왜?"

설마 정치판에 뛰어들지 않은 건가?

설마 중용받지 못한 건가?

윤정훈을 떠올렸다. 능력자다. 겪어 봤으니 더 잘 안다.

그런 놈이…… 목적을 위해서라면 20년이라도 갈아 바치는 놈이 이 혼란한 바닥을 놓칠 리가 없다.

정치판이란 그 생리가 조폭 세계와 다를 게 없어 성공만 한다면 밑바닥 인생도 단숨에 1티어급으로 떠오를 세계가 아니던가.

"설마 민생당에 파고들었나?"

혹시나 하여 민생당 의원들과 그 보좌진들을 살펴봐도.

없었다. 정민당과 무소속을 살펴도 나오지 않았다.

왜 없지?

그제야 띵!

"아!"

머릿속에 종이 땡땡땡.

"아, 씨벌, 이 새끼 지금 우리 미래 청년당으로 온 거야?!"

충분히 그럴 수 있다. 당연히 그럴 수 있다.

미래 청년당은 대한민국에서 가장 핫한 정당이니까.

더구나 의기 하나만으로도 정치에 도전할 수 있는 여건도 만들어 줬다. 돈 없이도 정치할 수 있는 유일한 정당.

청운이 필터로 있긴 하나 그놈이라면 절대 책잡힐 일은 하지 않았을 테니 필터도 완벽한 것은 아니다.

즉시 홈페이지로 가 명단을 검색했다.

[윤정훈]

주르륵 나오는 검색 결과에 6명이나 있다.

떨리는 손으로 맨 위 이름에 마우스 클릭을 했는데.

'얘는 아니구나. 나이가 오십이야.'

두 번째 이름을 클릭했을 때도 나이가 열 살 이상 차이 났다.

세 번째, 네 번째, 다섯 번째도 아니다.

'이놈만 아니라면……!!'

마지막 여섯 번째를 클릭하는 순간 김문호의 주먹이 절로 쥐어졌다.

아는 한 최강의 소시오패스 새끼가 미래 청년당 소속으로 떡하니 박혀 있었다. 더욱이 2018년 전국 동시 지방 선거 서울시의원 후보 1순위로 낙점되어.

약력도 화려하다. 누가 보더라도 초엘리트 개쉐리.

"후우~~~~~."

신뢰감 넘치는 표정으로 찍힌 반명함판 사진을 보니 전생의 억울함이 진하게 와 닿는다.

어쩔까? 어쩔까나?

"……."

뭘 어쩌긴.

"가면을 벗겨 주면 되지."

휴대폰을 꺼낸 김문호가 어디론가 문자를 보냈다.

[인성 검사 요망. 지저 밑바닥까지 싹싹 긁어서.]

파리들에게는 여름날 천장에 붙여 놓는 끈끈이보다 더 진저리쳐지는 인간들이 청운이라는 괴물들이었다.

타깃이 되지 않았다면 모르되 일단 타깃이 된 후부터는 무의식 저변에 꽁꽁 숨겨 놓은 발톱까지 끄집어내는 전문가들.

더욱이 인성 검사였다.

모르긴 몰라도 하는 일마다 꼬이면서 파탄에 이르겠지. 저 밑바닥까지 끄집어 내려질 것이다.

마침내 본색을 드러내는 순간.

핀셋으로 집어 폐기 처리 되는 거다.

“이것까지 통과하면 네 승리다. 씹새야. 대신 내가 아주 빡세게 굴려 주마. 뼈마디의 진액까지 쫙쫙 마르게.”

통과되고 나서야 가능한 일이긴 하나.

통과되더라도 능력 하나만큼은 발군이니 그 좋은 능력, 좋은 곳에 쓰면 된다. 마른오징어 짜듯 쫙쫙.

“자, 보자. 우진기, 배현식, 너희도 미래 청년당에 입당했더냐?”

쾅 쾅 쾅 쾅.

“개 씨발!”

전화기를 때려 부술 듯 내려찍는 남자에, 소파에 기대듯 누워 있던 남자가 한마디 툭 던졌다.

“그래서 부서지겠냐? 이번 달만 벌써 두 대째다. 새꺄.”

“야이~ 씨발 개공무원 새끼들. 다 죽어 버려!”

쾅 쾅 쾅 쾅.

“아서라. 아서. 니가 그런다고 그 엿 같은 공무원 새끼들이 움직이겠냐?”

“아아아아악!!”

"진정해라. 자식아, 손 다친다. 손 다치면 다 너만 손해다. 너만 손해야."

"아 씨, 형은 열받지도 않소?!"

"열받지. 또 물먹었는데."

"근데도 가만히 있는 거요?!"

"가만히 안 있으면 어쩔 건데? 가서 똥물이라도 부어 버려?"

"그거라도 해야지. 이렇게 놔두면 그 사람들 다 죽잖아!"

"그래서 움직일 거면 나도 전화기 때려 부수겠지. 백번이라도 유치장에 들어갈 거다."

"그럼?"

"방법이 있냐? 계속 찔러야지. 누군가 볼 때까지."

"캬~ 씨벌, 속 편한 소리는. 그 사람들 다 거리에 나앉고 나서도 그럴 거요?"

"아니, 이 자식이 내가 그 공무원 새끼야?! 왜 나한테 지랄이야."

"방금 졸라 공무원 같았소. 특히 박 주임 그 개새끼같이."

"이 새끼가 사람을 모독해도 하필 박 주임 그 쓰레기 새끼랑 붙여!"

"아, 몰라! 이제 어쩔 거야?! 이제 어쩔 거야~~~~~."

똑똑똑. 노크가 울렸지만 두 사람은 듣지 못했다.

"안 되겠어. 구청을 뒤집든가 해야지."

"어디 가냐."

급히 외투를 챙긴 남자는 다른 남자가 말리든 말든 문을 벌컥 열었다가 노크하려던 김문호와 마주쳤다.

"어!"

"아."

"……."

"안녕하십니까. 우진기 씨?"

"예?"

"안으로 들어가도 될까요?"

번듯한 양복에 어울리는 더 번듯한 외모.

사소한 몸짓 하나에도 품위가 흐른다.

그런 김문호에 우진기는 순간 넋을 잃고 길을 비켜 주었다.

배현식도 벌떡 일어나 김문호를 봤다.

"엇! 누……구십니까?"

"안녕하세요. 배현식 씨. 자리에 먼저 앉아도 될까요?"

"아, 아예. 앉으십시오."

서둘러 신문이랑 커피믹스 자국이 남은 종이컵을 치우는 배현식이었다. 우진기는 어느새 배현식의 옆으로 왔다. 경계하는 눈빛으로.

자리에 앉은 김문호는 천천히 사무실을 둘러보았다.

더러웠다. 낡고 지저분하고 푹푹 썩은…… 전생 첫 만남 때보다 더 후졌다.

여기저기에 널린 컵라면 용기에, 담배꽁초가 구겨진 재떨이에, 벽지는 뜯어지고, 한쪽엔 곰팡이도 보인다. 그 옆으로 보이는 [약자를 위한 연대] 마크마저 아주 후져 보인다.

그래서 기뻤다.

이토록 후졌다는 건 타협하지 않았다는 뜻이다.

"근데…… 누구세요?"

"아, 예, 요즘 이슈가 민서동 재개발 건이라고 들었습니다. 그 건으로 찾아왔습니다."

"뭐야? 건설사에서 나온 놈이었어?"

바로 꼬아 버리는 우진기.

네깟 놈이랑은 절대 타협 없다는 자세가 나온다.

김문호는 피식 웃었다. 우진기는 늘 이랬다. 피아가 명확하다. 단순하고 명쾌하다. 수많은 이해관계로 얽고 얽히는 정치 바닥에는 어울리지 않는 성정.

그러나 하나는 확실했다. 핵심을 짚는다.

아주 중요한 능력이었다. 비록 힘이 없어 관철시키지는 못해도 잘 활용하면 상대의 아픈 곳을 제대로 찔러줄 창이니.

반면 배현식은 달랐다. 능구렁이다. 만사가 유들유들.

그 유들유들함이 포기 안 하는 끈질김인 걸 김문호는 잘 알았다. 아교보다 더 질긴 심줄이 저 헤헤 웃는 좋은 인상에 숨겨져 있었다.

그래서 상대하기 편한 우진기보다 먼저 제거됐다.

'당시 나는 미안하다며 눈물짓는 그를 이해하지 못했지. 도리어 여기까지 왔는데 내 곁을 떠나냐고 욕을 해댔어.'

가슴 아픈 편린이었다.

이제 다시는 경험할 필요 없는 이별.

김문호는 환히 웃었다.

"저도 민서동 재개발 건에 유감이 많은데 같이 움직여 볼까 하여 찾아왔습니다."

"……!"

"……!"

"어쩔까요? 같이 구청에 쳐들어갈까요? 하는 짓이 영~ 개떡 같던데."

둘 다 깜짝 놀란다.

"뭐야? 건설사 빠락지 아니었어……요?"

"진기야. 너는 말조심부터 하라고 했잖아."

"아니, 형님, 느닷없이 와서 이런 말 하는데 곱게 나가요?"

"하여튼 자식이…… 저기 정말 같이 싸워 주시러 오신 겁니까?"

"일단 구청부터 가 보시죠. 어떤 새끼가 길을 막고 안 터 주는지 얼굴부터 봐야겠네요."

일어났다. 멍하니 쳐다본다.

"안 갈 거예요? 나 혼자 가요?"

"아, 아니, 갑시다."

"나도 갑니다."

"앞장서세요."

구청은 금방이었다. 택시 타고 10분.

두 사람은 구청 정문 앞에 내리자마자 곧장 도시개발과로 향했다. 김문호도 천천히 뒤를 따랐다.

입구를 통과하고 엘리베이터를 오르고 조금은 낡은 나무 문을 벌컥 열고 들어갔다. 서류 더미가 곳곳에 쌓인 사무실이었다. 낡고 빽빽한 느낌.

두 사람은 십여 개의 책상이 놓인 곳에서도 가장 깊은 곳으로 갔는데 뒤에서 누가 불렀다.

"이봐요. 거기 누구예요?!"

뾰족한 소리에 돌아봤더니 팔토시를 낀 남자가 뒤로 붙었다.

"어! 이 사람들 그 사람들이네. 이봐요. 내가 안 된다고 했잖아요. 자꾸 이런 식으로 업무 방해하면 신고합니다."

출입문을 가리킨다. 좋은 말로 할 때 당장 꺼지라고.

우진기가 피식 웃더니 바닥에 침을 퉤 뱉었다.

"지랄하네. 비리 공무원 새끼가. 니가 그런다고 내가 가만히 있을 것 같아?! 시끄럽게 한번 떠들어 봐?! 경찰 불러! 경찰 불러 이 새꺄!"

대차게 달려들자 대번에 사무실이 소란스러워졌다.

고개 처박고 일하던 모두가 이쪽으로 시선을 돌린다.

팔토시를 낀 남자는 당황한 가운데에서도 질 수 없다는 듯 뱃심 좋게 버텼다.

"이 사람들이 정말! 누구한테 비리 공무원이야?! 명예 훼손으로 고소당해 봐야 정신 차리려고!"

"고소해 새꺄. 법원에서 네놈이 처먹은 거 하나하나 다 까발려 줄 테니까."

"그래도 이 자식이……."

"그만!"

고함이 터졌다.

안쪽에서 문이 열리며 중년의 남자가 나왔다.

명찰에 도시개발과장 이태술이라 적혀 있었다.

그의 등장에 사무실은 순간 긴장감이 솟았다.

"당신들 뭐야? 뭔데 여기 와서 소란이야!"

"그게 아니라 과장님, 이 사람들 약위연 사람들입니다. 자꾸만 찾아와서 민서동 재개발 건을 파기해 달라고 주장하는 사람들이요. 오늘도 안 된다고 통보했는데 이렇게 업무 방해를 합니다."

"민서동 재개발 건은 이미 구청장님과 시장님의 재가를 받았잖아. 다 끝난 일을 가지고 왜 그래?"

"거기 불법 점거한 사람들 대책을 마련하라는 겁니다. 우리더러."

자기들끼리 북 치고 장구 치고. 소란이 점점 커지자 몇몇 남자직원들이 다가왔다. 우리를 데리고 나가려고.

이런 일에 익숙한지 우진기, 배현식은 벌써부터 몸부림칠 자세를 잡고 있었다.

"쿠쿠쿠쿡, 쿡쿡쿡쿡쿡."

한 걸음 떨어져 있던 김문호가 배를 잡고 웃었다.

"쿠쿠쿠쿡, 아이고, 참, 어딜 가나 이런 인간들이 넘치니 공무원법부터 바꿔야 하는 게 맞겠네요."

"이 사람이, 여기가 어디라고 무례하게……."

"박 주임이라고 했나요?"

순식간에 싸늘해진 말투.

확 달라진 분위기에 박 주임은 움찔 놀라 멈칫댔다.

"앞으로의 일, 감당할 수 있겠어요?"

"……."

"죽을 각오라면 거기서 한 발 더 다가오면 됩니다."

말 몇 마디로 박 주임을 누른 김문호는 우진기, 배현식에게 말했다.

"나가죠."

"뭐?"

"뭐요?"

"나가요. 어차피 얘들은 꼬리잖아요. 백날 붙잡고 울어 봤자 변하지 않아요. 안 가요?"

자신 있게 나가는 김문호에 우진기, 배현식은 멀뚱거리다 뒤따랐다.

다시 택시 잡고.

"기사님, 시청이요."

"예, 손님."

시청에 내릴 때까지만 하더라도 이 남자가 시청에서 시위하려나 했다.

그러나 남자는 성큼성큼 가장 높은 층에 올라 시장실 문을 벌컥 열었다.

안에 있던 비서가 깜짝 놀라 일어섰는데.

"시장님 계신가요?"

"누……구십니까?"

답 없이 명함을 꺼내 준다.

명함을 본 비서는 무엇에 놀랐는지 급히 전화기를 잡았고 5분도 안 돼 바깥에서 시장이 달려왔다.

"아아, 제가 회의 중이라 오시는지 몰랐습니다."

'으응?'

'뭐야?'

평소라면 그림자도 못 봤을 시장이 굽실굽실.

내부에 들어가서도 남자는 자연스레 상석에 앉는다.

"민서동 재개발 건이……."

몇 마디 나누지도 않았는데 시장 입에서 총력을 다한 감사를 실시하겠다는 말이 떨어졌다. 자신은 이 일과 전혀 관련 없고 이전 시장의 사업이라 별 뜻 없이 사인했다고 말하며 손까지 벌벌 떤다.

이게 무슨 조화인지…….

"그럼 시장님만 믿고 가겠습니다. 역시 우리 시장님은 공명정대하실 줄 알았습니다."

"아아, 아닙니다. 도리어 제가 감사해야지요. 일이 잘못됐으면 큰일 날 뻔했지 않겠습니까?"

"그렇죠. 그러니 시정을 꼼꼼히 잘 살피셨어야죠."

"명심하겠습니다. 정말 감사드립니다. 바쁜 와중에 우리 시까지 돌봐 주셔서."

"같은 식구인데요. 아시죠? 제가 시장님 믿는 거."

"하하하하하, 걱정 마십시오. 이 일과 관련된 자는 맹세코 우리 시에서 일할 기회가 없을 겁니다."

시장의 배웅을 받으며 다시 출발. 약위연 사무실로 돌아왔다.

아직도 본 게 꿈인지 생시인지 모를 두 사람에게 김문호가 말했다.

"마귀엔 마귀가 약이라고 원래 공무원들 조지는 데엔 정치인이 최고예요."

"……!"

"……!"

"보니까 어떠세요? 공무원이 움직이나요? 나 몰라라 버티나요?"

아주 빠릿빠릿 움직였다. 그 시장마저.

십수 년 공무원과의 전쟁을 수행해 왔던 두 사람으로서도 저 새끼들이 약 먹었나 의심될 만큼 일이 너무 쉽게 풀렸다.

"정치인, 할 만하죠?"

끄덕끄덕. 신세계를 본 듯한 두 사람을 김문호는 새삼 감회가 새롭게 봤다.

자신도 저랬다. 한민당 최고의원 최준엄이 나서자마자 절대로 안 풀릴 것 같았던 안건이 바람에 돛 단 듯 나아간다. 시장이든 구청장이든 발발대는 걸 보고 온몸에 전율이 돋았었다.

두 사람이 귀여웠다. 최준엄도 나를 이렇게 봤을까?

"정치 한번 해 볼 생각 없으세요? 공무원 놈들 때려잡는 데는 정치인이 짱인데."

◇ ◆ ◇

우진기, 배현식의 합류는 그리 어렵지 않았다.

찾으면서 이미 청운의 필터를 거친 데다 건의하는 순간 두 사람은 별말 없이 받아들여졌다.

아주 오랫동안 약자를 위해 싸워 왔다는 경력만으로도 장대운은 만족했고 그날로부터 민서동 재개발 건은 원천 재검토로 돌아섰다.

뇌물 받고 건설사를 밀어준 담당 공무원과 구청장에겐 검찰이 들이닥쳤고 법원에서 징역 선고가 떨어짐과 동시에 파면 조치당했다.

이런 가운데에서도 세상은 아주 바쁘게 돌아갔다.

"부천 초등학생 토막 살인 사건, 평택 아동 암매장 살인 사건, 청주 아동 암매장 살인 사건, 경남 고성 초등학생 암매장 살인 사건에 이어 포천에서는 6세 입양 딸 살인 사건이 벌어졌어요. 요즘 왜 이렇게 끔찍한 사건이 계속 벌어지죠?"

"그것만이 아닙니다. 광주 남매 존속 살인 사건, 강남역 묻지마 살인 사건, 부천 여중생 백골 시신 사건, 수락산 묻지마 살인 사건에 이번엔 제주 성당 묻지마 살인 사건도 일어났습니다. 나라 꼴이 엉망이 되고 있어요."

영동고속도로 봉평 터널 연쇄 추돌 사고, 경부고속도로 언

양 분기점 관광버스 화재 사고, 대구 서문시장 화재 사고 같은 대형 사고가 연이어 터지고,

칠레 한국 대사관에서는 직원이 미성년자를 성추행해 세계적 망신을 당하고, 흑산도에서는 집단 성폭행이 일어나고,

구의역에서 스크린 도어 정비 업체 직원이 사망하고, 남양주 지하철 공사 현장은 붕괴하고, 의정부에서는 모야모야병 여대생이 피습당하고, 스마트폰이 폭발하고, 입주민이 경비원 얼굴을 담뱃불로 지지고, 죽왕파출소에서는 엽총을 난사하고, 대한항공 기내에서는 취객 난동이 일어나고…….

질서가 무너지는 소리가 여러 곳에서 났다.

정치도 마찬가지였다.

2016년 테러 방지법 반대 필리버스터에, 동남권 신공항 논란에, 나장욱이란 이름을 가진 의원은 국민을 개돼지라고 망언을 뿌리고, 주한 미군 THAAD 배치는 지속적으로 논란이고, 서울시교육청은 문서 소프트웨어를 절차대로 구매하지 않아 의혹을 불러일으키고…… 박진주·최순진 게이트에, 박진주 퇴진 운동에, 한민당 집단 탈당 사태까지 20대 국회는 엉망이었다.

엎친 데 덮친 격으로 차바 태풍이 전국을 덮치고 울산, 경주엔 지진이 터진다. AI는 왜 또 유행인지.

나라 밖도 어수선했다.

북한이 4차 핵 실험을 하고 5차 핵 실험 하겠다며 도발하고,

영국은 브렉시트를 선언하고,

일본은 전쟁 가능 보통 국가 개헌에 찬성하는 파가 승리하고,

대만은 괜히 한국 걸그룹에 시비고,

테러는 세계적으로 만연하고.

"병신년(丙申年)이라더니 진짜 병신년(病身年)인 것 같네요."

"그렇게 말해도 돼요?"

"왜 안 돼요? 뉴스에서도 서슴없이 던지는데. 병. 신. 년. 이라고요."

올해 병신년은 육십갑자의 서른세 번째로 적색을 상징하며 붉은 원숭이의 해였다.

욕설 병신(病身)과는 아무런 연관이 없는 단어이자 뜻이고 한자 표기도 다르나 역사 속 우리는 이 해를 병신년(病身年)이라 불렀다.

설사 이것이 호사가들의 말장난에 불과할지라도. 누구 하나 곱게 지나치지 못하는 건 단지 기분상의 문제가 아니어서였다.

온 국민의 가슴에 뾰족한 송곳을 박은 해.

그 끝판왕 병신 짓이 스멀스멀 기어 나올 징조인지 온갖 범죄가 버젓이 일어나고 있었다.

병신처럼. 그렇게 시작됐다.

2016년 9월 20일 한겨레가 미르재단과 K스포츠재단 이사에 취임한 최순진이란 의문의 인물을 보도하였다.

한국에서 가장 강력한 이익 집단 중 하나인 전국경제인연합회가 800억 원에 달하는 거액을 특정 재단에 무상으로 기부한 것과 그 재단의 설립 과정이 보통과는 다르게 일사천리

로 이루어진 것을 한겨레가 주목하면서 최순진을 국정 감사 증인으로 채택해야 한다는 여론을 불러일으켰다.

권력형 비리의 냄새에 정치권마저 움찔하며 조심할 때인데도 한민당은 거세게 반격하였다.

주시정 한민당 대표가 10월 국정 감사 기간 도중 이레 동안 비공개 단식까지 불사하며 최순진을 국감 증인으로 채택하는 것을 막았고 이렇게 사건은 일단락된 것으로 보였다.

그런데.

“여기, 여기 방송 좀 보세요.”

“뭔데 그래?”

“저것 봐요.”

“알았어.”

10월 중반 JTBS가 대통령 연설문도 최순진이 손본 거 아니냐는 의혹을 보도한다.

이에 국회에 출석해 있던 이원준 청와대 비서실장이 ‘그런 일은 봉건시대에도 있을 수 없는 일’이라고 전면 부인했는데 10월 24일 국회를 방문한 박진주 대통령이 갑자기 10차 개헌 논의를 꺼내며 화제를 돌렸다.

그러나 개헌이란 단어를 꺼낸 지 12시간도 지나지 않아 JTBS 뉴스룸과 같은 시간대에 방송되었던 모든 방송사가 나라를 뒤흔들 뉴스를 보도한다.

최순진의 국정 농단을.

Chapter. 35

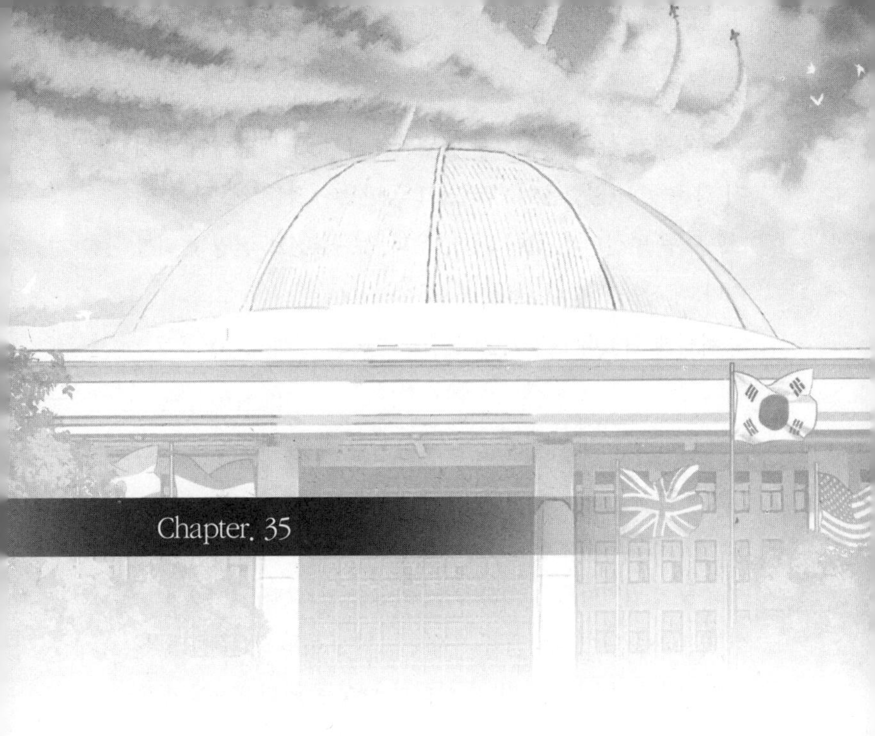

온 나라가 몸살을 앓았다.

온 나라가 자신의 두 눈과 두 귀를 의심했다.

사상 초유의 국정 농단 사태.

국민은 분노했고 기꺼이 거리로 나왔다. 남녀노소 가릴 것 없이 하다못해 유모차를 끈 어미들까지 나와 신뢰를 배신한 대통령을 질책했다.

대학생과 교수를 중심으로 시국 선언문이 낭독됐으며, 거리의 국민은 대통령의 소명과 하야를 요구하며 서울시청 앞 광장을 비롯, 전국 각지에서 집회를 열었다.

최순진이란 여자의 행실은 까도 까도 끝이 없었다.

정치계는 물론이고 재계와 법조계까지 그 영향력이 미치지 않은 곳이 없었음이 드러났고 국민은 얘들(정치, 경제, 법조) 모두 병신인가 싶어 좌파, 우파, 보수, 진보 진영 논리를 떠나 쥐 잡듯이 잡아 댔다.

이렇게 외쳤다.

- 우리가 18대 대통령으로 당선시킨 자는 최순진이 아닌 박진주다.

폭풍이 일었다.

거센 바람 앞에 정치인 중 가장 먼저 나선 이는 장대운이었다.

이렇게 하야를 기다릴 게 아니라 대통령을 탄핵하자고 부르짖었다.

천인공노할 파렴치한들을 이대로 신성한 청와대에 놔둘 거냐는 말에 깜짝 놀란 국민도 동참해 탄핵을 부르짖었다.

언론도 동조했다.

대통령 지지율이 사상 최저치인 호남 0%, 전국 4%라는 충격인 보도가 송출되고…… 이는 기존 역대 최저치였던 김영산 전 대통령의 외환 위기 이후 전국 지지율 6% 기록을 경신한 수치다. 20대 0%, 30대 0%, 심지어 핵심 지지층이던 60대조차 한 자릿수로 무너졌다.

놀라운 건 이 와중에도 지지하는 무뇌아들이 4%나 있었다는 건데.

한민당이 어떻게든 이 일을 막으려 하였으나 기반이었던 당원들마저 집단 탈당하며 그 칼을 거꾸로 겨누니 버틸 여력이 없었다. 계속 허튼소리나 떠들었다간 당이 공중분해 당할 것 같았던 주시정은 결국 백기를 들었다.

본 역사보다 더한 찬성 275표로 탄핵 소추안이 통과되었다.

덩달아 미래 청년당도 바빠졌다.

"도대체 어떻게 그런 문건을 입수할 수 있었답니까?"

"기자 하나가 청와대에서 폐기하려는 태블릿 PC를 우연히 입수했는데 그 속에 이런 내용이 들어 있었답니다."

"허어, 그렇게 어이없이요?"

"진짜 장난 아니네."

"도둑질하려면 완벽하게 하든가."

"좀도둑이 거기까지 올라갔으니 감당 안 됐겠죠."

"훗, 뭐 이젠 결정 난 거나 다름없겠네요. 자, 이제부터 우리가 할 일은 가진 모든 수단을 동원해 대권을 잡는 겁니다."

고대하던 말이 떨어지자 분위기가 일변했다.

"선거를 이끌어 갈 메인 슬로건부터 정해야 합니다. 무엇이 좋을까요?"

김문호도 드디어 본무대인가 싶었다.

2004년 첫 만남부터 고이 키워 온 꿈이 12년이란 연단 과정을 통해 현실로 구현되려 하고 있었다.

메인 슬로건은 오래전부터 마음속으로 정해 두었다.

국정 농단으로 혼란스러운 정국과 또 그 정국을 말끔히 해결할 장대운을 모두 포함하는 단 하나의 단어.

"청렴결백(淸廉潔白)입니다."

"청렴결백이요?"

"청렴결백……."

"아……."

"……."

가져온 안을 발표하려던 이들이 슬쩍 노트를 덮는다.

김문호는 정기가 넘치는 눈빛으로 장대운을 바라봤다.

"아직 탄핵이 확정되지 않았지만 드러나는 죄목만 봐도 현 정부는 끝입니다."

노골적인 뇌물 요구에, 직권 남용에, 권리 행사 방해에, 부정 입학에, 공무상 기밀 누설, 업무상 횡령, 문화계 블랙리스트까지 최순진의 손길이 안 거친 곳이 없었다.

최순진은 청와대 비서도 아니었다. 정치와 관련된 어떤 직함도 없었다. 그런 여자가 국가를 뒤흔들었다.

- 그럼 그동안 대통령은 뭐 했느냐?

드라마 봤단다. 미용사 불러 머리 했단다.

청와대 타임 라인에도 없는 비밀 활동을 가졌단다.

최순진이 자기 연설문을 때려 고치든, 국가 핵심 기밀문서를 유출하든, 남북 안보 관련 사안에 멋대로 개입하든, 국가 인사에 노골적으로 개입하든, 외교 문서에 손을 대든, 국가 공식 행사를 오방낭 무속화시키든, 비선 모임을 주도하든, 관계치 않고 디저트와 차를 마시며 드라마를 봤단다. 머리를 했단다.

이쯤 되면 이런 질문이 나올 수밖에 없었다.

- 대체 박진주는 왜 대통령 선거에 출마했는가?

아니, 그 전 국회의원 선거는 왜 나왔지? 아니, 이 정치판엔 왜 끼어든 거지?

언론과 국민은 대통령이 하야를 선택할 거라는 확신을 갖고 있었다.

저 미국의 클린턴처럼. 불리하다 여긴 순간 하야를 선택해 대통령직이라도 지킬 것이다. 라고.

하지만 김문호는 알았다.

그녀는 인형처럼 가만히 앉아 있다 탄핵당한다는 걸.

최순진을 떼어 놓는 순간 프로그램 빠진 로봇처럼 무슨 일이 벌어지는지에 대한 인식조차 없이 대한민국 대통령이란 호적에서 이름이 지워진다.

결론은 하나였다.

1에서 10까지 최순진에게 조종당했다는 것.

정치판에 끼어든 것도 최순진의 명령이었다는 것.

그 일당이 가만히 지내던 그녀를 이용해 사리사욕을 취한 것이었다.

"우리가 보여 줄 건 네거티브가 아닌 새로운 대한민국에 대한 비전일 겁니다. 그러기 위해 청렴결백은, 청렴결백하여도 세계 최고의 부자가 된…… 세계적인 영향력에, 정치 지도력에서조차 최정상인 인물이 필요합니다. 그게 누굴까요?"

주인공인 장대운은 조용히 경청 중이다.

"이는 시대의 요구이자 온 민족의 바람일 겁니다. 이에 저는 이 자리를 빌려 여러분께 열 가지 제안을 드리고 싶습니다. 아직 다듬어지지 않았지만, 의미는 충분히 전달할 거로 보입니다."

판넬을 꺼냈다. 거기엔 이런 내용이 적혀 있었다.

【할 말 하는 대한민국. 빌런스 코리아】

1. 형법 제도를 수정하겠다. 사형 제도 부활, 촉법소년, 사기, 보이스 피싱 등등 경찰력을 두 배 키우겠다. 가중 처벌법.

2. 국방력을 강화하겠다. 핵 추진 항공 모함과 핵 잠수함을 건조하겠다. 군 비리를 잡겠다.

3. 사법부, 교육부, 경찰청, 언론을 정화해야 한다.

4. 국가 평등주의도 좋다. 해당 나라에서 땅을 살 수 없다면 그 나라 사람도 우리나라 땅을 살 수 없다. 세금도 마찬가지. 중국인들의 마구잡이 부동산 취득을 막는다. 평택 중국인 도시 무효.

5. 공무원과 공기업 개념에 대한 제고가 필요하다. 특권을 내려놓아야 한다. 너무 비밀스럽게 운용한다.

6. 사회적 약자는 배려 아닌 의무라는 인식을 만들어야 한다. 국민은 국가가 챙겨야 할 의무다.

7. 금융 제도도 개편하자. 법의 허점을 이용해 들러붙은 기생충들이 너무 많다. 특히나 제2 금융권에 침투한 일본 자금들.

8. 중국, 미국과의 관계를 재설정하자. 저들은 되고 우리는 안 되는 이유가 있나? 언제까지 휘둘릴 텐가?

9. 부동산 정책. 서민은 정녕 집 한 채도 가질 권리가 없나? 혼자서 1만 채씩 가진 놈은 대체 어디에서 기인한 걸까? 과연 혼자서 가능한 일일까?

10. 북한. 이대로 괜찮은가? 획기적인 전기가 필요하다. 종전부터 시작하자.

"……."

"……."

"……."

발표를 마쳤음에도 누구 하나 입을 열지 않았다.

가만히 곱씹는 표정으로 판넬을 계속 살폈고 언제까지라도 바라보기만 할 것처럼 진중하게 접근해 왔다.

그때 김문호는 장대운의 입술이 묘하게 비틀리는 걸 봤다.

눈을 마주쳤다. 그가 이를 드러내며 웃는다.

"이거 청렴결백보다 더 좋은 메인 슬로건이 있네요."

"예?"

"벌써 적어 놓으셨잖아요. 빌런스 코리아. 난 이게 마음에 드는데요."

“아, 그건 제안에 들어간 뿌리 컨셉인…….”

“그래서요? 우리가 빌런스 코리아를 못 외칠 이유가 있나요?”

“……없습니다.”

“청렴결백한 악당이 있으면 안 됩니까?”

“아닙니다.”

“맨날 처맞고 울기만 하던 나라는 각성 좀 하면 안 된답니까?”

“…….”

“한국인의 매운맛을 보여 줄 때입니다. 밖을 보세요. 대한민국의 민주주의가 이렇게나 성숙해졌습니다. 우리가 모르는 사이 놀랍도록 성장한 것이죠. 세계 어느 나라를 둘러보세요. 정권 퇴진 운동에 피 한 방울 흘리지 않는 사례가 있는지. 우리 국민이 해냈습니다. 그 성숙한 국민이 이젠 달라져야 한다고 말하고 있습니다. 정치가 주저할 이유가 있던가요?”

“……없습니다.”

“맞아요. 우리에겐 선택지가 없어요. 국민이 가라고 한 이상 그리고 대한민국이란 롤러코스터에 오른 이상 굴곡은 있을지언정 무조건 앞만 봐야 합니다. 도 보좌관님.”

“옙.”

“김 비서관이 제안한 문건을 기준으로 의견을 모아 주세요.”

장대운의 지시를 한 번에 알아들은 도종현이 자신감 넘치는 미소를 보였다.

“아주 멋들어지는 놈으로다 뽑아 보겠습니다.”

“힘든 일입니까?”

"설마요. 머리와 뼈대까지 다 갖췄는데 근육 하나 못 붙이겠습니까? 비록 비교적 재능이 떨어지는 보좌관이지만 맡겨만 주십시오. 반드시 만족하게 해 드리겠습니다."

큰소리 탕탕 치는 도종현에 흐뭇한 미소를 지은 장대운은 우진기와 배현식을 보았다.

"두 분은 할 말 없나요?"

"저, 저희는……."

"죄송합니다. 이런 큰 무대에서는 뛰어 본 적이 없어서……."

구멍이 있다면 기어 들어가고픈 표정이다.

"하하하하하하하, 뭘 그리 부끄러워하세요? 각자 잘하는 걸 하면 되지요. 두 분은 훨씬 더 디테일하잖습니까. 오직 국가와 민족에 충성한다는 마음 하나면 됩니다. 그것만 명심하고 목숨 걸어 보세요. 살며 이런 무대가 자주 오는 건 아니잖아요."

"아…… 맞습니다. 전적으로 당 대표님 말씀이 옳습니다. 제가 너무 쫄아서 나약한 마음을 품은 것 같습니다. 목숨 걸면 세상 어느 것도 무서울 게 없는데."

"저도 이 악물고 덤비겠습니다. 믿어 주십시오. 늦게 들어온 만큼 더 죽기 살기로 임하겠습니다."

"하하하하하하, 맞아요. 두 분께 기대하는 게 이런 모습이죠. 패기 있게 덤비세요. 노련함과 세련됨은 전혀 고려할 필요 없습니다. 언제 일이 그 두 가지만으로 되던가요? 야성을 잊지 마세요. 앞으로 우리에게 닥칠 일은 생사를 가를 만큼 엄중할 겁니다. 기합 바짝 넣으세요."

"옙!"

"명심하겠습니다!"

일부러라도 보좌진들의 야성을 북돋워야 할 만큼 정국은 시끄러웠다.

탄핵 소추안이 통과됐음에도 온 나라에 긴장감이 돌았다. 국민이 귀를 쫑긋거리며 허튼짓 못 하게 감시했기 때문인데 계속해서 터져 나오는 국정 농단 관련 비리들은 이 기조를 더욱 견고하게 만들었다.

그러던 와중 임시로 대통령의 권한을 부여받은 국무총리가 기습적으로 THAAD 설치 지역을 경북 성주군으로 확정해 버리는 일이 발생했다.

모두 벙쪄서 청와대를 쳐다봤건만.

국무총리의 답변은 뻔뻔했다.

국익을 위해 어쩔 수 없이 선택한 결과이니 자기의 고심을 알아 달라고. 그러니까 그 선택을 왜 하필 지금 하게 됐는지는 얼버무린 채.

이로써 한중 관계는 돌이킬 수 없는 노선을 타게 됐다.

예상대로 중국은 길길이 날뛰며 대한민국에 대한 다방면의 보복을 천명했고 제일 먼저 한한령이 시행되었다. 한국 드라마, 한국 연예인 등 한류를 막아 버렸다. 계약된 연예인들이 우수수, 막무가내로 쫓겨났다.

두 번째로 한국인의 복수 상용 비자 발급을 제한했다. 앞으로 중국 비즈니스 비자를 받기 위해서는 중국 내국인의 초청이 있어야만 가능하게 됐다.

세 번째로는 중국 내 한국 기업이 일제히 테러를 당했다. 한국 제품 전면 불매 운동이 전국으로 퍼져 나가며 온갖 더러운 비방글이 들끓었다.

"졸렬하군요. 대륙인이니 뭐니 대범한 척은 다 하더니 하는 꼴이 너무 우습네요."

"꼭 그렇게만 보긴 힘들어요. 이번 경제 보복은 무단으로 감행하는 것이 아니라 안보 분쟁에서 비롯된 거잖아요. 안보에 치명적인 위협을 가했는데 상대가 아무런 반응이 없기를 바라는 게 더 이상한 겁니다."

"그렇긴 하지만 미국에는 어떤 짓도 못하잖아요."

"이게 만만한 죄가 아니겠습니까? 한국은 만만하고 미국은 두렵고."

"언제까지 갈까요?"

"자존심상 쉽게 풀리진 않을 것 같네요."

지속적으로 치졸한 꼴을 보게 되겠지.

"그런가요? 이거 걱정이네요. 언론에서는 산업의 상당 부분에서 피해를 입었다고 하던데."

"특히 중소기업 피해가 컸죠. 대기업들도 마찬가지겠지만 대신 우리만 당하는 건 아닐 거예요."

"그렇습니까?"

"조사해 보니 대 중국 수출의 75%가량이 반도체, 디스플레이 패널 등 각종 전자 기계 부품에 해당하는 중간재더군요.

이 물량의 상당 부분은 중국 기업들의 완제품 수출에 있어서 없어서는 안 될 핵심 부품들입니다. 치킨 게임이 들어갈수록 부작용이 엄청날 겁니다. 우리나라 점유율이 전체 70% 이상을 차지할 정도로 막강하거든요."

"으음, 조금 다행이긴 한데 그런다고 마냥 두고 보지만은 않을 것 같은데요. 중국이라면 또 무슨 수를 써서든 제재를 가하지 않을까요?"

"그러니까 다각화가 필요하죠. 대표님이 늘 외치는 다각화. 우리 기업들도 탈중국 러시에 동참해야 할 겁니다."

이 모든 게 이상한 국무총리 하나 때문에 발생하였다.

THAAD 따위 가뜩이나 탄핵 시즌이라 차일피일 시간을 끌어도 될 일일 텐데.

멍청한 국무총리 하나가 온 나라에 몸살을 앓게 하였다.

이게 과연 누구를 위한 일인지 정말 저들이 몰라서 이런 짓을 저질렀을까?

김문호는 과감히 고개를 저었다.

대가리 돌아가는 거론 둘째가라면 섭섭한 게 한민당이었다. 충분히 알고 있음에도 뻔뻔하게 나가는 것이다. 어떤 이유에서든 저들에게 도움된다고 판단했으니.

"방법이 없어요. 저들을 뿌리째 뽑지 않는 한 역사는 반복될 겁니다. 즉 당 대표님을 대권에 올리는 수밖에 없습니다."

"저도 얼마 되지는 않았지만 추잡함이 심각하다는 것 정도는 알 것 같습니다. 가진 최선을 다하겠습니다."

"맞아요. 우린 최선을 다해 우리가 할 일을 하면 되겠죠. 나머지는 대표님이 알아서 하실 테니까. 대표님만 믿으면 됩니다."

우연인지 필연인지 대선 메인 슬로건마저 걸맞게 정해졌다.

[빌런스 코리아.]

청렴결백에 입각한 대선 공약도 꾸려 놨다.

자신감은 넘쳤다.

모처럼 시간이 나 배현식과 거리를 나온 김문호는 우중충한 하늘을 보며 미소 지었다.

이제 얼마 남지 않았다.

이제 정말 얼마 남지 않았다.

≪피청구인 대통령 박진주를 파면한다.≫

땅 땅 땅.

대법원장의 망치가 선고를 내리자 환호성이 터졌다.

누군가는 이 짧은 문장을 두고 한국 현대사 최고 명문장이라고 평했다고 했는데.

2017년 3월 10일 대통령 박진주는 헌법 재판소 재판관 8명 만장일치로 탄핵이 인용되어 파면되었다. 이 결정에 따라 이

전까지 대통령직을 맡아온 박진주는 대통령으로서의 자격을 완전히 상실하였고 바람을 탄 검찰은 3월 27일 박진주 씨에 대한 구속 영장을 청구하였고 법원은 실질 심사에 판사를 배정하며 3월 30일 구속 전 피의자 심문을 진행하기로 하였다.

끝.

전직 대통령 예우에 관한 법률(전직 대통령법) 제7조에 따르면, 전 대통령이 금고 이상의 형을 확정받거나 재직 중 탄핵 결정을 받아 퇴임됐을 경우 필요한 기간의 경호나 경비만을 제외하고 나머지 예우는 모두 박탈하게 돼 있다.

탄핵이 확정되면서 현재 생존한 전직 대통령 중 전직 대통령 예우를 받는 인물은 아무도 없게 됐다.

군사 정권인 전전전전전전 대통령은 진즉 탄핵당하였고 역시 군사 정권의 한 명이었던 전전전전전 대통령은 스스로 징역살이에 들었으나 지병으로 사망했고 전전전전 대통령은 IMF 촉발로 금고형을 받았고 또 사망, 전전전 대통령은 노환으로 사망, 전전 대통령도 박연찬 게이트로 금고형, 전 대통령인 박한업도 권한 남용으로 징역형을 받았다.

이들이 박탈당한 예우를 잠깐 살펴보면.

1. 대통령 보수 연액의 95%를 받을 수 있는 연금.

2. 비서관과 운전기사들의 지원(비서관 3명과 운전기사 1명).

3. 전직 대통령이 서거한 경우 배우자가 지원받는 비서관 1명과 운전기사 1명.

4. 교통·통신 및 사무실 제공 등 지원.

5. 본인 및 그 가족에 대한 치료.

6. 사망 후 묘지 관리에 드는 인력 및 비용 등의 혜택과 그를 위한 기념사업.

7. 민간단체 등이 전직 대통령을 위한 기념사업을 추진할 경우 받을 수 있는 지원.

이것이었다. 이것도 끝.

이 과정에서 마치 나랏님이 홍한 것처럼 구는 사람들도 몇몇 보이긴 했으나 국민 대다수는 받아야 할 죗값을 달게 받은 것으로 받아들였다.

그러나 미래 청년당은 이제부터가 시작이었다.

대통령이 탄핵당했다. 대한민국을 이끌 리더가 사라진 것.

대통령의 자리는 비워선 안 된다. 법률에 따라 2017년 3월 15일 공고가 떴다. 제19대 대통령 선출을 위한 요강이.

"자, 조기 대선이 확정되었습니다. 궐위로 인한 선거는 궐위 사유가 발생한 3월 10일로부터 60일 이내에 선거를 치러야 한다는 거 아시죠? 3월 15일 국무 회의를 통해 5월 9일을 대통령 선거일로 하고 임시 공휴일로 지정했습니다."

"……."

"……."

"이번 선거의 특이점은 선출된 대통령은 당선인 신분으로 지내는 기간이 없다는 겁니다. 대통령직 인수 위원회도 출범하지 않은 채 바로 대통령직을 수행해야 한다는 거죠. 그만큼 더 타이트한 준비가 필요합니다. 특히나 인선에는 심혈을 기

울여야 합니다."

대선 캠프가 급히 꾸려졌다.

사람도 뽑고 전략도 수정하고 할 일이 참 많았다.

조직을 만드는 것도 고되긴 한데 장대운이 대통령 출사표를 어디에서 던질지도 심각한 고민거리였다. 대통령 출사표란 대통령 후보의 성격을 직관적으로 보여 주는 아주 중요한 자리였다. 역대 대통령들처럼 평범하게 현충원에서 시작할지 아님, 독립기념관에서 시작할지에 따라 어디에 중점을 둔 정책이 펼쳐질 건지 일면 살필 수 있으니.

이 때문에 첫걸음부터 상당한 혼란이 일었다.

우선 미래 청년당은 대선 레이스에 경험이 전무하다.

상당한 페널티로 제아무리 한민당과 민생당의 벤치마킹한다 한들 따라잡을 수 없는 간극이 존재하였다.

"할 수 없잖습니까. 없던 게 갑자기 생길 수도 없을 노릇이고 열정과 패기로 이겨 내는 수밖에. 자자, 힘냅시다! 노하우가 부족하면 몸으로 때우면 됩니다. 성장하길 두려워하지 않으면 나이에 상관없이 청년입니다. 청년 정신으로 이 난관을 헤쳐 나갑시다!"

모자란 건 한민당, 민생당을 살펴 우리 식으로 풀어내야 했다.

그래서 그들보다 하루 늦은 걸음을 걷게 됐지만 장대운이란 슈퍼 파워는 그 정도는 페널티도 아니었다.

"어디에서 선언하시는 게 좋겠습니까? 현충원은 순국선열과 호국영령에 뜻을 두고 대한민국을 수호하겠다는 의미입니다.

독립기념관은 여기에서 한발 더 나아가 민족의 자긍심까지 살피겠다는 뜻을 내포합니다. 특히 일본과의 관계에서."

"으음……."

"보통 대선 주자들은 두 곳에서 대권 도전에 대해 선언합니다. 현충원은 서울과 대전에 있고요."

"……다른 곳은 안 되나요?"

"원하시는 곳이 따로 있습니까?"

가장 무난한 곳으로 고르기는 했으나 사실 대권 도전 선언은 아무 데서나 해도 관계없었다.

국회의사당 앞에서 해도 되고 당 청사에서 하거나 법조인 출신들은 검찰청, 법원 등 해당 건물에서 해도 된다.

"제가 첫발을 떼고픈 곳이 있긴 있어요."

"그렇습니까?"

장대운의 시선이 한 방향을 가리켰다.

김문호도, 도종현도, 정은희도, 백은호도, 배현식, 우진기도 모두 그쪽으로 시선을 돌렸다.

북쪽?

그 시선의 의미를 알게 된 건 채 하루도 지나지 않아서였다.

캠프는 결국 장대운의 뜻에 따라 움직였다.

며칠 뒤 아침, 수십 대의 차량이 통일로를 탔다.

목적지는 임진각이다. 1972년 북한 실향민을 위해 당시 1번 국도를 따라 민간인이 갈 수 있는 가장 끝 지점에 세워진 장소.

대한 늬우스 912호에 따르면, 해태제과에서 당시 돈 8천만 원을 들여 세웠는데 연건평이 750평에 이른다고 소개했다. 이후 다양한 시설들이 속속 들어서며 지금의 모습을 갖추게 됐다고.

군사 분계선에서 7km 남쪽에 위치한 곳. 남북이 분단된 대한민국에서 이보다 더 극적인 장소가 있을까?

게다가 판문점과는 다르게 복잡한 허가 절차도 필요치 않았다. 경기도 내에서 외국인들이 가장 많이 찾는 곳이기도 하고.

장대운은 그곳 평화의 종 앞에 섰다. 문의해 보니 타종도 가능하다고 한다. 끝나고 종이나 칠까?

"휴우~~. ……마침내 여기까지 오게 됐군요. 이 자리에 서니 제가 처음 국회에 진출했을 때가 떠오릅니다. 설레는 마음으로 발을 디뎠는데 만나는 사람마다 제게 이런 말을 하더군요. '허허허, 젊은 친구가 너무 기고만장하는구먼. 여긴 자네가 살던 세상과는 다른 곳일세', '지금이야 웃겠지만 얼마나 버틸지 내 두고 보지', '딴따라로 인기 좀 끌었다고 여기에서까지 그러리란 보장은 없을 걸세. 조심하게'란 말들을 하나같이 인자한 표정으로 던졌습니다."

신나게 노트북을 치던 기자들이 깜짝 놀라 고개를 들었다.

진짜냐고?

"전 아무렇지도 않았습니다. 제가 본 국회는 갈라파고스였거든요. 자기들끼리만 이룩한 생태계. 자기들끼리 만든 세상 속에서 이렇다 저렇다 말하며 마치 전부를 가진 듯 으스댔지만 정작 아무것도 모르고 있음을 알았기 때문이죠. 지금 보십시오. 그런 말 했던 이들 전부 어디에 가 있나요? 수갑 차고 감옥에 있어요. 이게 그들만의 리그였습니다. 중대한 안건이 나와도 꾸벅꾸벅 졸다 시간만 때우고는 사우나 가던가, 검버섯 잔뜩 낀 얼굴로 젊은 여자들 끼고 밤에 모여 술이나 마시고 회기 중에도 골프 치러 다니고. 이게 그들이 말하는 국회라는 것이었습니다."

노트북 소리가 일순 멈췄다.

기자들의 입이 점점 벌어지기 시작했다.

"그래서 전 국회 회관에 사무실을 꾸리지 않았습니다. 제가 국회의원이 된 이유는 그딴 짓 하러 간 게 아니라 오직 국가와 민족을 위해서였죠. 그러고 보니 참 무던히도 방해하더군요. 무슨 자료 달라고 하면 이런 핑계, 저런 핑계 대며 늦추고 안 주고. 무상 급식하자니까 국가 반역자 취급을 하고 환승 시스템을 정착시키자니까 아예 뭉개고는 안건조차 올리지 못하게 만들어 버리더군요."

기자들의 목울대가 심히 일렁였다.

"지역당 건물 구하러 다닐 때도 힘들었습니다. 어떻게 손을 썼는지 건물 주인이, 부동산 중개인이 기겁해 도망갔습니다. 우리 직원들 밥 먹으러 들어간 식당에서조차 내쫓더군요. 그때 처절히 깨달았습니다. 이들이 말하는 민주주의란 제가 아는 민주주의와는 전혀 다르구나."

조용해졌다.

"그럼에도 제가 이 자리에 나온 건 그런 자들에게 무시당해서, 조롱당해서, 적개심을 보여서가 아닙니다. 단 하나! 부강한 나라를 만들기 위해서입니다. 어떤 누구라도 이 대한민국을 함부로 무시하고 조롱하고 손가락질 못 하는, 강단 있는 나라로 만들기 위해서입니다."

기자 중 하나가 못 참고 손을 번쩍 들었다.

장대운이 고개를 끄덕였다.

"방금의 말씀은 오해의 소지가 있어 보이는데 그대로 올려도 되겠습니까?"

"오해의 소지라뇨?"

"상황에 따라 평화와 화합을 깰 수도 있다는 뉘앙스로 들렸습니다."

"잘 들으셨네요. 그런 의도로 말씀드린 겁니다."

"예?!"

깜짝 놀란 기자들이 자기도 모르게 플래시를 터트렸다.

장대운은 피식 웃었다.

"평화와 화합? 좋죠. 이미 수십 년을 그리 살아왔습니다. 그동안 우리가 누굴 먼저 건드린 적이 있나요? 누굴 향해 공격한 적이 있나요? 누구에게 부당한 대우를 가한 적이 있나요? 그래서 결론은 늘 어땠죠?"

기자들의 머릿속으로 수많은 영상이 지나갔다.

늘 고개 숙이고 입 닫고 모른 체하고 눈 내리 깔고…… 최일선에서 소식을 전하는 이들인 만큼 본 것도 들은 것도 많기에 그래서 또 아무도 감히 입을 열지 못했다.

혹여나 불이익이 떨어질까 봐.

그러나 장대운은 달랐다.

"호구도 이런 호구가 없습니다. 대한민국은 어느새 국제적 호구로서 명성을 떨치고 있더군요. 설마 이를 부인하시는 분 계시나요?"

"……!"

"……!"

부인은 못 하지만. 기자들도 슬슬 걱정이 올라왔다.

이런 식으로 말해도 되나?

이렇게나 강하게 말하는데 문제가 안 생기려나?

"보세요. 벌써부터 두려워하지 않습니까? 말 한마디도 제대로 못 할 만큼 웅크려 산 겁니다. 자국의 일에는 용맹무쌍 여포를 찍는 여러분들조차 입도 뻥끗 못 하잖아요. 패배 의식이죠. 누가 때리면 맞고, 제 마음대로 발로 차고 조종해도 아무 말도 못 하게 만든 겁니다. 누가? 누가 우리에게 쥐 죽은 듯이 고개 숙이고 살라 하였습니까? 이게 우리가 원하는 대한민국입니까?"

절대로 원하는 모습이 아니었다.

부끄러운 듯 몇몇 기자들이 고개를 숙인다.

"이제 호구 짓은 그만하고 본래의 모습을 적절하게 찾아야 하지 않을까요? 평화를 사랑하는 착한 사람이 화내면 어떤 일이 벌어지는지 말이죠. 한국인의 매운맛. 우리 한국인이 빌런 짓을 하기 시작하면 얼마나 골치 아파지는지 세계인에게 경험하게 해 줘야 하지 않겠습니까? 그런데 애석하게도 지금까지 그 열망을 채워 줄 대통령이 없었습니다. 정치인이, 기업인이, 언론이 없었습니다. 나라에 어른이 없었습니다.”

더 많은 기자가 고개를 숙였다.

“나라 꼴이 어떻게 되든 제 이익만 추구하다 탄핵당하고 징역 살고 온통 못난 모습만 보였으니 국민이 이 나라 정치인들을 삼류라고 꼬집는 게 아니겠습니까? 이제 그만했으면 좋겠습니다. 못난 모습은 더는 그만합시다. 아니, 이참에, 이 자리에서 맹세하겠습니다. 국민과 순국선열과 호국영령들 앞에 이 장대운이 선언합니다. 죽을 각오로 임하겠습니다. 내 나라, 내 국민을 해치려 하는 자는, 그 나라, 그 국민도 결코 무사하지 못할 것을, 반드시 그리 만들 것을 천명합니다. 그리고…….”

장대운이 카메라를 직시했다.

“나라 곳곳에 기생하는 쥐새끼들에게 알린다. 새날이 왔다. 약속이라고 해도 좋다. 곧 너희들의 눈에서도 피눈물이 흐르게 해 주마. 개자식들아.”

헌정사 다시 나올까 의문스러울 만큼 충격적인 출사표였다.

메인 슬로건부터 용가리 통뼈였으니.

[빌런스 코리아]

다음 날로부터 난리가 났다.

좋은 쪽이었다. 처음 탄핵을 부르짖었을 때처럼 온 국민이 장대운을 연호했다.

국민이 원하는 바는 간단했다.

그래, 이것을 기다려 왔다. 우리도 기 좀 펴고 살자.

더는 꾸리꾸리한 거 못 보겠다. 좀 팍팍 밀고 나가라.

여론 조사도 이미 1월부터 65%였다. 압도적인 1위.

한민당은 이 와중에서도 공식 선거 개시일이 아닌데 선거를 시작했다며 선거법 위반이라고 고래고래 소리쳤는데.

아무도 듣지 않았다. 유일하게 중앙 선거 관리 위원회만이 예비 후보자 등록과 당내 경선 실시 기한 내 벌인 일이라 선거법 위반이 아니라고 답변해 줬다. 자기들은 보름이나 빨리 떠들썩하게 해 놓고. 하여튼.

"바람을 탄 것 같습니다. 지지율이 어제보다 3% 더 올랐습니다."

"고무적인 반응입니다. 국민의 기대가 후보님께 집중되고 있습니다."

"젊은 층에서는 후보님을 청와대로! 란 문구가 유행처럼 번지고 있습니다."

"이십 대에서 오십 대까지 육십 대를 제외한 전 연령층에서 압도적인 지지를 받고 있습니다."

"온라인을 통해 빌런스 코리아를 외치는 이들이 삽시간에 늘어 가고 있습니다. 거의 도배될 정도로 말입니다."

"대박입니다! 마치 2002년을 보는 것 같습니다!"

냉정해야 할 캠프마저 술렁였다.

김문호, 도종현, 정은희, 백은호, 배현식, 우진기 모두, 정에라고 할 수 있는 이들까지 전부 기쁨을 감추지 못하고 들썩였다.

본디 이럴 때는 더 활활 타오르게 묻지마 휘발유를 뿌려 줘야 마땅하나. 장대운은 그러지 않았다. 중심을 잡았다.

"반대 목소리는 없나요?"

"아, 있습니다. 우려의 목소리도 나오긴 합니다."

"뭔가요?"

"임진각에서의 출사표를 문제 삼고 있습니다. 너무 심한 강경론자가 아니냐고요. 이토록 강한 주장을 펼치는 자를 앞세웠다가 나라에 망조가 드는 게 아닌지에 대한 의혹을 각 커뮤니티에다 실어 나르더군요."

"으음……."

"그리 신경 쓸 문제는 아니라고 봅니다. 결국 한민당의 사주거나 한민당이 직접 움직인 건일 테니까요. 안 그래도 올라오는 족족 네티즌들에게 몰매를 맞는 중입니다. 너는 그렇게 온건해서 이 나라가 이 꼴이 됐냐고 말이죠."

"그렇군요."

확실히 지금 장대운은 대세라고 불릴 만큼 상황이 좋았다.

오늘 자로 지지율이 68%. 역대 최고 수준이다.

이 흐름만 유지하면 대통령이 되는 건 시간문제라.

하지만 장대운 아직 목말랐다. 조금도 만족할 생각이 없었다.

만족하면 쇠퇴한다.

끊임없이 전진하지 않는 수레는 반드시 쓰러진다.

68%면 70%를 만들고 75%로 올릴 때까지 더 달려야 한다.

아직 멀었다.

파도처럼 밀려오는 갈증에 맞서 장대운은 뱃심을 딱 줬다.

포지션을 점검해야 할 때다.

어디 보자. 지금 내가 가진 이점은 무엇인가?

지지율, 지지율, 지지율이다.

전부 지지율. 지지율밖에 없다. 고로 이룬 건 하나도 없다.

'설레발 떨 거 없어. 뽑히지 않으면 다 허상이다.'

이제 겨우 첫발을 내디뎠다.

다 된 것처럼 구는 건 애송이나 할 짓.

"일정이 어떻게 되나요?"

"후보자 등록 신청이 4월 15일부터 이틀간입니다. 다행히 후보님이 만 40세를 넘긴 후이지요."

"음, 그렇군요."

김문호의 말에 캠프 모두가 공감하듯 고개를 끄덕였다.

장대운이 40세를 넘겼다는 것. 이것이 주는 의미를 이곳에서 모르는 자는 한 명도 없었다.

헌법 제67조 제4항에 이렇게 적혀 있었다.

- 대통령으로 선거될 수 있는 자는 국회의원의 피선거권이 있고 선거일 현재 40세에 달하여야 한다.

대통령 선거에 도전하려면 만 40세를 넘겨야 한다는 것.

대통령으로서 나라의 살림을 책임지려면 최소 이만큼의 경험치를 쌓아야 한다는 얘기였다.

이 한 줄 때문에 충분한 능력과 기반이 있으면서도 장대운은 17대, 18대 대선을 포기해야 했다.

그랬다. 탄핵 시즌 간 미래 청년당의 주 관심거리는 대통령이 탄핵 되느냐? 아니냐?가 아닌 장대운의 나이와 헌법 재판소 판결 시기의 연결성이었다.

헌법 재판소에서 예상보다 빠른 결정이 나면 어떻게 되나?

올 3월이 아니라 작년 12월에 증거가 충분해 볼 것이 없다 하여 탄핵 망치를 쳤다면 장대운은 다시 눈 뜨고 코 베여야 했을 것이다.

'아찔했지.'

후보자 등록 신청일은 지나야 한다고 얼마나 기도했는지 모른다.

다행히 기간을 넉넉히 두고 판결이 내려졌고 어떤 분쟁 거리도 나오지 않을 만큼 명백하게 만 40세가 넘은 장대운이 됐다.

'지지율이 막 70%를 찍어 가고 있는데 나이가 안 돼서 선거에 나갈 수 없다면 얼마나 억울할까?'

억울해서 칠공에서 피를 흘리겠지.

물론 이외에도 대통령 선거에 나가려면 충족해야 할 조건이 몇 가지 더 있었다.

첫 번째, 금치산자는 후보로 나서지 못한다. 금치산자는 법원으로부터 자기 행동의 결과에 대한 판단 능력이 없다고 판정받아, 자기 재산의 관리와 처분을 금지하는 선고를 받은 사람이다. 탄핵당한 대통령이 꼭 이런 느낌이다.

두 번째, 불법 선거를 저질러 아직 피선거권을 회복하지 않은 사람은 출마할 수 없다. 또 법원의 판결에 따라 선거권이나 피선거권을 잃었거나 정지된 사람, 교도소에 갇혀 금고 이상의 죗값을 치러야 하는 사람도 출마할 수 없다.

마지막 세 번째 조건은 5년 이상 대한민국에서 살고 있어야 한다는 것.

장대운은 전부 통과.

“중점적인 스케줄을 봅시다.”

“각 지역당 순회 일정도 있긴 한데 뭐니 뭐니 해도 후보자 토론회를 유심히 봐야 합니다.”

“으음, 방송이군요.”

후보자 토론회는 총 3회에 걸쳐 있었다.

4월 23일 1차 후보자 토론회 (정치).

4월 28일 2차 후보자 토론회 (경제).

5월 2일 3차 후보자 토론회 (사회).

“각 분야에 대한 심도 있는 토론을 준비해야겠네요.”

“그렇습니다. 세 번의 방송을 통해 지지율을 극한까지 끌어올리는 게 현재 캠프의 목표입니다.”

김문호의 말에 장대운은 희미하게 미소 지었다.

마음에 드는 대답이다.

당연하게 대통령이 된다는 생각은 캠프에 없어야 한다. 끝날 때까지 물고 늘어져 0.1%라도 더 긁어 오는 자세, 이것이 바로 정치인의 기본이 아니겠나?

"좋아요. 사전 투표 일정은 어떻게 되나요?"

"5월 4일부터 5월 5일까지 이틀간입니다."

"이도 잘 살펴 주세요. 부정이 없는지, 야료 부리는 놈이 없는지."

"안 그래도 청운과 긴밀히 협조 중입니다."

이 답변은 귀에 들릴 듯 말 듯 작은 소리로.

고개를 끄덕인 장대운은 뭔가 떠오른 표정으로 다시 입을 열었다.

"아 참, 한민당 후보로 그 사람이 온다고 하지 않았나요? 언론에서 한창 떠들다 쏙 들어간 것 같은데 뭔 일 있나요?"

"아~ 그 사무총장 하신 분 말씀이십니까?"

"예."

"스읍 찍어 먹어 보더니 바로 줄행랑쳤습니다. 1년 전부터 한민당이 물밑으로 접촉했는데 이번 국정 농단이 터지고 당이 뿌리조차 흔들리는 모습을 보자 바로 손절했죠. 불출마 선언으로요."

"노욕의 추잡함입니다. 사무총장도 겨우 운으로 된 양반이 대선까지 노리고. 말세에요. 말세."

우진기가 끼어들어 혀를 찬다. 김문호가 봤다.

"뭘 좀 아시나요?"

"그 사람 사무총장 자리를 자기 힘으로 딴 게 아니라 주변에서 몰아준 거라고 들었습니다. 분쟁을 피해 여러 이권에 속하지 않고 힘없고 말 잘 듣는 사람으로 뽑았다고요. 전 그렇게 알고 있는데. 안 그런가요? 아니, 외교 최일선에 있으면서 적이 없고 모두의 존경을 받는다는 게 가능한가요? 일을 안 했다는 얘기잖아요. 호구 짓이나 했던가."

"으음, 그런 경향이 있긴 하죠. 어쨌든 후보님, 이번에 한민당도 아주 꼴이 안 좋습니다."

"그런가요?"

"사무총장 양반이 불출마 선언을 하는 순간 그 지지율이 쪼르르 권한 대행 국무총리였던 자에게 넘어갔는데 그 사람도 이번 판에는 끼기 싫었는지 바로 불출마 선언으로 꼬리를 잘라 버렸습니다. THAAD로 온 나라를 근심으로 몰아넣고는 나 몰라라 칩거에 들었다네요. 양아치같이."

"맞습니다. 완전 양아치입니다. 아마도 지금 한민당에서 나올 사람은 한 명밖에 없을 겁니다."

"그래요?"

"진퇴양난입니다. 대선 후보를 안 낼 수도 없고 당 대표조차 출마하기 꺼리는데 누가 나오고 싶을까요? 한민당은 출마하겠다는 사람에게 꽤 많은 이권을 양보해야 할 겁니다."

홍일출 얘기였다. 검사 출신 정치인.

대통령은 되지 못하지만, 보수를 대표하는 정치인으로 성장한다.

장대운도 익히 아는 자라 언급하지 않았다.

"그건 그렇고 우리 미래 청년당 기호 번호는 어떻게 될 것 같습니까?"

"아, 그것도 제가 알아봤는데 우리가 1번이 될 것 같습니다."

"그래요? 오호호호, 설명 좀 해 주세요."

"간단합니다. 본래 여당이었던 한민당이 1번을 가져가야 하는 게 맞으나 대통령이 탄핵당하면서 법적으로 우리나라엔 여당이 없어졌습니다. 기호 순서를 처음부터 다시 정해야 한다는 거죠. 이에 대한 조항이 따로 있나 살펴봤는데. 공직선거법 150조에 정확히 적혀 있었습니다."

공직 선거법 150조.

국회에 5명 이상의 소속 지역구 국회의원을 가진 정당에 해당하거나 혹은 직전 대통령 선거, 비례대표 국회의원 선거, 비례대표 지방의회 의원 선거에서 전국 유효 투표 총수의 100분의 3 이상을 득표한 정당에 해당할 경우 의석수 순으로 전국 통일 기호를 부여받는다.

"이 기준대로라면 우리가 1번입니다. 한민당이 2번, 민생당이 3번, 국민당이 4번, 자정당이 5번이 될 겁니다."

선거 시점 원내 의석수 순으로 따지면 118석의 원내 제1당인 미래 청년당이 기호 1번을 가져간다는 뜻이다.

그 외 기타 원외 정당들은 가나다순으로 기호를 배정받고 무소속 후보는 정당 후보자들이 모두 배정된 후 기호를 받으며, 무소속 후보가 여러 명 존재하면 무소속 후보 간의 기호는 추첨을 통해 결정한다고 한다.

“이제 어느 정도 정리가 된 것 같군요. 자, 5월 9일 투표까지 최선을 다해 경주해 봅시다.”

◇ ◆ ◇

““““““““““장대운, 장대운, 장대운, 장대운, 장대운…….””””””””””

““““““““““홍일출, 홍일출, 홍일출, 홍일출, 홍일출…….””””””””””

““““““““““문상식, 문상식, 문상식, 문상식, 문상식…….””””””””””

““““““““““김철수, 김철수, 김철수, 김철수, 김철수…….””””””””””

““““““““““오미연, 오미연, 오미연, 오미연, 오미연…….””””””””””

전국 방방곡곡이 선거 열풍에 들었다.

촛불 하나 들고 최강의 권력을 끌어내린 국민은 더없는 열정으로 다음 세대에 대한 기대를 표출했다.

혼돈의 해일 같은 격랑 속에서도 중심을 꽉 잡고 각자의 선택을 믿으며 앞으로 나아갔다.

국민이 너를 선택해야 할 이유를 물었다.

“저 장대운에게 권한을 주십시오. 이 장대운이 나서면 달라집니다. 변화됩니다. 국민 여러분의 속을 시원하게 뚫어 드리겠습니다~~~~~~~~~~.”

“국민께 끼친 실망, 이 홍일출이가 만회하겠습니다. 썩은 사과가 섞여 있었을 뿐입니다. 싹 도려냈습니다. 처음부터 다시 시작하겠습니다~~~~~.”

“위대한 국민의, 위대한 승리입니다. 나라를 나라답게! 이 문상식이 대통합의 길로 국민 여러분을 인도할 겁니다. 저에게 힘을 주십시오~~~~~~~~."

"국민이 이깁니다. 국민이 승리합니다. 우리는 보았고 실천했습니다. 남은 건 새 시대를 열어 갈 제대로 된 리더를 뽑는 겁니다. 저 김철수가 국민께 보여 드리겠습니다~~~~~."

"노동이 당당한 나라, 깨끗하고 정의로운 나라, 이 오미연이 열어 보이겠습니다. 저에게 일임해 주십시오. 이 대한민국을 누가 청정케 할 수 있는지. 이 오미연을 밀어주십시오~~~~."

들썩들썩. 다섯 개 당이 전국을 순회하며 휘저었다. 그들 외에도 무소속까지 열 개 당에서 후보를 배출하며 골목골목을 휘돌며 자기만이 나라를 바로잡을 역군이라고 소리쳤다.

그리고 1차 후보자 토론회가 열리는 날. 적막이 흐르는 가운데 긴장감이 넘치는 방송 스튜디오였다.

각 진영에 제공된 대기실은 마지막까지 준비하느라 부산스럽기 그지없었다.

"10대 공약에 대한 집요한 공격이 예상됩니다. 이에 대한 질문 리스트를 추가로 뽑아 보았습니다."

"후보님, 가정사에 대한 공격도 나올 거라 보입니다. 말씀드리기 어려운 부분이지만 이도 염두에 둬야 합니다."

"지난 행적에 대한 예상 공격지를 작성해 보았습니다. 한번 읽어 보시는 게 좋을 것 같습니다."

"각 후보들에 대한 약점을 정리했습니다. 머릿속에 넣어두십시오. 최선의 방어는 공격입니다."

방송사에 초청된 후보는 다섯이었다.

장대운, 홍일출, 문상식, 김철수, 오미연.

그중 압도적 1위는 장대운이다.

결과치는 제19대 대통령 선거 방송사와 공동예측 조사 위원회가 의뢰하고, 코리아리서치센터, 리서치앤리서치, KN리서치가 수행하여, 신뢰도 95%에 표본 오차 ±0.8%P로 장대운의 지지율은 71%에 닿아 있었다.

가히 폭발적인 인기.

그런즉 집중포화가 떨어질 건 명약관화였다. 저 지지율을 깎아야만 자신들의 가능성이 높아질 테니까.

그 때문에 방송 일정이 다가올수록 장대운 캠프는 밤잠을 못 자고 모범 답안을 만들어야 했다. 그럼에도 부족해서 대기하는 시간까지 쪼개 공부하는 중.

약점이 없는 장대운이라도.

본디 약점이라는 산물은 만들면 만들어지니까.

"시청자 여러분, 안녕하십니까. 제19대 대통령 후보자 방송 토론 진행을 맡은 박영한입니다. 5월 9일 선택의 날이 보름 앞으로 다가왔습니다. 대통령 탄핵으로 이번 선거 기간은 유례가 없이 짧습니다. 그래서 지금 우리에게 가장 중요하고 꼭 필요한 일은 대통령 후보에 대한 철저한 검증일 겁니다."

사회자의 발언으로 TV 토론회가 시작됐다.

"여기 장대운, 홍일출, 문상식, 김철수, 오미연, 이렇게 다섯 분의 대선 후보가 지금 이 자리에 나왔습니다. 앞으로 120

분 동안 후보들의 면면을 아주 면밀히 살펴 검증하는 시간을 가져 보도록 하겠습니다. 오늘 이 자리는 이런 의미입니다. 국민께는 차세대 리더를 확인하고 선택에 집중하는 한편, 후보들께는 갖고 계신 실력을 유감없이 발휘하는 장일 겁니다. 자, 이제 설명은 마치고 모두 발언에 들어가겠습니다."

동시에 카메라가 장대운을 비췄다. 장대운은 자신에게 포커스를 맞추는 카메라를 향해 미소를 지었다.

"안녕하십니까. 국민 여러분, 기호 1번 미래 청년당 대통령 후보 장대운입니다. 모든 준비한 것 중 가장 먼저 말씀드리고 싶은 건 대한민국 경제 기적의 원천이 바로 우리 한국인의 근성이었다는 것입니다. 유능하고 부지런한 우리 한국인은 넘치는 에너지와 용맹한 기상으로 세계 속에 유감없이 색깔을 펼치고 있습니다. 이를 중점으로 세계를 돌아보고 또 지나온 역사를 살피면 한국인은 아주 독특한 유형의 존재라는 사실을 알 수 있습니다. 특히 지난 반세기 동안 대한민국이 현대 경제사에서 보여 준 퍼포먼스는 가히 전설이라고 불러도 무방할 만큼 압도적이었지요."

한 템포 쉬고.

"우리나라엔 그리 알려지진 않았지만, 우리 한국인이 끈질긴 생존 본능을 지닌 특이한 민족임을 부정하는 나라는 없습니다. 수많은 역경 속에서 좌절하지 않고 반드시 일어나는 민족. 자유를 억압하고 압박하면 더 강렬히 반발하고 옳지 못한 것을 보면 절대로 참지 않는 민족. 폐허로 변한 이 나라를 악착같이 일으켜 세운 민족. 세계를 환호케 하는 창조성을 발휘하는 민족. 신뢰 가는 민족."

다시 한 템포 쉬고.

"전 세계 어떤 누구도 한국이 지금과 같이 초강대국의 그룹에 올라설 거라 예상한 사람은 없었습니다. 100여 년 전, 지리학자인 이사벨라 비숍이라는 여성이 우리나라를 보고는 이런 말을 했답니다. '조선인들은 관료들의 부패로 인한 착취 때문에 희망 없이, 그에 따른 게으름으로 인한 가난 속에서 허우적거린다'. 자기 책에다가도 결론은 게으른 민족이라고 기술했습니다. 그런데 그 여성이 러시아 블라디보스토크 한 귀퉁이에 세워진 한인촌을 방문하고는 180도 다른 평가를 내렸죠. '조선인들이 사는 마을은 아주 깨끗하고 그들은 열심히 일하고 진취적으로 산다'라고요."

카메라를 뚫어지게 본다.

"그녀는 또 자기 책에 이런 예언적 기술을 남깁니다. '조선인들은 조선의 착취 시스템에서 벗어나면 성공할 수 있다!'라고요."

피식 웃는다.

"자, 이제 근대로 가 볼까요? 기억하실지 모르겠지만, 우리가 자랄 시기엔 한국인에 대한 이런 말이 아주 많이 나돌았습니다. 한국놈은 안 된다. 한국놈은 믿기 어렵다. 게으르고 약속 안 지키고 불친절하고 화를 잘 내는 망할 민족이다. 어렸을 적 저는 그게 우리 한국인의 민족성이라 믿었습니다. 지금 여러분이 생각하기에 우리는 과연 그런 민족입니까?"

고개를 젓는다.

"아니죠. 일제강점기 시절, 억압과 침략의 고통 속에서 한국인은 뿌리를 잃어버렸습니다. 정체성을 말살당했죠. 그러니 누군가가 심은 악질적인 선동에 저항하지 못하고 스스로를 격하시킨 겁니다. 게다가 분단의 전쟁까지 치렀습니다. 방법이 없었다고 봐야 옳겠죠. 배고팠으니까요. 너무 배고팠잖습니까. 찬란한 문화 따위 개나 주어라. 당장 처자식이 굶는데 눈이 안 돌아버지가, 어머니가 어딨겠습니까. 이런 마당에 무슨 정체성이고 문화겠습니까. 한국인은 그동안 너무 배고팠습니다."

입술을 앙 깨무는 장대운의 표정이 잡힌다.

"몇 년 전인가 인도네시아에서 우리의 발전상을 배우겠다며 50명 정도 인재를 보낸 적이 있었습니다. 그들이 이렇게 물었습니다. '왜 한국 사람들은 부지런합니까? 그 근본 원인이 어디에 있습니까?' 이들이 과연 무엇을 보았길래 이런 질문을 던졌을까요? 우리는 이들의 질문에 이렇게 답했답니다. '배고프니까요. 배고파서요. 배고파서 내국에 있든 해외에 있든 침식을 잊어 가며 일해야 합니다'. ……이 말이 틀렸습니까? 아니요. 전적으로 옳습니다. 아무것도 없던 시절 해외 원조를 받으며 근근이 살았지만, 이런 삶으로는 만족할 수 없었습니다. 굶어 죽지 않기 위해 뼈 빠지게 일했습니다. 어느 정도 올라선 후도 내 자식에게 가난을 물려주지 않기 위해 쉴 수가 없었습니다."

헝그리 정신.

"이 대답을 인도네시아인들이 얼마나 진정성 있게 받아들였는지는 모르겠습니다. 그들은 자원이 풍부하거든요. 큰 노력 없이도 쌀을 삼모작이나 할 수 있고 곳곳에 해산물이 널려 있고 석유, 석탄, 목재, 주석 등이 깔려 있습니다. 전혀 배고프지 않습니다. 배고파 본 적이 없어요. 다시 돌아가서, 우리 한국인은 주변국에서 배우러 올 만큼 게으르고 약속 안 지키고 불친절하고 화를 잘 내는 망할 민족이라는 프레임을 완전히 지웠습니다. 단지 반세기 만에 말이죠. 원조받는 국가에서 공여하는 국가로 발전했습니다. 세계 10위권의 경제 대국이 됐죠. 석유가 나지 않는 나라가 원유 수출국 8위랍니다. 제가 우기는 걸까요? 영국 주간지 이코노미스트에 이 내용이 있습니다. 그들이 전 세계 국력을 나름대로의 기준으로 평가한 내용에 들어 있더군요. 이코노미스트뿐인가요? 미국의 US뉴스와 펜실베니아대 와튼스쿨이 합작하여 발표한 내용에도 비슷하게 있습니다."

환히 웃었다.

"그들이 전 세계인을 대상으로 모험성, 민족성, 문화적 영향, 기업가 정신, 문화적 유산, 이동 인구, 기업 개방성, 국력, 삶의 질, 사회적 목적 등으로 평가한 내용에 우리나라가 당당히 10위에 랭크된 거죠. 이걸 알려 주는 언론 보신 적 있습니까? 이뿐이겠습니까? 아이들이 혼자 학교 가도 되는 나라, 여자 혼자 밤에 돌아다녀도 안전한 거리, 밤늦게까지 홍청망청 술을 마셔도 걱정 없는 문화, 자리 맡는다고 가방만 두어도 누구 하나 집어 가지 않는 시민 의식, 압도적인 식도락 문화에, 새벽까지 놀아도 아침에 멀쩡히 출근하는 정신, OECD 국가 중 최고의 근로 시간, 그럼에도 묵묵히 자기 일에 매진하는 근면성. 국민 여러분, 국민 여러분은 이런 나라에서 살고 이런 나라를 만들었습니다. 무에서 유를 창조한 겁니다."

여러분이 자랑스럽다는 표정을 짓던 장대운은 곧 안색을 굳혔다.

"결국 우리의 문제는 외부가 아니라 내부에 있었다는 겁니다. 내부의 적. 어떤 당의 누군가가 그랬다죠? 국민은 개돼지라고. 100년 전 조선의 관료들이 백성을 그리 여겼습니다. 개돼지! 그리고 100년 후 우린 우리를 개돼지로 여기는 자들이 아직도 우리 주변에서 암약하고 있다는 것을 확인했습니다. 경제, 문화는 초일류로 향하고 있는데 우리의 발목을 잡는 독버섯들이 버젓이 사회 지도자라 칭하며 빨대 꽂고 있다는 것을요."

카메라를 노려보았다.

"정치만 아직 삼류입니다. 유독 정치만 삼류라는 거죠. 저는 이 자리를 빌려 국민 여러분께 다시 한번 맹세하겠습니다. 이 판을 다 갈아엎는 악당이 될 겁니다. 악당의 악당이 되어 기생충들을 전부 태워 버리겠습니다. 임기 기간 내 국력을 세계 6위권으로 올리고 대한민국이란 이름을 세계만방에 떨치겠습니다. 어딜 가든 한국인이라는 이유만으로 대접받는 나라를 만들겠습니다. 부디 이 순간을 기억해 주십시오. 저 장대운이 꼭 그리 만들겠습니다!"

Chapter. 36

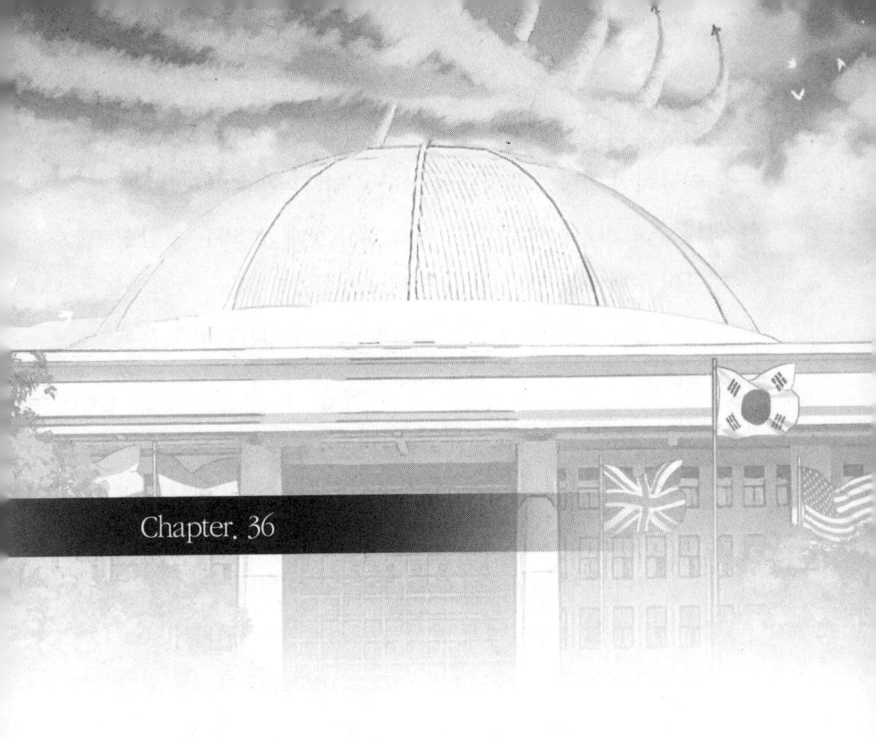

Chapter. 36

토론장 바깥에서 지켜보던 김문호는 자기도 모르게 주먹을 쥐었다.

역시 장대운이다. 너무도 강력한 임팩트.

이어진 다른 후보들의 모두 발언은…… 낡은 정치를 버리고 새 정치로 가겠다던가, 위대한 심판 아래 위대한 승리의 길로 가겠다던가, 국민이 이긴다든가, 노동이 어쩌고저쩌고.

들리지도 않았다.

실시간으로 올라오는 댓글 창은 이미 기생충으로 도배됐다.

한국인이라는 이유만으로 대접받게 해 주겠다는 말에 해외에서 당한 차별 사례가 마구 올라왔다.

악당의 악당이 검색 1순위로 치솟았다.

악당이면 악당인데 악당의 악당이 뭐냐며? 자기들끼리 해석해 주고 자기들끼리 박수 치며 역시 장대운이라는 호감성 댓글이 수백 개를 넘어 천 개를 지나고 있었다.

단지 모두 발언일 뿐인데 장대운은 이미 대한민국을 흥분시켰다.

'됐어. 확실히 주목을 끌었어. 이대로 유지하기만 하면 돼.'

김문호가 잠시 댓글 창을 확인하는 사이 다음 순서가 시작되고 있었다.

후보들이 내세운 공약에 대한 검증 시간이었다.

이번엔 홍일출 후보에게 먼저 질문 선택권이 갔다.

"장대운 후보께 묻겠습니다. 중국과 미국과의 관계를 재설정하겠다는 공약을 내세웠는데 정확히 어떻게 설정하겠다는 건지 자세히 좀 풀어 주십시오."

"풀어드리는 건 어렵지 않습니다. 국가 간 외교는 평등주의에서 출발해야 한다고 봅니다. 누군 힘이 세고 누군 힘이 약하니 무조건 내 말을 들으라는 건 불공평하고 일방적인 피해를 강요하기 마련입니다. 이에 전 중국, 미국과 맺은 모든 협정과 조약을 전면 재검토하여 상호간 윈윈이 될 수 있는 장을 마련하고 싶습니다."

"으음, 그 말씀은 사안에 따라 미국과의 동맹을 깰 수도 있다는 얘기로 들리는데 그렇게 이해해도 되겠습니까?"

시작부터 깜빡이 없이 들어오는 홍일출에 장대운은 잠시

그를 바라보았다. 고개를 끄덕이며 말했다.

"그러면 홍 후보님께 역질문하죠. 미국이 우리나라를 식민지화해도 찬성하실 겁니까?"

"지금은 제 질문 시간입니다. 미국이 우리 한국을 식민지화할 리가 없고 그럴 생각도 없을 겁니다. 역할에 충실해 주시죠."

"세상에 절대란 관계는 없다고 알고 있는데 너무 무턱대고 믿는 건 아닙니까? 그리고 이 정도면 훌륭한 답변 아닙니까? 꼭 전쟁을 입에 담아야 마무리되는 건 아니지 않습니까?"

"그 말씀이 아니라 제대로 된 답변을 듣겠다는 것 아닙니까? 여긴 TV 토론장이고 국민은 장 후보님의 답변을 들을 권리가 있습니다."

"글쎄요. 누구를 위한 답변을 원하는 건지는 모르겠는데 임진각에서도, 여기 이 토론장에서의 모두 발언에서도 저는 항상 같았습니다. 누가 때리면 처맞고 우는 게 아니라 나도 이 악물고 때리겠다. 누가 내 몸에 피를 흘리게 하면 나는 그놈의 눈에서 피눈물을 흘리게 하겠다. 기조는 늘 같았죠. 이는 세계 정치사의 상식이기도 하고요. 그 상식을 여태 쫄아서 못 하신 분이 무슨 자격으로 이런 질문을 하는 건지 모르겠습니다."

"뭐라고 했습니까? 지금 나보고 하는 말입니까?"

"특별히 누굴 지칭하지는 않았습니다."

"방금 나보고 한 말이잖습니까?"

"제 답을 들을 권리가 있다고 착각하시는 분들께 드린 말씀입니다."

더는 못 참겠다는 듯 얼굴이 시뻘게져서 소리치려는 홍일출의 마이크가 꺼졌다.

사회자가 끼어들어 다음 질문자로 문상식을 선택했다.

홍일출이 마구 떠드나 카메라는 이미 돌아갔고 문상식의 입에서 먼저 나온 말은 홍일출에게 차례를 지키라는 것이었다. 그리고 그는 대체로 상식적인 선에서 질문했다.

금융 제도 개편과 대 북한 정책에 대한 허와 실을 파헤치려는 정도라 장대운도 성심성의껏 답변해 줬다.

다음은 김철수였다.

"장대운 후보의 큰 업적 중 하나가 환승 시스템인 걸 알고 있습니다."

"예."

"당시 교통 카드 발급에 대한 의혹이 있어 몇 가지 여쭈려 합니다."

"말씀하십시오."

"지금은 아니지만, 당시엔 수많은 카드사 중 유독 민족카드에게만 독점적인 권리를 주셨는데요. 일방적인 민족카드 밀어주기가 아니냐는 말이 나오는데 이에 대한 답변을 듣고 싶습니다."

"아주 간단한 문제입니다. 당시 카드사들은 주고 싶어도 못 줄 형편이었습니다."

"예?"

"잊으셨나 보네요. 2002~2006년까지 우리 대한민국에 신용 불량자를 양산했던 카드 대란 말입니다. 그때 신용 불량자가 300만 명이나 양산됐다죠. 카드사 부채가 조 단위였고요. 그런 부실 카드사에게 이 큰 사업을 맡길 수가 없었습니다. 자그마치 수도권 500만 명의 출퇴근을 책임져야 할 사업인데 맡기는 게 이상한 거 아닙니까. 물론 이도 정상화된 카드사부터 열어 주긴 했으니 이 건은 선택의 문제라기보다는 불량 경영으로 덩치 불리기에만 혈안이 됐던 카드사들의 문제라고 봐야 옳겠죠."

명확하고도 단호한 답변에 김철수는 움찔, 잠시 카메라 밖으로 시선을 보냈다가 돌아왔다.

제대로 조사하지 못한 보좌진들에 대한 질책 같았다. 이러면 장대운을 도와준 꼴이 됐으니.

그러나 탄핵 선고 후 선거일까지 겨우 두 달이었다. 그 시간 내에 선거 운동 다니고 자기 후보 쉴드 치고 상대편 후보 약점을 들추는 작업은 절대 쉬운 일이 아니었다. 아무리 완벽을 기해도 구멍이 숭숭 뚫리기 마련, 후보들의 질문 수준이 떨어지는 것도 그에 일환이었다.

김철수는 서둘러 다음 질문지로 넘어갔다.

"장 후보께서는 국회의원 시절, 월드 투어를 감행한 사실을 알고 있습니다. 국회법상 국회의원은 월드 투어 같은 행사를 주도적으로 열 수 없는데 이에 대한 설명이 필요합니다."

따로 언급하진 않았지만, 잠깐 논란으로 솟았다가 금세 수그러든 사안이었다.

국회의원이 저렇게 콘서트 하러 다녀도 되나?

저럴 거면 계속 딴따라 하지 왜 국회의원이 된 거지?

진실에 비켜나 있다면 충분히 품을 수 있는 의문이었는데 나라에 더 큰 일이 터져 묻혀 버렸다. 그걸 12년이 지난 지금 김철수가 끄집어냈다.

"정정해 드리겠습니다. 월드 투어가 아닌 미국과 유럽의 공식 행사에 초대된 것이고 그 일정의 일부분일 뿐입니다."

"콘서트를 열지 않았습니까? 안 여셨습니까?"

"열었습니다."

"국회의원이 콘서트를 열어도 되냐는 질문입니다."

"안 될 이유가 있습니까?"

"……예?"

"김 후보님께서는 수없이 강의 연단에 선 거로 알고 있습니다. 청년들의 열망을 자산으로 정치계에 뛰어든 거로 알고 있는데 제가 잘못 알고 있는 겁니까?"

"그거랑 그거랑 같습니까? 그리고 그때는 제가 국회의원이 되기 전……."

"토크 콘서트는 되고 노래 콘서트는 안 된다는 법이 있습니까? 더구나 영리 목적이 아닌 순수 보답 차원이었는데 말이죠."

"토크 콘서트는 제가 주최한 게 아니지 않습니까? 저도 초대받고……."

"그러니까 말입니다. 저도 미국에서 초대했고 유럽에서 초대했습니다. 그들이 주최했고 전 그들이 마련해 준 장소에 간 것뿐이죠. 게다가 당시 정부가 탄핵정국으로 마비 상태라 우리나라와 긴밀히 의사를 타진하고픈 나라들의 요청이 아주 많았습니다. 원활한 외교를 위해서라도 움직일 수밖에 없었던 일입니다."

"그건 외교관에게 맡겨도 될……."

"아니죠. 외국에 나가는 순간 국민 한 사람, 한 사람이 외교관입니다. 대사관이나 영사관에 콕 박혀 거드름이나 피며 담배 물고 수다나 떠는 이들보다 훨씬 훌륭한 이들이 바로 우리 대한민국 국민입니다. 김 후보님께서도 미국에서 생활하실 때 충분히 보셨을 만한 건으로 보이는데 아닙니까? 그런 기회를 두고도 국회의원이었던 제가 가만히 있었어야 했다는 겁니까?"

"……."

"그리고 그렇게 일을 벌인 덕분에 영국이 아주 큰 타격을 입고 여왕과 총리 및 수십 명의 관료가 우르르 넘어와 사과한 것 아닙니까? 그렇게 하지 않았다면 그들이 과연 최선을 다한 사과를 했을까요? 옥신 사태를 잊으셨습니까?"

가습기 살균제로 온 나라가 분노에 떨었던 시기였다. 한창 피어오르던 국회의원 월드 투어 의문이 사그라진 이유이기도 한.

그때 미래 청년당의 당세가 또 한 번 커졌으니 이 사실을 모르는 정치인은 없었다. 입을 꾹 다문 김철수는 더는 밀릴 수 없다고 판단했는지 홍일출처럼 안보 문제를 꺼냈다.

"그렇다면 장 후보님께서는 우리나라에 가장 시급한 안보가 무엇이라 보십니까?"

"갑자기 안보로 가나요?"

"……예."

"이도 간명합니다. 안보에서 가장 시급한 건 말이죠."

"간명하다고요? 그것이 무엇입니까?"

급해져 다그치는 김철수를 장대운이 안쓰럽다는 듯 쳐다보았다.

북핵이나 국제 정세, 무기 수급에 관한 이야기를 기대하는 것 같은데 애석하지만, 자신이 생각하는 안보는 전혀 달랐다.

"식량입니다."

"예?!"

깜짝 놀랐는지 소리가 커진 김철수였다.

"아, 죄송합니다. 너무 의외의 답변이라……."

"의외라고요? 저는 그 말씀이 더 놀랍네요."

"예?"

"전혀 모르시는군요. 일단 답해도 될까요?"

"아……예."

"지금 우리 세상은 글로벌이라 지구촌이라 하며 마음먹으면 하루 만에도 못 갈 곳이 없는 좋은 세상이지만 그 저변을 살피면 세계 경제를 이끌어 가는 건 다름 아닌 식량이란 걸 간파할 수 있습니다. 굶지 않을 거라는 믿음이 있기에 교류가 이어지고 그 덕에 전쟁이 줄어든 거라는 걸요. 하지만 어떤 재앙이 벌어져. 예를 들면, 전쟁이라든가 기후 변화 같은 일로 식량이 끊기는 일이 발생하는 순간 지금까지 쌓아온 모든 시스템이 무너질 겁니다. 이런 위험성 앞에 놓인 대한민국의 식량

자급률이 얼마나 될까요? 겨우 50%를 조금 넘습니다. 즉 사태가 벌어지는 순간 국민의 절반이 굶어 죽는다는 계산이 나오지요. 아니, 그 전에 이 대한민국이란 국가가 붕괴될 겁니다. 배고픈 자들에 의해. 이보다 더 큰 안보 문제가 있을까요?"

"음, 그……럴 수도 있겠군요."

"여기에 대해 더 하실 질문 있으십니까?"

"없습니다."

김철수가 당황한 기색으로 마무리 짓자 사회자는 얼른 오미연에게 마이크를 넘겼다. 홍일출은 아직도 분기가 가시지 않는지 혼자서 투덜댔다. 하지만 장대운도 오미연이 마이크를 쥐는 순간 여유를 잃었다. 의외의 일격 때문이었다.

"조사해 본 바에 의하면 2004년 미래 청년당에서 보육원생들을 이용, 불법적으로 일을 시켰다는 정황이 드러났습니다. 이에 대해 설명해 주십시오."

"예? 불법이요?"

무슨 소린지 못 알아듣는 장대운이었다. 그 틈을 파고든 오미연은 드디어 약점을 잡았다는 듯 매섭게 몰아쳤다.

"후원해 주는 척 미성년자들의 노동력을 착취했다는 제보가 들어왔습니다. 사회적 약자로 보듬어 줘도 모자랄 보육원생들에게 어떻게 이런 일을 벌이실 수 있습니까?!"

"제가요?"

"그럼 누굽니까?! 천사 보육원을 모르십니까?!"

"뭘 잘못 아신 거 아닙니까? 제가 그럴 리가 없잖습니까."

"제보가 들어왔는데도 발뺌이십니까?!"

오미연의 일갈에 바깥에 있던 김문호는 그제야 그녀가 무엇을 문제 삼는지 깨달았다.

'아뿔싸!'

2004년도, 천사 보육원생 얘기면 하나밖에 없었다.

당원 입력 알바.

종이 당원 신청서를 온라인으로 옮기는 작업.

정은희가 따로 사람을 쓰겠다는 걸 부득불 가져와 동생들에게 나눠줬다.

장대운으로선 모르는 게 당연했다.

토론장이 급격히 식었다.

얼른 알려 줘야 하는데 지금은 생방송 중이다.

이러지도 못하고 저러지도 못해 발만 동동 구르고 있는데 그걸 본 건지 장대운이 사회자를 불러 잠깐의 휴식을 요청했다.

사회자는 어디론가 문의하더니 요청을 받아들였고 5분간의 시간이 주어졌다.

김문호는 급히 장대운의 곁으로 가 이 일의 전말을 설명했다.

그제야 장대운도 무슨 일인지 알겠다는 표정을 지었는데 카메라는 계속 돌고 있었다. 다른 후보들이 급히 보좌진과 상의하고 여러 자료를 받는 모습도 다 찍혔다.

휴식이 끝나자마자 오미연은 어서 답하라고 다그쳤다.

장대운은 한숨을 내쉬었다.

"후우~ 알고 보니 제가 모를 만한 내용이더군요."

"정말 모른다고 발뺌하시려는 거군요."

"발뺌이 아니라 모를 만한 내용이라고 말씀드렸습니다. 누가 제보했는지 모르지만, 이 일은 순전한 오해에서 나온 일임을 말씀드립니다."

"오해라고요?"

웃기지 말라는 오미연의 태도에도 장대운은 침착하게 설명했다.

"당시 미래 청년당은 조직력이 부족했습니다. 1차 전당 대회 이후 감당 못 하게 밀려드는 당원에 의해 사무실을 꽉 채울 만큼 당원 등록 신청서가 쌓였는데 이를 온라인으로 옮기는 작업이 필요했습니다. 그때 알바로 쓴 것 같습니다."

"미성년자를 쓰긴 썼다는 거군요."

"미성년자도 보호자의 동의가 있으면 얼마든지 사회생활을 할 수 있습니다. 무엇이 잘못된 건지 정확히 해 주세요."

"그건……."

"제가 이런 말까진 하고 싶지 않았는데 본인이 직접 와서 허락하니 밝힙니다. 제 보좌진 중 아니, 미래 청년당 주요 간부 중 상당수가 오미연 후보께서 지목하신 그 천사 보육원 출신입니다."

"예?"

놀라는 오미연에 장대운이 더 놀란 표정을 지었다.

"모르셨습니까? 그래도 대선 후보를 낸 당인데 너무 공부 안 하신 거 아닙니까?"

"……."

"불리한 건 답하지 않으시네요. 남은 잘도 다그치면서."

"……."

"어쨌든 당시 열네 명에게 사천만 원이 지급된 거로 파악됐습니다. 인당 삼백만 원 못 되게 들어갔네요."

"……."

"오미연 후보님, 2004년도 한 달 평균 알바비가 얼만지는 아시죠?"

"……."

"시간당 2,000원 수준이었습니다. 더 적은 곳도 많았고요. 보육원 퇴소를 앞둔 아이들을 위해 넉넉하게 지급됐다고 했습니다. 제가 모를 만도 했죠. 재정을 맡은 보좌관이 전결로 처리한 건이니까요."

"……사천만 원이나 지급됐는데 모르셨다고요?"

말꼬리를 잡는다. 장대운은 오히려 당당하게 나갔다.

"사천만 원 결제까지 제가 관여해야 합니까?"

"예?! 그 발언은 상당히 문제가……."

"어느 그룹사 회장이 사천만 원짜리 결제를 들여다봅니까?"

"예?"

"미래 청년당 1년 예산이 얼만지 아십니까? 당시 미래 청년당에 투입됐던 자본이 얼마나 되는 줄 아십니까? 그걸 제가 다 일일이 봐야 했다는 말씀이십니까? 사무실에 쓸 비품 비용까지?"

"……."

다른 사람이 이런 말을 했다면 물의를 빚을 수 있었지만, 당사자가 장대운이었다.

세계 최고의 부자.

재산 내역에 당당히 100조 원 + ∝라고 적는 쾌남.

기업이, 조직이 돌아가는 생리를 아는 사람들은 오히려 오미연을 손가락질했다.

그 정도 규모에서 장대운이 사천만 원까지 챙긴다는 의미는 두 가지밖에 없었다. 하나는 직원들의 부패가 심각하거나 다른 하나는 장대운이 열라 쪼잔한 놈이거나. 짜장면 한 그릇에 벌벌 떠는 수전노 말이다.

돌파구를 찾지 못한 오미연은 결국 방향타를 틀었다.

"장 후보님은 구룡마을 재개발 건에도 관여한 것으로 알고 있습니다. 맞습니까?"

"그렇죠. 강남구의 일이니 국회의원이었던 제가 관여해야 했죠."

"조사한 바로는 15조 원이란 천문학적인 자금이 들었다고 했습니다. 꼭 그렇게까지 해야만 했습니까?"

"예? 질문의 의도를 제가 파악하지 못하겠습니다. 정확히 말씀해 주시죠."

"그 돈을 다른 곳에 활용했다면 더 큰 시너지를 얻을 수 있었다는 말씀입니다."

"아~ 하하하하, 오 후보님이 남의 재정까지 신경 써 주실 줄은 몰랐네요. 그렇다면 어디에다 썼어야 옳았을까요?"

"경기도도 있고 기업들도 있고…… 한데 재개발 사업 후 상황을 보니 원주민을 위한 임대 아파트 외 전부 미래 청년당 당원들을 위한 시설들로만 채워져 있더군요. 사회적 낭비가 아닙니까?"

"국민 건강에 공헌하는 제약 회사 설립은 왜 빼십니까?"

"절반에 해당하는 사안만 말씀드린 겁니다."

"그럼 절반에 해당한다는 말씀을 먼저 하셨어야죠. 근데 그런 시선이면 부산, 대구, 광주, 대전에 설립한 지역 당사도 거슬리시겠군요."

"솔직히 그렇습니다. 그 좋은 시설을 건립하고 당원들만 이용하게 열어 주다니 장 후보님은 대통령이 돼서도 당원들만 챙기는 게 아닌지 의심스럽습니다. 그리고 구룡마을 내 땅을 소유한 주인들이 들어가는 데 비용을 받는다고 하더군요. 통행세는 왜 받는 겁니까?"

피식 웃는 장대운이었다.

"먼저 정정부터 해드려야겠군요. 구룡마을은 이제 없습니다. 현재 미래바이오 단지로 불리죠. 그리고 아무래도 제약 회사가 들어간 관계로 허락된 인원 외 출입이 어려운 건 사실입니다. 출입하려면 반드시 공항 검색대 이상의 보안 검사를 받아야 하죠. 설마 이를 문제 삼는 건 아니시죠?"

"그걸 지적한 게 아니라……."

"미래바이오 단지를 기획할 때 원주민들은 전부 이주 계획서에 서명했습니다. 계약에 따라 경기도에 1천 세대의 다세대 주택의 건설했고 각 세대당 월 1백만 원의 생활비도 지급했습니다. 서울로의 교통은 셔틀버스를 운용해 불편을 최소화로 시켰고요."

"……."

"외지인들의 토지 보상도 2억 원 수준으로 대부분이 합의봤죠. 1천만 원, 2천만 원에 투자해 10배의 수익이면 괜찮지 않습니까? 그러고 나니 딱 다섯 곳이 남더군요. 소위 알박기라고 부르는 놈들이. 20억을 달랍니다. 아주 양아치들이죠. 그래서 부득이하게 미래바이오 단지 건설 도면까지 바꿔야 했습니다. 그 비용이 더 컸음에도 주기 싫었습니다."

"……그래도 땅 소유주가 자기 땅에 들어가겠다는데 통행세를 받는 건 너무 심한 처사 아닙니까?"

"그들 때문에 수백억이 더 들었다니까요. 방금 제가 한 말씀 못 들으셨나요? 그들 때문에 멀쩡한 길도 바꿔야 했고 기획했던 건물들을 포기해야 했죠. 흉물스러운 건물을 가리기 위해 가림막까지 설치해야 했습니다. 행여나 아이들이 들어가지 못하게 관리인도 구해야 했고요."

"……."

"2차 피해를 막기 위해 인근 부동산에다가도 알렸습니다. 맹지를 사기 치다 걸리면 소송에 걸릴 거라고 말이죠. 통화 내용도 증거로 남겼습니다. 그러자 일 년, 이 년 지나며 네 곳이 팔겠다고 하더군요."

"……2억에요?"

"아니죠. 2천만 원이죠."

"예?"

"맹지잖아요. 이미 다 지어 놨는데 누가 그 금액에 사겠습니까? 마음을 돌리려면 진즉 하지. 거길 또 뜯어고쳐서 공원으로 재단장해야 했어요. 돈이 이중삼중으로 들어갔습니다."

"통행세는……."

"거기 관리인은 무슨 죄입니까? 봉사 인력입니까? 그 인건비는 누가 내죠?"

"……."

"남의 돈이라고 막 말씀하시면 안 됩니다. 대통령 후보로 나온 분께서 그런 시선이라면 국민이 낸 혈세를 어떻게 관리할 수 있겠습니까?"

"……."

"그리고 남의 지역 당사를 어떻게 쓰던 오 후보께서 왜 상관하시는 겁니까? 거기 문화 센터에서 노래 배우고 자격증 따고 영어 배우고 수영하고 워터파크 이용하고 배드민턴에 축구장까지 그 시설들은 오로지 미래 청년당원을 위해 지어진 겁니다."

"그……게 문제라는 겁니다. 어째서 일반 시민은 이용할 수 없는 겁니까?!"

"억지를 펴도 작작하세요. 구분을 두시라는 얘깁니다. 그게 왜 차별입니까? 부모가 내 새끼를 위해 최고의 환경을 만들어 주는 게 죄입니까? 그래서 오 후보님의 자녀는 초등학교 때부터 홀로 경제생활 했습니까?"

"그 문제가 아니니……."

"이 장대운이 대통령이 된다 생각해 보십시오! 미래 청년당 당수로서 미래 청년당원들만 바라봤던 놈이 대통령이 되어 국민만 본다면 어떤 일이 벌어질 것 같습니까?! 여러분들처럼 이거 안 된다. 저거 안 된다. 눈치만 보며 살 것 같습니까? 아니면, 판을 뒤집어서라도 국민을 위해 살 것 같습니까?!"

거대한 일갈이었다. 오미연만이 아닌 이곳에 있는 모두와 이곳을 지켜보는 시청자들에게 던지는 처절한 메시지.

토론장은 일순 적막에 휩싸였다.

김문호는 저들이 장대운의 말에 공감할 거라고는 판단하고 싶지 않았다. 다만 일부분이라도 동의해 주길 바랐다. 저들도 나름대로 이 대한민국에 큰 갈증이 있을 테니.

이 자리에 나왔다는 건 그 갈증을 해결하려는 게 아닌가?

물론 언제나 그렇듯 초를 치는 사람은 있었다.

당황, 당혹으로 빰이 붉게 물든 오미연을 향해 괜찮다고 격려하는 홍일출이었다.

"아이고, 오 후보님, 괜찮습니까? 오 후보님께서 너그러운 마음으로 이해해 주십시오. 아직 장 후보가 연륜이 부족해 언성을 높인 것뿐입니다. 인생 선배로서 그 정도쯤은 받아들이고 가야 하지 않겠습니까? 허허허."

인생사 초탈한 듯 희미한 미소를 던지는 홍일출에 오미연은 저 인간이 왜 저러나 쳐다봤다. 다른 이들도 순식간에 분위기를 깨는 홍일출에 시선을 던지며 고개를 갸웃했다.

원천적으로 지금은 홍일출이 끼어들 자격이 없었다.

오미연의 시간이었고 오직 오미연에 의해서만 움직여야 했다.

"실패를 마주친 적 없어서 그렇습니다. 승승장구만 하다 보니 세상 어려운지 몰라요. 이럴 땐 연장자의 아량으로 보듬어 주는 게 좋습니다. 오 후보님은 너무 속상해하시지 마시기 바랍니다."

오미연을 위로하는 척 장대운을 까고, 자기는 이 정도쯤 아무렇지도 않다는 대인배처럼 이미지를 연출한다.

장대운의 미소가 차가워진 건 그때였다.

"홍 후보님의 말씀이 과하시군요. 이 자리에서 연륜을 꺼내시다뇨. 이곳에서 이력이 가장 떨어지는 분 입에서 나올 말은 아닌 것 같네요."

"뭐요?"

바로 발끈한다. 그 얼굴에 쓴 가면 한번 가볍다.

"그럼 공개적으로 알려진 것 외 별다른 이력이 있습니까?"

"내 나이가 몇인데……."

"그 말씀이 아니라 홍 후보님보다 제가 사회생활 선배라는 걸 알려드리려는 겁니다."

"뭐라고요?"

"이도 조사하지 않으셨습니까?"

"장 후보와 내 나이 차이가 얼마인지 아시오?"

기가 차다는 표정이다.

네가 기저귀 차고 있을 때 자신은 검사였다는 것.

그러든 말든.

"그럼 한번 살펴보죠. 홍 후보님이 본격적인 사회생활 즉 검사로 임용된 해가 1985년이라고 알고 있습니다. 아닙니까?"

"그……렇소."

"전 1984년에 데뷔했습니다."

"……!"

몰랐나 보다. 이게 더 기가 찼다.

상대 후보에 대한 이력조차 머리에 넣지 않았다니.

제아무리 준비 시간이 촉박했어도 기본이 안 됐다.

"전 1984년 데뷔 이래, 전 세계적인 레전드로 불리고 있죠. 또 오필승이란 걸출한 기업을 세웠고요. 1998년부터 2007년까지 청와대 경제 고문역도 맡았습니다. 동시에 2004년부터 2016년까지 4선 국회의원도 했고요. 그리고 대선 후보까지 올라 있습니다. 반면, 홍 후보님은 검사 생활을 10년 하시고 약 1년간 변호사 사무실에 의탁했다가 바로 정치계에 뛰어드셨더군요. 저보다 겨우 5년 빨리 말이죠. 아닌가요?"

"그야…… 허, 맞습니다."

"그동안 뭘 하셨나 살펴봤습니다. 없더군요. 공직 선출 경험이 많다는 것 외 이렇다 할 업적이 하나도 없었습니다."

"그게 무슨 말씀입니까?! 제가 얼마나 국민을 위해……."

"그렇게 국민을 위하시는 분이 성완중 측으로부터 불법 정치 자금 1억 원을 받아 1심에서 징역 1년 6개월을 선고받았습니까? 심지어 지방 자치 단체장에게는 사실상 탄핵에 해당하는 주민 소환이 이루어질 뻔했잖습니까?"

"2심에서 무죄를 받았지 않습니까!"

"그렇죠. 그러니까 뻔뻔하게 대선 레이스에 참여할 수 있었겠죠. 근데 검사가 항소 안 했나요? 지금 대법원 심판을 기다리는 중 아닌가요?"

"……."

"애초 자격도 없는 분이 이 자리에서 뭐 하시는 건지……."

혀를 차듯 고개를 젓는 장대운에 홍일출은 도저히 안 되겠는지 숨겨둔 서류 봉투를 꺼내고는 자료 하나를 찾았다.

"웃기는군요. 뭐 묻은 놈이 뭐 묻은 놈에게 뭐라는 것도 아니고. 그러는 장 후보야말로 정경유착의 예시가 아닙니까!"

"예?"

"민족은행 말입니다. 민족금융지주의 실소유주가 장대운 후보라는 얘기가 있어요. 청와대 경제 고문역으로 있으면서 멀쩡한 은행을 일부러 파산시켜 민족은행을 만들었다는 제보가요."

"제가요?"

"증인이 있습니다. 이에 대한 건 어떻게 설명하실 겁니까?!"

홍일출의 외침에 카메라가 즉시 장대운의 표정을 살폈다.

살짝 입꼬리가 올라가는 것 외 아무런 흔들림도 없었는데 지켜보던 사회자가 더는 안 되겠는지 홍일출을 말리려 했다.

"아직 홍 후보님께서는 발언 기회가…… 예? 아, 예."

그도 어디론가에서 연락을 받고는 말을 멈췄다.

방송사도 궁금하다는 뜻이다.

안 그래도 일대일 대결에서 형편없이 밀리는 후보들을 보며 일방적인 흐름을 우려했던 방송사로서는 홍일출의 돌발이 반가웠을 것이다.

더구나 대한민국 최대 은행 민족은행 이슈라니.

크게 키울 생각 같았다.

의도를 읽은 장대운이 시선을 돌려 방송사 측을 봤다.

카메라가 따라간다.

"이놈의 방송사 놈들은 10년이 지나도 20년이 지나도 발전이 없어요. 이쯤 되면 시스템 자체의 문제라고도 보일 정도인데. 아무래도 대대적으로 손봐야 할 것 같습니다."

의미심장한 말을 남긴 장대운은 다시 사회자를 보았다.

움찔한다.

"사회자님, 오늘 주제는 정치가 아닌가요?"

"아…… 그렇습니다."

"이런 식이라면 정치, 경제, 사회 전부 짬뽕해도 무방하다는 뜻으로 보이는데 그래도 됩니까?"

"그건…… 그게…… 아, 어느 한 부분……을 명쾌하게 떼어 놓기 어렵다는 판단입니다. 정치, 경제, 사회 모두 유기적으로 연결돼 있기 때문이겠죠."

"그렇군요. 그럼 앞으로 이 시간 이후로 남은 두 방송도 그리 준비하면 된다는 얘기군요. 전방위로."

"그게……."

"명확하게 대답해 주세요. 그래야 맞춰 갈 수 있지요. 때때마다 바뀔 기준이라면 굳이 설정할 이유가 있을까요? 자유토론으로 맡기시지."

"잠시만……요. 아! 예, 통합으로 가기로 결정했답니다. 기탄없이 발언하셔도 됩니다."

"그렇군요."

홍일출에 잠시 시선을 주었다 다시 카메라를 보는 장대운이었다.

"원래 이런 얘기까지 안 하려고 했는데 어쩔 수가 없군요. ……20년 전인가요? 여러분 기억나십니까? 우리가 참으로 고된 시기를 보낸 적이 있습니다. IMF 사채꾼들이 우리 한국을 도마 위에 올려놓고 조각조각 잘라 기업이든 고이 모셔둔 자산이든 은행이든! 쪽 빨아 먹으려 한 시절 말이죠. 기억나십니까?"

IMF 얘기였다. IMF를 기억 못 하는 국민은 없었다.

"그때 돈 50억 달러로 사정없이 후려치는 IMF에 한국은 거의 모든 빗장을 열기 직전이었습니다. 모두가 절망을 얘기하고 있을 때였죠. 그렇게 어려울 시기에 홀연히 나타난 키다리 아저씨가 있었다는 얘기는 기억하십니까?"

이 질문에는 시간이 조금 필요했다.

물론 긴 시간은 필요 없었다. 대선 토론회를 보는 이들은 주로 장년층에 가까웠고 20년 전이라면 그들이 한창 일할 때라.

키다리 아저씨를 기억해 내는 이들은 아주 많았다.

사회자를 포함.

"아! 그 700억 달러 말입니까!"

소리 지름과 동시에 모든 시선이 장대운에게 꽂혔다.

설마…… 정말…… 네가 그 키다리 아저씨?!

고개를 끄덕였다.

"예, 있는 돈 없는 돈 다 끌어모은 거로 모자라 미국 씨티은행에서 대출까지 받아 조국을 위기에서, IMF 저 사채업자들의 손에서 구한 놈이 바로 저입니다."

쿵. 웅성웅성.

토론회장이 삽시간에 소란스러워졌다.

장대운이 키다리 아저씨라니.

그동안 키다리 아저씨를 캐겠다고 뛰어든 언론이 몇이며 그 세월이 얼마인가. 키다리 아저씨의 가장 유력한 후보로 지목받았으면서도 끝내 입을 다물었던 그가 드디어 입을 열었다.

이 중요한 자리에서.

그러나 장대운은 오히려 손사래 쳤다.

"오해 마십시오. 처음부터 말씀드렸듯 별로 밝힐 생각이 없었는데 민족은행을 설명하려면 방법이 없었습니다."

"그럼……!"

"예, 1997년 12월 김영산 대통령과 김대준 대통령 당선자, 한국은행장, 저. 네 명이 청와대에 모인 적이 있었습니다. 정확히는 IMF가 요구하는 조건에 도장 찍기 직전 1,000억 달러가 든 통장으로 제가 만남을 요청했죠."

"아……."

사회자의 탄성이었으나 여기 모인 대통령 후보들 전체의 탄성이기도 했다.

이 시점 중요한 건 돈의 액수가 아니었다.

당시 암울했던 대한민국의 상황이 그려져서였다.

국가 부도 직전, 간악한 IMF의 마수 아래 짓밟히기 직전, 1,000억 달러를 들고 찾아갔다는 장면이 그들을 전율시켰다.

"딱 두 가지만 요구했습니다. 첫째는 지정한 날의 환율대로 이 금액을 보증해 달라."

"……지정한 날의 환율대로라면 얼마를?"

"1달러에 2,050원이 나왔던 날입니다."

"1,000억 달러를 2,050원에 보증받았던 겁니까?"

"50원은 떼고 2,000원에 보증받았습니다. 그리고 정부는 700억 달러만 원했습니다."

"아……."

"너무 비싸게 받은 거 아닙니까? 거의 최고 꼭대기점에서 보증받은 거잖습니까."

홍일출이 튀어나왔다. 장대운은 피식 웃었다.

"지금에서야 꼭대기니 뭐니 저따위 말을 하실 수 있겠지만, 여러분은 기억하실 겁니다. 1달러당 3,000원도 내다볼 때였다는 걸요. 더 불러도 정부로서는 무조건 OK할 상황이었죠."

"그건 억지입니다. 국가를 위했다면 1,500원 선에서 받았어도 충분……."

"누가 억지를 부리는지 모르겠군요. 그럼 김영산, 김대준

전 대통령과 당시 한국은행장이 바보였다는 겁니까? IMF가 고작 50억 달러 빌려주면서 내걸었던 조건을 읊어 볼까요? 그리고 전 그 50원마저 깎아줬습니다."

"고작 50원으로……."

"그 50원이 당시 금액으로 3조 원이 넘어요. 알고 하시는 말씀이세요?"

"……!"

"너무 실망스럽군요. 당시 국회의원이었던 분이 어떻게 아무것도 모를 수 있습니까. 그때의 한국은 제가 무슨 조건을 걸었어도 무조건 수용했을 시기였습니다. 아직도 이해 못 하세요? 제가 무엇을 할 수 있었는지?"

"……."

입을 꾹 다무는 홍일출을 한 번 비웃어 주다가 카메라를 보는 장대운이었다.

"제가 이 일을 밝히며 어째서 보증이라는 단어를 썼는지도 아셔야 합니다. 바로 환전하면 될 텐데 말이죠. 근데 생각해 보십시오. 700억 달러를 환전하려면 한국은행이 140조 원을 찍어 내야 합니다. 그 일을 저질렀다간 다른 방면에서 한국 경제가 휘청였겠죠. 당시 한국이 이 돈을 받아들일 체력이 없었으니까요. 맞습니다. 이래나 저래나 방법이 없었습니다. 그래서 정부와 한국은행의 보증을 받고 필요할 때마다 현금을 받는 거로 계약하게 된 겁니다. 민족은행 본점이 낡은 건물에 들어가고 금고 하나 없이도 여태 잘 돌아가는 이유입니다. 한국은행이 민족은행의 금고가 됐으니까요."

"……."

"……."

"……."

사위가 조용해졌다. 어쩌면 숙연한 느낌마저 돌았다.

IMF 시기를 겪은 사람들이라면 누구나 공감할 얘기였다.

그러나 감춰졌던 역사의 한 고리 앞에서는 경쟁 선후를 떠나 경의를 보낼 수밖에 없었다. 스텝에 후보들까지 장대운에게 살짝 고개를 숙이는 것으로 마음을 보였다. 고맙다고.

그러나 빌런은 홍일출만이 아니었다.

PD의 채근에 견디다 못한 사회자가 분위기를 깼다.

"지금 시점에…… 더 이야기를…… 진행을 시켜도 될는지 모르겠지만, 나머지 요구 사항에 대해서 들어봐도 되겠습니까?"

"그도 어렵지 않습니다. 나머지 하나는 망한 은행에 대한 절대적인 협상권이었습니다."

"절대적 협상권……이요?"

"생사여탈권이라고 하면 쉬울까요?"

"생사여탈권이라면 죽이고 살리고를 장 후보님께서 정했다는 겁니까?"

"안 됩니까?"

"아니, 그게 어떻게……."

"답답하십니다. IMF를 촉발한 이들이 누굽니까? 문어발식으로 확장하던 기업도 문제지만 결국 돈놀이하던 놈들 아니겠습니까? 그놈들이 남의 돈을 자기 멋대로 굴리다 망조가 들었는데 피해는 국민이 봤어요. 물론 일본의 간악한 술수에 크게 당한 것도 있지만 어쨌든 원흉이 됐던 놈들을 고이 놔두는 게 맞습니까?"

"아……니겠죠."

사회자도 미간을 잔뜩 찌푸렸다. 그도 그 시기 은행이 하루아침에 파산하는 걸 눈으로 본 사람이다.

"더 웃긴 건 말이죠. 반성하고 열심히 달려도 모자랄 판에 외국계 은행에다 자기 지분을 팔고 있더군요. 그 생양아치 같은 놈들이 말입니다. 자기 면피하려고 우리의 자산을 마구 담보 잡더란 말입니다."

"그……런 일이 있었습니까?"

"기록에 다 남아 있습니다. 조사해 보면 다 나와요. 그때 140조 원 자산의 민족은행은 설립되며 외국 은행이 토종 은행을 삼키지 못하게 최일선에서 막았습니다. 적당히 지분 정리해 주면 협상에 들었고 그것도 안 하고 강짜 부리면 파산시켰습니다."

"정말 파산까지 시켰습니까?!"

"그럼 알토란 같은 우리 자산을 외국에 넘겨줘야 했습니까?"

"그건……."

"차라리 파산시키고 그 지분을 휴지 조각으로 만드는 게 낫겠지요. 어차피 DB는 남아 있잖습니까. 그대로 민족은행으로 옮겨와 국민은 1원도 피해 안 가게 막았죠. 제 돈으로요. 그렇게 한두 개쯤 파산시켰더니 외국 은행에서 알아서 지분 팔러 왔습니다. 민족은행은 적당한 금액에서 협상했고요. 그게 현재의 민족은행이 됐습니다."

"아……."

고개를 끄덕끄덕.

민족은행까지 나온 이상 장대운은 한 발 더 나갔다.

"국민 여러분, 민족은행이 유독 예금 이율이 높고 대출 이율이 낮은 이유가 이제 짐작되십니까? 바로 100% 토종 은행이기에 가능한 겁니다. 다른 은행들은 해 주고 싶어도 못해요. 해마다 수천억 원에 달하는 배당금을 외국 놈들이 다 쪽쪽 빨아 가니까요."

"아아……."

대놓고 민족은행을 홍보하는데도 사회자는 전혀 눈치채지 못했다.

"민족카드가 10% 적립을 실천할 수 있는 배경도 여기에 있습니다. 국부가 빠져나가지 않으니 더욱 국민을 위해 사용할 수 있다는 거죠. 또 이쯤 되면 이런 질문이 나올까 싶어 미리 말씀드립니다. 전 민족은행 설립 이래 단 한 번도 배당금을 받은 적이 없습니다."

입을 떡. 사회자뿐만 아니라 모인 전부가 그랬다.

사실상 이 정도면 게임 셋이었다.

나라를 IMF의 소용돌이에서 구한 영웅에, 국민을 위해 살겠다는 말을 단 한 치도 의구심들지 않게 실천하는 이를 더 무엇을 위해 검증할까.

그러나 아직도 미련을 못 놓는 이는 있었다.

"뭐, 좋습니다. 장 후보가 부자인 건 국민 모두가 아는 사실이죠. 뭐 인정합니다. 영웅이라 불려도 무방할 큰일을 해낸 걸요. 하지만 그렇기에 더 세세히 살펴야 하는 겁니다. 재벌마저도 가난해 보이게 만드는 장 후보가 과연 서민의 생활을 알까요? 여러분 여기 서민을 위해 일할 준비가 된 이 홍일출이를 보십시오. 태생부터가 서민이었고 지금도 서민의 생활을 하는 사람입니다. 돈 얘기에 현혹되지 마십시오. 장 후보는 서민 생활을 모릅니다."

홍일출을 비추던 카메라가 절로 장대운에게로 돌아갔다.

피식 웃는 장대운.

"저한테 서민 생활로 시비 거는 사람이 나올 줄은 몰랐네요."

"뭐요?"

"하나 여쭤볼게요. 그렇게 서민을 위하신다는 분이 무상급식은 왜 반대하셨나요?"

"예?! 그건……."

"경남 도지사 시절 무상 급식 중단 정책으로 물의를 빚으셨잖아요. 멀리 있는 얘기가 아니잖습니까. 바로 재작년 얘기 아닌가요?"

"그건 도지사로서 상황에 맞는 지출을……."

"정확한 답변을 듣고자 여쭌 게 아니니까 넘어가죠. 어쨌든 세상이 절 발견한 건 대구시 북구 칠성동의 아주 작은 사글셋방이었습니다. 한 집에 다섯 가구가 모여 사는 곳이었죠. 화장실도 하나뿐이라 아침이면 전쟁이 터지는 더부살이들 말입니다. 거기 골목이 어땠을까요? 한 사람이 들어가면 가득 찰 만큼 비좁습니다. 비만 오면 시궁창 냄새가 진동해요. 그곳에서 전 10원짜리 과자를 먹으며 어린 시절을 보냈습니다. 100원짜리 조립식 로봇 하나 사 달라고 떼써도 사 주지 않는 완강한 부모 밑에서요."

"……."

"제가 서민을 모른다고요? 현재 전국 광역시도로 퍼져 간 환승 시스템은 누가 만들었나요? 국민카드 10% 적립은 누가 만들었습니까? 1,200여 개 중소기업을 육성하고 보호한 사람이 누굽니까? 가습기 살균제의 위험성을 제일 먼저 알린 게 누구였습니까? 홍 후보님이셨습니까?"

"……."

"저는 어릴 때 무척 불안한 환경에서 자라야 했습니다. 가만히 두면 2~3년 내 이혼할 게 뻔한 부모님 밑에서…… 그 순간 시골로 쫓겨 가 아이를 패는 게 교육이라 부르짖는 작은 아버지 밑에서 모진 학대를 당할 게 뻔했기에 어쩔 수 없이 저를 드러내야 했습니다. 세상은 다름을 인정하지 못하고 세상에서 다르다는 건 공격받음을 알고 있었음에도 결단을 내려야 했죠. 저는 저를 보호해야 했습니다. 저의 일곱 살은 전쟁이었다는 얘깁니다. 여러분은 그 삶이 어떤 건지 짐작하시나요?"

"……짐작이 안 갑니다."

사회자가 억눌린 소리로 답했다.

"응석 부림이요? 네다섯 살 때 뗐습니다. 제 부모는 그런 걸 도무지 받아들여 주지 않는 사람들이었죠. 매일 싸우고 밥상 뒤집고 울고불고…… 어떻게든 이혼을 막으려 저를 드러냈음에도 결국 이혼까지 갔습니다. 그 이혼을 막다가 어린 것이 어딜 나서냐며 얻어터져서 피투성이가 된 저를 할머니가 눈물로써 거뒀습니다. 그 눈물로써 저를 키우셨습니다. 월반, 조기 졸업도 충분히 가능한 성적에도 꾸역꾸역 교과 과정을 다 거친 이유는 오직 할머니를 위해서였습니다."

"……."

"저라고 일곱 살에 데뷔하고 싶었을까요? 여러분 80년대 초입니다. 2010년이 아니에요. 아니, 지금 시절인들 과연 일곱 살짜리를 바라보는 눈이 온전하겠습니까? 사회자님께 여쭙죠. 어느 날 일곱 살짜리가 와서 일은 이렇게 해야 한다. 저렇게 해야 한다고 주장한다면 고이 들으시겠습니까?"

"아……니네요."

"맞습니다. 특히나 한국 사람은 서열 관계가 강하죠. 그 사이에서 어린 것이 편견과 맞서 싸워야 했습니다. 저 홍 후보가 지금 보내는 것처럼 차가운 시선, 노골적인 따돌림을 버텨내야 했죠. 단지 일곱 살에요."

"아아……."

"상상이 가십니까? 제 둘째가 올해로 아홉 살입니다. 첫째가 열한 살. 두 녀석은 아직도 엄마 품에서 벗어나지 않았습니다. 그런데 저는 제 아들보다 어린 나이에 제가 가진 운명을 변화시키기 위해 모든 걸 걸고 싸워야 했습니다. 그 대상에는 기가 막히게도 부모님도 포함돼 있었고요. 이 얼마나 기구한 삶입니까."

"!!!"

"그래서 저는 지금 여러분 앞에 이렇게 당당히 서 있는 제가 무척이나 자랑스럽습니다."

말이 마치기가 무섭게.

"말도 안 되는 궤변입니다! 어떻게 자신을 낳아 주신 부모를 그런 시선으로 볼 수 있습니까!! 이는 천하의 불효막심한 자입니다!"

홍일출이었다. 더는 분위기가 넘어가선 안 된다는 걸 직감했는지 불효자 프레임까지 씌우려 했다.

장대운이 서둘러 반박하려 했으나.

"장성한 어른이 자기 부모를 객관적으로 보는 것도 문제가 됩……."

"어딜 신성한 부모님의 은혜에 그런 반기를 듭니까! 장 후보가 아무리 잘났다 한들 그 부모가 없이 이 세상에 나왔을 것 같아요? 그것만도 부모는 존경받을 권리가 있습니다!"

"왜 갑자기 흥분하시는지 이해가 가지 않지만……."

"흥분하다뇨. 흥분하다뇨! 아직도 이 중요한 사실을 모르다니 정녕 이 나라를 대표할 자격이 있다고 보십니까?"

"……?"

장대운이 끝내 이해 못 하고 고개를 갸웃대자 홍일출은 마치 약점이라도 잡은 양 방방 뛰었다.

"국민 여러분, 보십시오. 이게 바로 장대운이라는 사람의 진면목입니다. 자기가 조금 성공했다고 낳아 준 부모마저 무시하는 자입니다. 이런 자가 어떻게 옳게 대한민국을 이끌어 갈 테고 이 대한민국의 성장에 공헌한 분들을 제대로 대접할 거라 보십니까? 저는 아니라고 봅니다. 어디 부모를 무시하는 자가 세상에 나와 뻔뻔하게 국민을 현혹한단 말입니까. 저는 당장 사퇴시켜야 한다고 봅니다!"

"……."

"저 젠틀을 가장한 얼굴에 속지 마십시오. 전형적으로 말과 행동이 다른 자입니다. 국민 여러분 과연 이런 사람을 믿을 수 있겠습니까? 낳아 준 부모를 폄훼한 것도 모자라 이젠 키워 준 우리나라마저 악의 구렁텅이로 밀고 들어가려는 자입니다. 저는 단호한 자세로 사퇴시켜야 한다고……."

놔두면 달까지 올라갈 것 같아 장대운이 서둘러 말을 잘랐다.

"너무 이상한 발언을 하시네요. 아무런 증거도 없이 입에서 나오는 대로 말씀하시면 안 됩니다."

"뭐요?!"

"기레기들이 저한테 그러다가 어떤 꼴을 당했는지 모르십니까? 카더라 통신을 대선 토론장에서 남발하다니 참으로 대단하십니다."

"그럼 장 후보가 옳다는 겁니까?!"

"제가 옳다는 말을 언제 했나요? 홍 후보님이 제가 서민 생활을 모른다고 하길래 그에 대한 답변을 내놨을 뿐입니다. 지금껏 이룬 게 단지 운이 좋아서만은 아님을 밝힌 거죠. 민족은행 건도 홍 후보님 때문에 밝혀진 거지 않습니까. 저는 꺼내고 싶지 않았는데."

"그렇다면 약속부터 지키십시오."

"예? 갑자기 무슨 약속을 말입니까?"

"대선 출마를 선언하며 목숨 걸고 임하겠다고 하셨습니다. 아닙니까?"

"맞습니다. 그리 말했습니다."

"그럼 전 재산을 사회에 환원하십시오."

"예?!"

장대운의 미간이 살짝 찌푸려졌다. 지금껏 단 한 번도 흔들리지 않은 그라도 이번만큼은 약간이나마 충격을 받았다.

갑자기 전 재산 환원이라니.

"약속하십시오. 전 재산을 환원하겠다고. 그러면 장 후보의 진정성을 믿겠습니다."

"……."

"돈을 그렇게 벌었으면 국가와 민족을 위해 사용해도 되지 않겠습니까? 더구나 이 나라에서 번 돈이 아닙니까. 당연히 이 땅을 위해 사용돼야 하겠지요. 대통령으로 임하려면 그 정도 정성은 보여야 하지 않겠습니까?"

"……."

밖에 있던 김문호마저 기가 막혀 입을 떡 벌렸다.

뭔 개소리를 저렇게나 신박하게 하는지.

토론장에 있는 전부가 기겁했지만.

문제는 아무도 말리지 않는다는 것이었다.

하물며 시청률마저 순식간에 오르며 장대운이 어떻게 답변할 건지 지켜보고 있었다.

진퇴양난이었다.

안 하겠다 해도 후폭풍이 거셀 테고 한다고 해도 문제.

장대운의 입꼬리가 차갑게 올라간 건 그때였다.

"50년 전부터 사용해 온 흑백 논리를 아주 거하게 던지시네요. 그래서 전 재산 기부를 안 하면 저는 빨갱이가 되는 겁니까?"

"정성을 보이라는 겁니다! 무슨 빨갱이 소리를."

"역대 어떤 대통령도, 어떤 대통령 후보도, 전 재산 사회 환원을 하지 않았습니다. 그걸 저만 그렇게 하라는 건가요? 우리나라가 언제부터 사회주의가 된 건가요?"

"나는 전 재산 환원할 준비가 돼 있습니다."

"한민당은요?"

"예?"

"여기 계시는 다른 후보님들과는 얘기가 된 겁니까?"

"그건……."

머뭇댄다. 당연히 조율된 게 아니겠지.

자본주의에 살면서 누가 전 재산 환원을 쉽게 들먹이겠나. 죽을 때가 아니고서야.

그리고 장대운이 손에 쥔 건 그것만이 아니었다.

"전 재산 환원을 하신다니까 묻겠습니다. 홍 후보님 재산 신고 내역을 보면 10억이 조금 안 되던데 맞습니까?"

"그……렇습니다."

"차명 계좌와 차명 부동산까지 합하면 약 80억 원 정도 되더군요. 그것도 다 환원하실 겁니까?"

"예?!"

"친인척과 지인들에게 깔아 놓은 재산이 있잖습니까. 공개한 재산 정도야 기부해도 괜찮을 금액이 널려 있던데요."

"장 후보! 지금 이 자리가 어떤 자리인데……."

"그럼 그 자료를 당장 검찰에 넘겨도 되겠죠? 떳떳하시니 문제없을 테고요."

"뭐, 뭐요?!"

당황하는 홍일출에게서 시선을 돌려 카메라를 보는 장대운이었다.

"거참, 어이가 없어서 말입니다. 일생을 살며 단돈 1만 원도 기부하지 않는 인간에게서 전 재산 환원 소리를 듣다니 이보다 아이러니는 없을 겁니다. 하긴 그런 사람이니 기부의 무거움을 모르겠죠. 현재 오필승 재단의 1년 예산이 1조 2천억 원입니다. 그 돈으로 폐교와 폐 대학교 부지를 사서 천사 보금자리라는 마을을 만들고 있어요. 독거노인, 부모를 잃은 아이, 한창 보호가 필요할 청소년까지 전부 한데 모아 살 수 있는 마을이 전국에 다섯 개나 건설되고 있답니다."

장대운의 입가에 다시 기분 좋은 미소가 번졌다.

"보금자리를 만든 이유는 현실 때문입니다. 70년대야 고등학교만 졸업해도 제 몫을 하고 살 수 있었지만 요즘 그게 가능합니까? 적어도 30세까지는 보호해 줘야 사회 구성원으로서 제 몫을 하겠죠. 천사 보금자리는 30세까지 지낼 수 있습니다. 독립할 기반이 생길 때까지 우리가 보호할 생각입니다. 나라도 안 하는 걸 제가 하고 있죠. 매년 수천억의 예산을 잡아먹는 일을 말입니다."

미소가 다시 차가워졌다.

"1,000원의 미래 청년당 월 후원금을 정산하면 20억 원 정도 됩니다. 1년이면 240억이겠죠. 근데 아십니까? 미래 청년당 1년 고정비가 2,000억 원입니다. 아무것도 안 해도 2,000억 원이 든다는 거죠. 그 돈을 누가 댈 것 같습니까? 그 시설들 유지하고 청년들 고용하고 이로 인해 창출된 일자리가 1만 개입니다. 누가 했을까요?"

장대운의 시선이 홍일출에게로 돌아갔다.

"자기 재산은 뒷구멍에다 잔뜩 숨겨 놓고 남더러 전 재산을 환원하라는 기생충의 말을 제가 들어야 합니까? 그 돈을 환원한다면 누가 관리하죠? 그림이 빤히 그려지지 않습니까? 여름철 상한 음식에 득실득실 붙은 벌레들이."

"마, 말씀이 과합니다!"

"들으세요! 어디 자격도 없는 사람이 이 자리에까지 올라와 물을 흐려요. 당장에 경찰서로 끌려가도 모자랄 양반이."

"……."

더 입 떼는 순간 경찰과 마주할 거라는 눈짓에 홍일출을 제압한 장대운은 다시 카메라를 응시했다.

"뭘 잘못 알고 계신 분들이 많은데 제 재산은 한국에서 쌓은 게 아닙니다. 제 재산 중 한국이 차지하는 비중은 극히 일부입니다."

"예? 그 말씀은…… 그 재산이 전부 외국에 있고 외국에서 번 돈이라는 겁니까?"

사회자가 끼어들었다.

아주 적절한 타이밍이다.

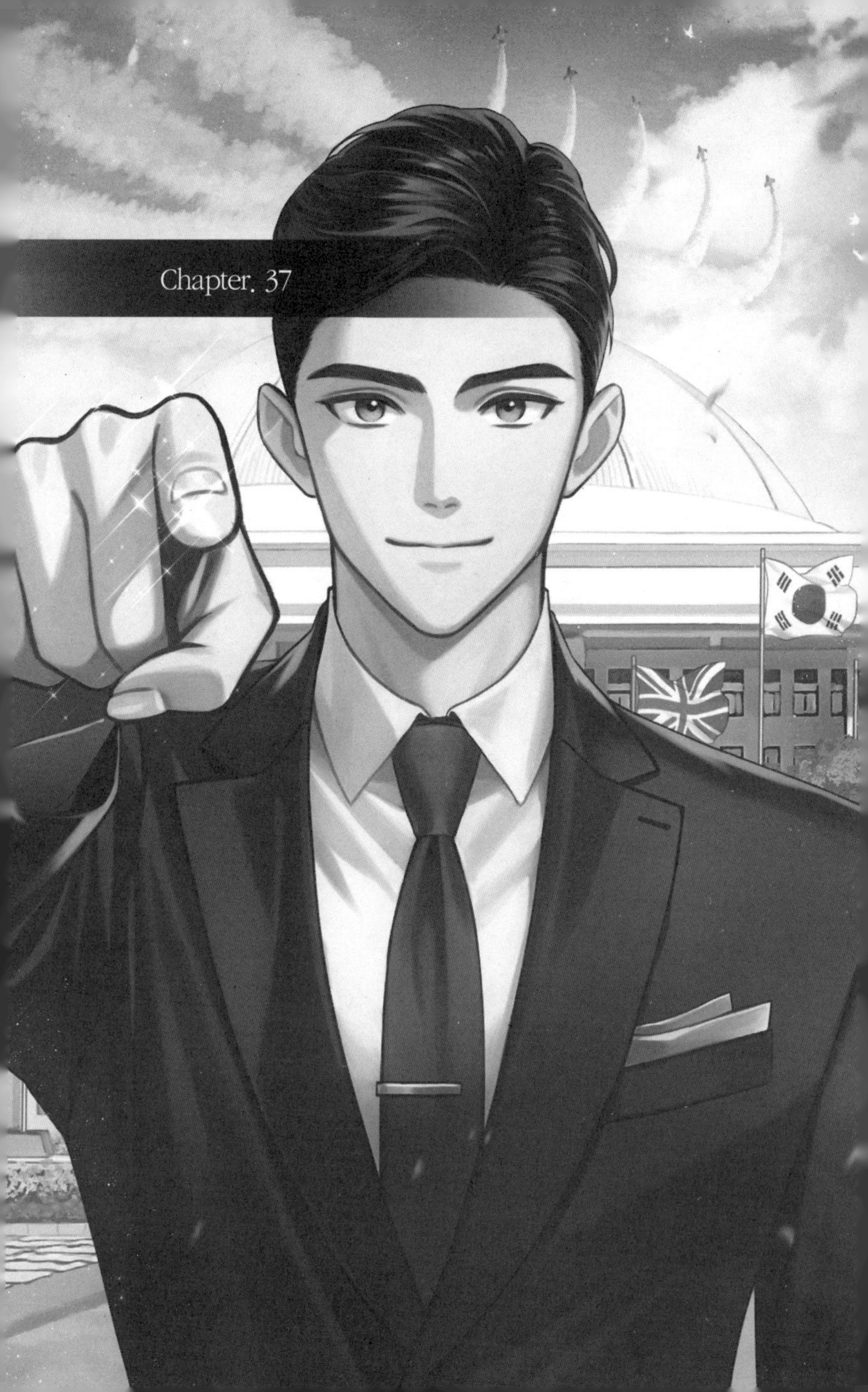
Chapter. 37

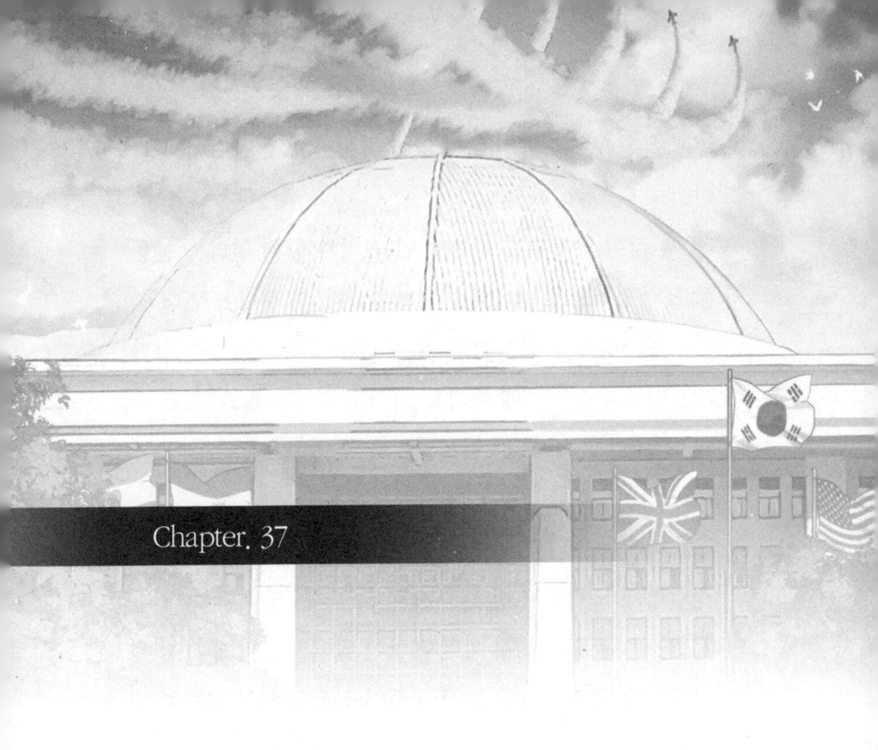

Chapter. 37

“예, 이는 국세청이 들쑤시든 누가 오든 명백한 사실입니다. 실제로 제 자산 형성의 종자 역할을 했던 FATE 앨범은 단 한 번도 한국에서 정식 발매한 일이 없습니다.”

“아하! 그렇군요.”

그제야 다른 이들도 뭔가 오해했다는 사실을 깨달았다.

FATE 앨범은 1집부터 일본에서 발매되었다. 일본에서 인기를 얻고 미국에서 대박이 터졌다.

“한국 사업에서 번 돈은 거의 대부분 재투자에 들어갔고 직원들 복지 향상에 투입됐습니다. 오필승 그룹의 직원 연봉이 다른 기업의 동 직급보다 세 배가량 많은 거 아십니까? 제가 돈에 욕심을 부렸다면 어떤 일이 벌어졌을 것 같습니까?"

"아아……."

"전 제 삶이 달라지길 원했던 만큼 저와 함께 일하는 분들의 삶도 긍정적으로 변화되길 원했습니다. 그래서 80년대 중반부터 주 5일제를 감행했고 월마다 쁘띠 휴가에 반기마다 나오는 연봉급 보너스에 휴가도 점점 늘려 1년에 1개월을 주게 됐죠. 10년 근속에 1년 안식년도 주고 있고요."

"……!"

이런 복지가 없다.

"정당하게 노력해서 번 돈까지 이리도 매도당해야 한다니. 안타깝습니다. 추후 다시 이런 논란이 벌어지지 않게 하기 위해 명확하게 밝힙니다. 저는 한국에서 신고된 재산 정도는 별거 아닐 만큼 더 큰 재산이 외국에 있습니다. 마음먹으면 작은 국가도 건설할 수 있는 큰 재산과 인맥이 말이죠. 증인 서 줄 사람은…… 마침 여기 계시네요. 문 후보께서는 어렴풋이라도 알고 계실 겁니다."

문상식에게 급히 카메라가 돌아갔다.

무겁게 입을 다물고 있던 문상식도 카메라의 채근에는 견딜 수 없는지 고개를 끄덕이며 시인했다.

"청와대 비서실장으로 있던 시절, 경제 고문역이었던 장 후보의 능력에 대해 조금 정도는 실감한 적이 있습니다. 맞습니다. 그의 인맥과 자산은 당시 한국을 초월한지 오래였습니다. 그리고 장 후보의 진실한 힘은 우리 한국이 아니라 외국에 있습니다."

쿵. 여기 있는 모두가 자기 귀를 의심했다.

시청자들도 방금 들은 게 뭔지 잠시 이해를 못 했다.

100조 원 + ∝도 감당 못 할 숫자인데 이 금액마저 '한낱'으로 부를 만한 재산이 더 있다고?

더구나 상대 후보가 진실임을 인정하였다.

장대운의 진짜 힘은 아직 보이지도 않았다고.

"힘자랑, 돈 자랑이 아닙니다. 이런 방어막이 있었기에 혼란스러웠던 시절, 악랄한 헤지 펀드들이 감히 한국에 수작을 벌이지 못했던 겁니다. 실제로 론스타 등 몇몇 놈들이 우리의 은행을 노리고 덤볐다가 뿌리까지 털려 도망갔죠. 이후로 누구도 감히 한국으로는 시선을 돌리지 않습니다. 돈 상대하는 데는 돈과 인맥만큼 좋은 게 없으니까요."

"……."

"……."

"……."

"자, 다시 돌아가죠. 너무 저에게만 집중한 것 같은데 홍일출 후보께 여쭈고 싶은 건이 있습니다."

카메라가 즉시 홍일출에게 돌아갔다. 이 정도면 카메라맨이 하드 캐리였다. 홍일출은 넋 놓고 있다가 화들짝 놀라는 모습을 찍혀야 했다.

"뭘 또 그리 기겁하십니까. 제가 뭘 물어볼 줄 알고요."

"제가 언제 기겁했다고…… 그러십니까."

그렇게 꼬랑지 만 강아지 꼴로?

"알겠습니다. 어쩌다 보니 토론장이 진흙탕이 된 것 같은데 이참에 하나 여쭤보죠. 홍 후보님은 정말 박진주 씨가 그 지경인 걸 몰랐습니까?"

"예?"

"도무지 이해가 안 가서 말입니다. 초록은 동색인데 아주 가까운 거리에서 박진주 씨를 본 한민당 이들이 국정 농단의 가능성에 대해 추호도 의심이 없었다는 것이 말이 안 되지 않습니까?"

"저는…… 몰랐습니다."

"그 대답이 나올 줄 알았습니다. 알아도 몰라야 하겠죠."

"무슨 그런 말씀을……."

"됐고요. 여기를 보십시오."

장대운이 판넬을 꺼냈다.

"이 사진은 전전 대통령 선거 직전, 한민당 대선 후보 경선으로 맞붙은 박한업 전 대통령과 박진주 씨의 사진입니다. 당시 두 사람은 서로를 이렇게 공격했습니다. 너는 네 주위의 그것들을 치우면 아무것도 못 하는 아이잖아. 흥, 나는 네가 네 주위에 이권을 몰아준 걸 알고 있다."

판넬을 뒤로 넘겼다. 여러 장이었다.

이번 사진은 박한업이 구속된 장면이었다.

"실제로 박한업 전 대통령은 지인에게 이권을 몰아줬다가 15년 형을 받았죠. 그럼 박진주 씨는 어떻게 됐나요? 맞습니다. 탄핵당했습니다. 이 두 장면이 알려 주는 사실은 이미 10

년 전에 박진주 씨가 이상하다는 걸 한민당이 알았다는 겁니다. 어쩌면 국회의원에 나오면서부터 알고 있었을 수도 있고요. 박진주 씨와 친하다는 이유로 당선된 자들도 전부 알고 있었다는 겁니다. 아닙니까?"

"아……닙니다. 저는 결코 몰랐던 일입니다."

"국민 대부분이 탄핵 직전 하야할 거라고 믿었습니다. 미국의 클린턴도 그랬으니까요. 그런데 보십시오. 탄핵당하고도 어리둥절하지 않습니까? 세상이 어떻게 돌아가는지 모른다는 겁니다. 그것을 싹 치워 냈더니 진면목이 드러난 거죠. 이 사실을 한민당이 몰랐다고요? 이런 거짓말을 누가 믿겠습니까? 이런 거짓말쟁이들이 온 나라를 갉아먹고 있었던 거죠. 그동안 여러분들이 눈 감고 귀 닫고 밀어준 놈들이 여러분을 농락하고 있었다는 겁니다. 아직도 한민당을 지지하는 12%는 대체 어느 나라 사람입니까?"

"……."

"……."

"……."

"이런 사람이 효를 부르짖어요? 이런 당이 국가와 민족에 충성을 내뱉어요? 이게 말인지 방귀인지. 누가 좀 대답해 주십시오. 이게 실화입니까?"

잠시 심호흡을 내뱉은 장대운은 다시 말을 이었다.

"아까 홍 후보님을 보는데 문득 아주 오래된 옛 기억이 떠오르더군요. 국민학교 2학년 때였던가요? 저는 국민학교를 나왔습니다. 그때 담임 선생님이 저더러 부모도 없는 놈이라고 욕을 하였습니다."

뜬금없는 말이지만.

카메라가 또 전부 장대운에게 쏠렸다.

"옛날에 선생님들이 그런 짓을 많이 했잖습니까. 조용히 불러서 조사해야 할 일을 친구들 앞에서 손들게 하는 거요. 어느 날 뜬금없이 학생 기록부에 기재된 내용을 확인한다며 부모님 다 계신 사람 손 들어요? 편모나 편부인 사람은요? 부모 없는 사람은요? 자꾸 손 들라고 하더군요. 저는 당연히 부모님이 계시니 두 분 다 계신 사람 때 손들었죠. 문제는 그때부터였습니다."

사회자 목울대 넘어가는 소리가 들릴 정도로 주변이 조용했다.

"갑자기 담임 선생님이 절 지목하는 겁니다. 장대운 너 부모 없잖아. 그러는 겁니다. 저는 황당했습니다. 멀쩡히 살아계신 부모를 없다고 하는 겁니다. 그래서 아니라고 있다고 말씀드렸죠. 돌아온 답변이 더 웃깁니다. 같이 안 사니까 부모가 없는 게 아니냐는 말을 하시더군요. 그때 부모님이 이혼하셨고 저는 할머니 손에 자라고 있었으니까요."

지금 생각해도 황당하다는 표정이 나왔다.

"근데 같이 안 살면 부모가 없는 겁니까? 부모가 있는 걸 제가 알고 얼굴도 기억하는데 단지 그것만으로 부모가 없다고 하다니. 그래서 물었습니다. 담임 선생님도 부모와 같이 안 사니 없는 겁니까? 그랬더니 어디 선생님한테 말대꾸냐고 입에서 나오는 대로 필터 없이 쌍욕을 하더군요. 국민학교 2학년 교실 바닥에서 말입니다."

"저기……."

사회자가 손들었다.

"그런 걸 말해도 됩니까?"

"신문에 난 일입니다. 한창 떠들썩했던 일이죠. 촌지 사건 그거 있잖습니까? 자주 찾아와서 촌지 건네는 부모의 학생은 예뻐하고 아닌 학생은 구박해서 난리 난 것."

"아……."

"나중에 스치듯 봤는데 어느 여성 단체에서 시위를 주도하고 있더군요. 눈이 더러워질 것 같아 얼른 돌리고 관심을 끊긴 했는데 나름대로 알아서 잘살고 있었습니다."

고개를 끄덕이는 사회자를 일별한 장대운은 다시 홍일출을 보았다.

시선이 마주친 홍일출은 또 무슨 얘기가 나올까 싶어 긴장했다.

"그래서인지 아까 잠깐 홍 후보님이 부러웠습니다."

"예?"

홍일출이 더 놀란다.

"훌륭한 아버지, 어머니 곁에서 자란 분 아니십니까. 가난해도 부모의 사랑을 잔뜩 받은 막내아들이지요. 좀 부러웠습니다."

"무슨……."

"지금 후보님에게서 느껴지는 자격지심과 열등감, 적개심은 아마도 성장하면서 겪은 일과 관계가 깊겠죠. 적어도 부모님 품에 있을 때는 사랑받으셨다는 걸 알겠더라고요."

"……."

"제가 아이 둘을 키워 보니 더욱 절감합니다. 내 부모가 얼마나 어이없는 짓을 많이 저질렀는지 말이죠."

"……."

"왜 이렇게 다를까? 왜 이렇게 개념 없이 사셨을까? 고민해 본 적도 숱하게 있었습니다. 결국 결론은 하나더군요. 저는 제 아이들의 눈을 봤고 내 부모는 내 눈을 보지 않았다는 걸요."

"크음……."

어린 시절의 기억이 떠올랐는지 홍일출의 얼굴에서 적개심이 옅어졌다.

"저는 그랬습니다. 녀석들이 웃는 것만으로도, 녀석들을 웃게 할 수 있다면 무엇이든 다 할 수 있을 것 같았습니다. 제 아이들은 저에게 이렇게 말합니다. 키워 주고 밥 먹이고 사랑해 줘서 감사합니다. 효도하겠습니다. 저는 뭐라고 하는 줄 아십니까? 그러지 말아라. 굳이 효도하려고 부담가질 필요 없다. 말해 줬습니다."

"으음…… 그게 무슨 말씀인……."

"저도 사람이니 화내고 혼낸 적이 있었습니다. 불호령을 내렸던 날 저는 깨달았죠. 제 속의 분노가 오히려 저를 태우고 있었다는 걸요. 오히려 제가 더 큰 화상을 입고 고통스러워하고 있다는 걸요. 정작 혼난 녀석은 쌩쌩한데 제 속만 까맣게 타 버렸습니다. 아마도 이게 부모의 마음이겠죠? 그래서 말해 줬습니다."

"……그래, 뭐라고 하셨소?"

홍일출에게서도 인간적인 표정이 나왔다.

장대운도 그를 향해 미소 지었다.

"이 역시도 효도할 필요 없다고요. 너희가 기쁘게 웃는 순간 효도는 끝났다고요. 너희는 존재로서 이미 할 도리를 다했다고요."

아버지를 어려워하지 말거라.

잘못하고 혼나도, 또 잘못해서 혼나더라도, 달려오너라.

늘 아버지한테 달려와 안기거라.

이것도 달라 저것도 달라 조르거라.

너는 태어나 웃어 주는 것만으로도 할 도리는 다한 것이니 부담 가질 필요 없이 의리나 지키거라. 부모를 아프게 하는 배신만 하지 말거라. 모자라도 못나도 내 안에서 나온 자식이기에 아버지는 너를 사랑할 수밖에 없노라고.

"이 순간 아버지가 될 준비를 하지 못하고 녀석들을 만나 많이 미숙했음을 고백합니다. 미안하다고 말하고 싶습니다. 아들아, 아버지가 미안하다."

끝났다. 끝. 완전 끝.

방송이 끝난 후 선거는 더 이상 진행하는 게 무의미할 정도로 격차가 더 벌어졌다.

반전은 없었다.

1위와 2위와의 격차만 65%. 토론회가 아직 두 번이나 남았음에도 국민은 장대운을 이미 대통령이라 믿었다.

후폭풍도 컸다.

전 재산 환원으로 잠깐 기세를 올렸던 홍일출 의원은 다음 날로 싹싹 털려 역사의 뒤안길로 사라졌고 방송 내 잠깐 언급한 2학년 때 담임 선생님도 의도치 않게 신상이 까발려지며 그 와중에 시민 단체 공금을 착복한 일이 드러나 또 한 번 인생이 박살 났다. 무슨 악연인지.

국민도 인정했다. 더는 장대운을 의심하지 않겠다고.

엄지를 척.

- 그래, 니가 대통령 해라.

마침내 5월 9일 투표 날이 왔다. 온 나라가, 전 세계가 지켜보는 가운데 장대운의 이름이 드높은 곳으로 올라갔다.

투표율 83.6%, 득표율 78.4%.

제19대 대한민국 대통령으로 당선.

바로 다음 날인 5월 10일 광화문대로 한가운데로 특별석이 마련되고 정신없는 와중에도 찾아온 국내외 저명인사들이 자리를 빛내며 취임사가 시작됐다.

장대운의 낭랑하고도 힘 있는 목소리에 광화문 전체에 울려 퍼졌다.

“존경하고 사랑하는 국민 여러분. 감사합니다. 저는 이 순간 이 자리에 있음을, 이 자리에서 국민 여러분의 승리를 선언할 수 있음에, 그 승리를 거머쥐었음에 감탄합니다. 다시 한번 머리 숙여 깊이 감사드립니다. 저는 오늘 대한민국 19대 대통령으로서 새로운 대한민국을 향해 첫걸음을 내딛습니다. 제 두 어깨는 국민 여러분으로부터 부여받은 막중한 소명감으로 무겁고, 제 가슴은 한 번도 경험하지 못한 나라를 만들겠다는 열정으로 뜨겁습니다. 그리고 제 머리는 통합과 공존의 새로운 세상을 열어갈 청사진으로…… 함께 선거를 치른 후보들께 감사의 말씀과 함께 심심한 위로를 전합니다. 이번 선거에서는 승자도 패자도 없습니다…… 지난 몇 달 우리는 유례없는 정치적 격변기를 겪었습니다. 정치는 혼란스러웠지만, 국민은 위대했습니다…… 저는 감히 약속드립니다. 오늘 2017년 5월 10일은 진정한 국민 통합이 시작되는 날로 역사에 기록될 것입니다.”

수많은 인파가 이 역사적인 장면을 두 눈으로 지켜보았다.

수많은 카메라가 이 장면을 담기 위해 또 가득 담아서 세상 곳곳으로 내보내고 있었다.

“우리가 만들어 가려는 새로운 대한민국은 숱한 좌절과 패배에도 불구하고 언제나 바로 섰습니다. 우린 우리의 희생과 헌신으로 그토록 만들고자 했던 나라를 만들었습니다. 그런 대한민국 앞에 저는 두렵지만 겸허한 마음으로 섰습니다. 앞으로 5년간의 임기 동안 대한민국 제19대 대통령으로서의 책임과 소명을 다할 것을 국민 여러분 앞에 천명합니다. 다시 한번 외칩니다. 대한민국은 민주공화국입니다. 국민이 주인이고 국민에 의해 이룩된 나라임을 확인합니다. 이 가치를 훼손하지 않고 보호하기 위해서라면 가시밭길을 주저하지 않을 것이고……."

1983년 4월의 어느 날,

고작 7살로 돌아온 장대운은 이렇게나 훌륭하게 꽃피웠다.

대통령으로서의 첫 행보는 관례에 따랐다.

국립현충원에 들러 순국선열들의 넋을 기렸고 할머니 산소에도 잠시 들렀다 곧바로 청와대로 돌아가 참모진 인선에 주력했다.

"계획한 대로 비서실장은 도 보좌관님이 해 주세요. 경호실장은 백 비서관님이 맡아 주시고요. 김 비서는 비서실 소속으로 도 비서실장을 보좌해 주세요."

"옙."

이 밖에도 뽑을 사람이 많았다.

비서실장 산하 정무, 민정, 인사, 시민 사회 분야에서 수석을 뽑고…… 그 아래 참모진들. 시민 사회 수석으로는 배현식이 임명됐다. 우진기는 배현식의 보좌로. 대변인도 뽑고.

대통령이 됐다고 전부 끝난 게 아니라는 얘기였다.

겨우 시작.

전 정권은 끝까지 말썽이었다. 일부러 골탕 먹이려는 건지 수십 년간 쌓아 놓은 인사 DB를 없애 버렸다.

그 때문에 필요한 사람을 일일이 찾아야 했고 확인해야 할 문서도 대통령 기밀문서로 지정해 놓아 15년 후에나 개봉할 수 있게 해놓았다. 이 덕에 자세한 사정을 알 수 없는 사안들이 상당했다. 이전에 무슨 일이 있었고 현재 진행하는 일이 무엇인지 알려 줘야 할 대통령 권한 대행이란 놈은 선거가 끝나자마자 자기랑은 아무 관계없다는 듯 사라져 버렸고. 생양아치들.

막상 입성하고 나니 아무것도 없었다는 것이다. 인수인계를 해 주는 놈조차.

이게 뭔 어이없는 짓인지. 가뜩이나 인수 위원회도 없이 바로 대통령직을 수행하는 거라 애로 사항이 많건만 이런 식이라면 최소 반년은 사람만 뽑다 날릴 판이었다.

"장관 인사가 급합니다."

"국정 목표도 발표해야 합니다."

"대계를 이끌 슬로건이 먼저입니다."

"국무총리 인선이 가장 중요합니다."

머리가 아팠다.

단지 이뿐만이라면 짬으로 밀고 나가면 그만일 텐데.

국정 농단 사태 주모자들에 대한 준엄한 심판도 내려야 했다.

문고리 3인방부터 비서실장, 각 수석 놈들과 그들에 기생해 온갖 악행을 저지르고 다녔던 놈들 전부 싹 쓸어 내야 했고 까부는 한민당도 정신 못 차리게 분열시켜야 했고 민생당도 어휴…….

"쓸어도 쓸어도 계속 나오냐. 정말 살풀이를 한 번 해야 깨끗해지려나?"

어지간해서는 짜증이 없는 도종현마저 혀를 내두를 정도라.

"그분은 결심하셨답니까?"

"아, 오늘 말씀해 주시기로 했습니다."

국무위원 임명 제청권을 가진 국무총리 내정자는 다행히 있었다. 아직 수락하지 않았지만 장대운이 특별히 부탁한 만큼 빠른 시일 내에 결정이 날 것 같긴 했다.

"다시 한번 긴히 요청해 주세요. 너무 개판이다 보니 사람부터 먼저 앉혀야겠어요."

"알겠습니다. 한 번 더 연락해 보겠습니다."

"그러고 각 장관 후보자들은 인선이 완료됐나요?"

"근데 이렇게 괜찮겠습니까?"

원하는 답은 안 하고 되묻는 도종현에 장대운이 고개를 갸웃댔다.

"뭐가요?"

"우리 사람이 너무 많지 않습니까?"

"그래서요?"

그게 왜? 라는 장대운의 표정에서 결심이 섰음을 깨달은 도종현은 물러섰다.

"그렇군요. 알겠습니다. 어차피 국회 통과라는 절차를 밟아야 하니까요."

"그것도 뭐 상관없긴 한데. 다른 일은 없나요? 없으면 좀 쉴까 하는……."

"왜 없겠습니까? 화답하셔야잖습니까."

"화답이라면…… 아! 각 나라들이요?"

"예."

대통령 당선 축하 축전이 날아왔다.

미국, 캐나다 같은 북미부터 남미, 아시아, 유럽까지 100개국은 넘긴 것 같은데 다 일일이 화답하는 게 외교상 관례라고.

"편지 쓰다가 팔 부러지겠네요."

"국회의원 시절이 좋았죠?"

"예, 첫날부터 후회막심입니다. 대통령직은 완전 노가다네요. 노가다."

"대신 잠은 잘 주무시게 됐잖습니까."

"맞아요. 등만 대면 잘 수 있어요."

"그렇군요. 근데 북한은 어쩌실 생각이십니까?"

축전에는 북한의 것도 포함돼 있었다. 김정운이라는 이름이 떡 하니 박힌.

이도 이례적이라 했는데 장대운은 무덤덤했다.

이미 100개가 넘은 상태에서 하나 더 더한들 달라질 건 없다.

"쩝, 화답은 해야겠죠. 김정운이가 잘 지내보자고 보낸 제스처인데.”

“준비하겠습니다.”

대통령의 심드렁한 태도. 도종현은 이도 바로 체크했다.

장대운은 북한에 그리 관심이 없구나.

아버지의 급작스러운 사망 후 2011년 집권한 김정운.

3대에 걸린 김씨 왕국을 북한은 기어코 완성했다. 하루가 지날수록 살얼음을 지나는 불안한 정국이긴 한데 장대운에겐 이도 여러 국가 중 하나로 인식되는 모양이었다.

공약엔 종전 협정도 들어가 있는데 어쩌려는 건지.

이런 도종현의 의문스러운 시선에도 청와대 여민관 3층 집무실에 앉은 장대운은 해맑기만 했다.

“아 씨, 이거 일을 집까지 끌고 들어온 기분이에요. 이러다 폭삭 늙는 거 아니에요?”

“…….”

그렇다고 보기엔 얼굴이 너무 쌩쌩하신데요.

대통령이 천직인 것처럼요.

“큼큼, 다음 안건으로 넘어가죠.”

“예. ……도람프 대통령과의 전화 연결이 기다리고 있는데…….”

“치우라고 하세요. 문안 인사하는 것도 아니고 누구한테 전화하래요? 전화는 원래 급한 놈이 하는 거잖아요.”

“……예. 그럼 중국……은요?”

“어허, 도 비서실장께서 오늘따라 왜 이러실까요?”

싫다는 거군.

"예, 근데 미국과 중국이 요새 사이가 안 좋은 건 잊어버리지 않으셨죠?"

"아아~ 지들끼리 감정 싸움하면서 괜히 분위기 흐리는 거요?"

"그……렇죠."

"냅 둬요. 지랄을 하든 말든 우리한테 피해만 안 오면 됩니다."

"……."

그 피해가 막심할 것 같으니 걱정 아닙니까.

도종현의 고개가 갸웃했다.

참모진은 속 타서 여기저기 뛰어다니느라 바쁜데.

이 양반은 어째서 모든 것을 다 이룬 것처럼 구는 걸까?

대통령이 됐으니 끝인가? 이제 임기 하루째인데……?

불안 불안하다.

"음, 그래도 북한엔 특사를 보내야겠죠? 그 쉐끼가 한번 만나자는 것 같은데. 대충 어울려 줘야잖아요."

"그렇긴 하죠."

"그럼 그것만 진행해 보죠."

"은밀하게 다녀와야겠죠?"

"뭘 또 그렇게까지 할까요. 뭐 훔쳐 먹으러 가는 것도 아닌데. 당당히 해요. 당당히."

"다 볼 텐데요?"

"가린다고 가려져요?"

"……."

이래도 되는 걸까? 그래도 북한인데.

북한은 대한민국 대통령에는 숙명처럼 주어진 문제였다.

분단된 이후 단 한 번도 명쾌하게 해결된 적 없는 난제.

그런 북한에서 축전 겸 먼저 손을 내밀었다. 어쩌면 다시 오지 않을 기회일지도 모른다.

"정말…… 대놓고 하시겠다고요?"

살금살금 조심해도 모자랄 판에?

"하세요."

"……."

에효~ 모르겠다. 대통령이 까라는데 일단 까 보자.

도종현은 순간 욱 올라왔다. 내가 왜 북한 때문에 골머리를 썩일까. 다른 할 일도 태산인데.

5년이었다. 겨우 5년.

국가 규모에서는 단 하나의 문제를 풀기에도 모자랄 아주 짧은 시간이다. 즉 웬만한 건 쾌속으로 넘긴다.

도종현은 이렇게 이해하는 게 맞겠다 판단했다.

엿 같은 국내 사정과 더 엿 같은 세계정세를 전부 고려하다가는 아무것도 못 할 테니. 어쩌면 장대운의 저 갑작스러운 한량 같은 태도도 그것을 인식한 나름의 방법이 아닐까?

"뭘 그리 심각하게 고민하세요? 대통령이 됐잖아요. 모두 끝, 끝, 끝, 끝. 다 끝났어요. 이제 눈치 볼 거 없잖아요. 하고 싶은 대로, 가고 싶은 대로 가자고요. 까부는 놈들 죄다 대가리부터 깨부숴 주고. 쿠쿠쿡."

이상하게 웃는다. 이런 모습은 단 한 번도 보인 적 없는데.

이 양반이 왜 이러지?

'…….'

도종현은 왠지 위장이 욱죄는 기분에 자기도 모르게 왼쪽 배를 어루만졌다.

◇ ◆ ◇

이런 걸 해방이라고 하는 건지. 그동안 어깨 위에 올려졌던 수많은 짐들이 한꺼번에 사라진 기분이었다.

누군가는 대통령이 됐으니 더 큰 짐이 올려진 것 아니냐는 말을 할 수도 있었지만, 전혀 아니다. 몸이 너무 가볍다. 날개라도 달아 하늘로 날아오를 듯.

장대운은 이전에는 몰랐던 자유로움에 주먹을 꽉 쥐었다.

너무 맛있었다. 이 자유로움이.

너무 행복하였다. 이 자유도가.

이렇게나 자유로울 수 있을까? 차라리 큰일 터지기 전 징조가 아닌지 의심이 들 만큼 모든 족쇄가 풀린 기분이 들었다.

장대운은 지금도 잊지 않았다.

전생, 아파트 한구석에서 구상하던 나라. 이러면 어떨까? 저러면 어떨까? 혼자서 나래를 펼 때를 말이다.

상상 속에서만 나래를 폈던 것과는 비교도 안 되는 쾌감이 전신을 어루만지고 있었다.

나, 준비됐어요~~~~ 하고.

'그렇지. 그때는 상상만으로 만족했는데 이제는 현실로 만들 수 있잖아.'

차곡차곡 해결의 실마리조차 없이 쌓아 왔던 부조리가 손에 쥐어질 듯 가깝다. 영광의 나라로 나아가는 길이 보인다.

뭐든……. 어떤 것이든.

하면 된다.

뭐든 해도 된다는 게 너무 기뻤다.

너무 좋아서 마구 일하고 싶다.

이처럼 샘솟는 자유도 앞에선 빼꼼 고개 들이미는 문제들은 한낱 언덕배기도 되지 않았으니 이보다 더 완벽한 포지션이 있을까.

'이게 대통령이구나. 이게 대통령이었어.'

드디어 한 나라의 수반이 됐다.

중세 시대 왕과는 달리 비록 행정과 외교, 군대밖에 다를 수 없는 반편이지만 사실 그 행정이 전부를 캐리한다.

국가를 움직이는 힘은 행정에서 나오고 행정력은 국가의 다른 방향성을 압도한다.

주변 환경 따위? 미국, 프랑스, 영국, 중국, 일본, 러시아?

웃어 준다. 이런 마음일진대. 북한? 눈에도 안 찬다.

장대운은 대권을 잡은 이상 더는 겸손을 가장하지 않기로 했다. 최대한 보편성을 띄어 최대한 거슬리지 않기 위해 썼던 가면을 과감히 벗어 버리기로 했다.

대통령이잖나. 국민이 이런 대통령을 원하잖나.

국정 지지도는 아무것도 하지 않았는데도 90%에 육박.

이럴 때 제 색깔을 내지 않고 언제 낼까?

'그러기 위해선 선결 과제가 있겠지.'

밖이 아닌 안쪽.

내 사람들부터 리미트를 해제해야 한다. 그들을 감싸던 껍질을 깨 주고 그들을 가두던 우물을 부순다.

근심·걱정인 도종현의 어깨를 툭 쳐 줬다.

"뭘 그리 심각하게 고민하세요? 대통령이 됐잖아요. 모두 끝, 끝, 끝. 다 끝났어요. 이제 눈치 볼 거 없어요. 하고 싶은 대로, 가고 싶은 대로 가자고요. 까부는 놈들 죄다 대가리부터 깨부숴 주고. 쿠쿠쿡."

도종현이 미묘한 표정으로 자기 배를 쓰다듬는 순간.

장대운은 일어났다.

"다 불러 모으세요. 내 사람들 전부. 오늘부터 모든 것이 달라질 겁니다."

"예?"

"……!"

"으음……."

"아……."

"크으음."

모두가 난색을 표한다.

이해 못 하겠다는 듯 고개를 젓는 이도 있었다.

한 번도 보여 주지 않던 표정들.

번뜩였던 김문호조차, 사회 타파를 외쳤던 배현식, 우진기마저, 도종현은 혼란에 휩싸였고 백은호는 무념무상.

최측근 지근거리에서 가장 열려 있다는 이들조차 확신을 가지지 못하고 당혹해하였다.

이 원대한 계획을 말이다.

장대운은 씁쓸함을 느꼈지만, 도리어 크게 웃어 줬다.

이는 설득의 문제가 아니다. 무조건 밀고 나가야 하는 일.

그때 정은희만 홀로 고개를 끄덕였다.

"까짓거 뭐 뒤엎죠."

"……."

"대통령께서 그리 정하셨다면 그리하면 됩니다. 우리가 언제 정해진 길만 갔나요? 다른 사람이 앉았으니 다른 길을 가는 게 맞는 거 아닙니까. 뭘 그렇게 우중충한 표정을 지으세요? 여러분, 우린 매너리즘에 빠지면 안 됩니다. 새로운 대한민국을 여는 일이에요. 남들처럼 해서 새로운 게 나오겠어요?"

역시 정은희.

아무도 없다면 갈비뼈가 으스러지도록 안아 줬을 텐데.

사랑해요. 정은희!

"맞아요. 나는 앞으로 어떤 전례든 따르지 않을 생각입니다.

장대운 정부에서는 그 어떤 것도 이전과 같은 건 없을 거라는 겁니다."

"하지만 대통령님. 그러면 엄청난 저항을 받게 될 겁니다. 집권 초반부터 의심…… 아니, 모든 부문에서 잡음이 일 겁니다."

말을 조심하는 도종현이나 장대운은 흔들리지 않았다.

"도 비서실장님."

"예."

"역사 속 저 중국 땅을 지배했던 왕조 중 순수 한족으로 이뤄진 왕조가 몇 개나 될까요?"

"그건…… 제가 알기로 두 개쯤인 거로……."

긴가민가.

"여기에서 중요한 건 두 개인지 세 개인지가 아니죠. 나머지는 전부 외세에 의한 지배라는 거 아닙니까? 중국이 자랑하는 1만 년의 역사 속에서 이룩한 수십 개의 나라 중에 겨우 두세 개."

"……예, 그렇게 되죠."

"그럼 중국을 지배했던 자들은 지금 어디에 있나요?"

"예? 그야……."

대답 못 한다.

다 사라졌으니까. 자기 색을 잃고 중국화 되어 분열만 반복하다가 결국엔 다른 세력에 짓밟혀 역사의 뒤안길로 사라졌다.

이게 중국이란 나라를 지배한 역대 왕조의 운명이었다. 아니, 한족의 왕조도 마찬가지였다. 얘들은 짧게는 몇십 년, 길게는 이백 년 정도가 한계였다. 동시대 세계 최강의 힘을 갖고도. 이게 무슨 뜻일까?

“요지는 그겁니다. 시스템이란 본래 이런 식이란 겁니다. 색깔을 압살하는 보편성.”

전생, 수없이 새로운 대한민국을 고뇌하며.

현생, 미래 시각으로 현재의 대한민국을 관찰하며 얻은 결론은 오직 하나였다.

이대로는 안 된다.

이대로는 대통령이라도 국회의원과 다를 바가 없다.

“저 땅을 지배했던 족속들이 자기 색을 잃은 건 한족에 의한 그들의 시스템을 안착하면서부터였습니다. 그날로부터 명색만을 가진 한족이 된 걸 몰랐던 거고요. 즉 대한민국의 진정한 적은 북한이나 중국, 일본, 미국, 러시아 따위가 아닙니다. 진짜 적은 내부에 있다는 겁니다. 바로 대한민국의 시스템입니다.”

“대한민국 시스템……이라고요?”

“우리 시스템이…… 적?”

“……!!!”

전혀 생각지 못했다는 반응이었다.

대한민국의 적이 대한민국의 시스템이었다니.

마치 대한민국을 이루는 근간이 대한민국을 망치고 있다는 얘기가 아닌가?

“왜 놀라죠? 이게 놀랍습니까? 이게 놀랄 일입니까? 수없는 정권에서 수많은 후보가 외쳤던 것이 '바꾸자'였습니다. 그래서 결과는 어땠나요? 바뀌던가요? 바뀌었습니까? 김 비서, 대한민국이 그들의 말대로 바뀌었습니까?"

"아…… 안 바뀌었습니다. 전혀! 1도 안 바뀌었습니다."

그제야 김문호도 장대운이 무엇을 꼬집는지 이해했다.

이대로 안 된다는 판단은 그로서도 공통이었고 다른 모두의 바람이기도 했다. 즉 바꿔야 한다는 건 모든 정치인의 명제였다. 그러나 용두사미라.

끝날 때 보면 달라진 게 없다. 어제가 그대로인 나라만 만나게 된다. 아주 오래전부터 이어 온 일상만 만난다.

실망마저도 지치게 하는 반복적 악순환.

그게 싫었으면서도 또 그 길을 걸으려 한 걸 깨달았다. 스스로에게 따귀를 때리고 싶었다.

"시스템은 곧 규격화입니다. 규격화…… 참 좋은 말이죠. 모든 것들이 정해진 대로 가야 한다는 것이니. 혼란이 적어 발전 드라이브를 걸 때 얼마나 효율적이겠습니까. 그러나 획일은 잠재 가능성을 말살하는 행위라는 걸 우린 사회주의에서 배웠습니다. 민주주의라고 다를까요? 오래된 건 썩습니다. 정치도 마찬가지입니다. 규격화를 내세우면 통치는 쉬워지겠지만, 우리도 곧 그들과 같은 상태로 접어들겠죠. 중국을 지배한 역대 유목민들의 후손들처럼 날카로운 이빨과 투지를 잃어버리고 뚱뚱한 돼지로 전락하겠죠. 보십시오. 전 세계 최강의 나라를 건설했다는 몽골 민족이 어떤 꼴인지.

그 자긍심은 어디에다 두고 저 중국에, 러시아에 고개 숙이나요? 우리란들 다르지 않을 거라 누가 말할 수 있겠습니까?”

전횡이라도 상관없었다.

장대운은 이 기회를 놓칠 수 없었다.

이들이 안 된다면 이들도 내친다.

“지금부터 그에 입각한 3대 국정 목표를 말씀드리겠습니다.”

무조건 따라라. 이해 안 되더라도 따라라.

나는 간다. 가고야 말 것이다.

참모들 앞에다 대고 3대 국정 목표와 12대 국정 전략을 선포했다.

1. 국민이 주인인 나라

소통으로 일하는 대통령

투명하고 유능한 정부

권력 기관의 대대적 개혁

2. 자급·자족·자주의 나라

더불어 잘사는 경제

기술 입국

강력한 안보와 책임 국방

안전과 생명을 지키는 안심 사회

자유와 창의가 넘치는 문화 국가

차별 없는 공정 사회

3. 평화와 번영의 한반도

남북 간 화해 협력과 한반도 비핵화

국제 협력을 주도하는 당당한 외교

세계가 주목하는 한반도

"이를 위해 가장 첫 번째로 실시해야 하는 건 규정의 정비입니다."

규격화는 달리 말해 이 이상 벗어나면 안 된다는 선이었다.

그 선을 넘어가면 대가를 치르고 그 선을 지키면 안전을 보장받는다는 일종의 가이드라인.

더 쉽게 말하면 법(law)이다.

국가를 국가로서 존재케 만드는 무형의 가이드라인.

이 법이, 이 법의 화살이 그 안에서 살아가는 대부분의 삶을 향하고 있다면 잘못된 게 틀림없었다.

그래서 개혁은 본래 입법부인 국회로부터였다.

그러나 개헌하지 않는 이상 국회가 바뀔 일은 없었다. 2/3 찬성을 얻으려면 3년 뒤인 21대 국회의원 선거까지 기다려야 하는데 그랬다가는 죽도 밥도 안 된다.

행정부터 손대려는 이유였다.

행정은 대통령 권한으로도 충분히 수정 및 삭제할 수 있으니.

"다 고치세요. 싹 다 뒤집으세요. 반항하는 놈은 그놈부터 땅끝으로 인사 발령 내세요. 대통령령으로 시행합니다."

"알겠습니다. 그리하겠습니다."

다행히도 참모진들이 따라 줬다.

일을 하기에 앞서 개념부터 잡는 게 중요했기에 다소 강력한 어조로 몰아세웠으나 한 명도 빠짐없이 사안의 심각성을 받아들였다. 아주 다행히도.

이날부터 청와대는 모든 전력을 다해 국가공무원법 개정에 착수했다.

공무원이란 무엇인가란 핵심적인 개념 정리부터 차근차근 확고하게.

동시에 20대 국회는 한꺼번에 쏟아진 국무총리 후보와 각 내각 장관급 후보 인사 청문회로 몸살을 앓았다.

장대운 정부가 내세운 1기 내각은 이랬다.

국무총리 문상식(대통령으로 두고 경쟁했던 민생당 대선 후보),

부총리 겸 기획재정부 장관 정은희,

교육부 장관 김은혜,

과학기술정보통신부 장관 정복기,

외교부 장관 정홍식,

통일부 장관 홍주명,

법무부 장관 이학주,

국방부 장관 서범주,

행정안전부 장관 전해선,

문화체육관광부 장관 김연,

농림축산식품부 장관 김형진,

산업통상자원부 장관 도종민,

보건복지부 장관 권지천,

환경부 장관 한정실,

고용노동부 장관 안경식,

국토교통부 장관 조형만,

해양수산부 장관 문성준.

이전 정권에서 유지한 여성가족부와 중소벤처기업부는 그 알짜된 기능만 추려 보건복지부와 산업통상자원부 산하 청으로 넣었다.

이렇게 국무총리 외 총 16개 내각의 수장이 후보에 올라 열띤 국회 인사 청문회 속으로 들어갔다.

문상식은 예의 그 바른 태도로 시종일관 국무총리직을 수락한 연유에 대해 설명했고, 정은희는 깐깐한 태도로 허튼소리를 일일이 짚어 주며 반박했고, 정복기는 한민당조차 실력으로는 도저히 까지 못했다.

뜬금없이 나타난 정홍식은 도대체 당신은 누구냐는 질문 세례에 되레 기가 막혀 했고, 홍주명은 개량 한복을 입고 청문회장에 나타나 너털웃음으로 국민의 이목을 끌었고, 이학주는 사법연수원 7기라는 짬 바이브를 펼치며 사이다를 선사했고, 김연은 한민당이 문화 산업의 '산'자도 못 꺼내게 연예계 블랙리스트로 되레 공격했다.

도종민은 능글맞은 표정으로 지적하는 국회의원의 비리를 폭로하고, 조형만은 계속 코웃음 쳤다. 네까짓 게 짖어 봐야 달라질 게 아무것도 없다는 태도로.

논란은 당연히 있었다.

언론은 이들의 면면보단 이들의 출신을 가리켜 새로운 국정 농단의 시작이 아니냐는 한민당의 말을 그대로 옮겨 댔고 또 국민을 불안케 하였다. 국민이 불안해야 언론의 파워가 강해지니까.

쟁점은 하나였다.

장관 후보자로 나선 정은희, 정복기, 정홍식, 홍주명, 이학주, 김연, 도종민, 조형만이, 16개 내각 장관 후보의 절반에 달하는 수가 오필승 그룹의 실세였다는 것.

이게 맞냐는 것이다.

장대운은 이도 정면으로 부딪쳤다.

"무엇이 문제입니까? 저는 바꾸라는 국민의 열망을 받아 대통령의 권한을 받은 사람입니다. 가장 능력 있고 가장 깨끗한 사람을 적절한 자리에 앉혀 쓰겠다는 게 도대체 무엇이 문제입니까?"

"정부 내각이 오필승 그룹의 사장단이냐는 말이 나오고 있습니다. 이는 분명……."

"무슨 얘기를 하고 싶은 건지 압니다."

기자의 말을 잘라 버린 장대운은 카메라를 응시했다.

"이 답을 하기 전에 먼저 현 정부의 실태에 대해 설명해 드리죠. 딱 들어와 보니 곳간이 텅텅 비어 있습니다. 아무것도 없어요. 그동안 국가가 따로 관리해 왔던 인재풀마저 흔적조차 남아 있지 않았습니다. 그간 사정의 내막을 알 만한 문건들도 전부 대통령 지정 문서로 지정돼 보려면 15년 후에야 가능하게끔 만들어 놨더군요. 그 잘난 대통령 권한 대행이라는 놈이 그렇게 해 놓은 겁니다. 설마 그 박진주 씨가 했겠습니까? 그 짓을 해 놓고는 아무 인수인계도 없이 사라져서는 저리도 뻔뻔하게 얼굴을 들고 다닙니다. 하다못해 구멍가게도 인수인계는 해 주고 나가건만…… 하여튼 인간이 덜된 놈들이 권력을 잡으면 어떻게 되는지 똑똑히 보게 됐습니다."

"그 말씀은 좀 심한……."

"들으세요. 지금 누굴 두둔해 주려는 겁니까?! 정부는 현재 맨바닥에 헤딩하고 있어요. 총 한 자루 주지 않고 미사일 쏘는 중동에다 던져 놓은 격이라는 겁니다. 거기 김철성 기자라고 했나요? 당신이 이런 상태면 어떻게 할 것 같습니까? 그냥 중동에서 미사일 맞아 죽을까요? 하물며 대한민국의 5년을 책임질 자리에서 말입니다."

"그건……."

"뭘 알고 떠드셔야죠. 기자라는 양반이, 그것도 정치부라는 양반이, 세상 돌아가는 걸 이렇게 모르고서야 그 언론이 신뢰가 가겠습니까? 비서실장님."

"예."

"앞으로 청와대 브리핑에 조국일보는 사절입니다. 저 사람 끌어내세요."

청와대 경호원이 다가와 끌고 나가는 장면이 고스란히 생중계됐다.

그러든 말든 장대운은 안색 하나 바뀌지 않았다.

도리어 미소 지으며 카메라를 응시했다.

"이런 장면 익숙하시지 않습니까? 저는 변하지 않았습니다. 어린 시절에도 그렇고 지금도 똑같이 거짓 뉴스나 남발하는 언론과는 일절 관계하지 않습니다. 앞으로도 마찬가지일 겁니다. 무슨 일이든 거짓에는 단호하게 대처할 겁니다. ……그리고 부탁드리고 싶은 건 기억해 달라는 겁니다. 이 시기가 평상시와 같던가요? 전 대통령이 탄핵당했습니다. 비상시국이라는 거죠. 대통령 인수 위원회 같은 거로 느긋하게 앉아 있을 시간이 없습니다. 국민께서도 이 중요한 시기에 사람 뽑다가 1년을 훌쩍 낭비하는 건 원하지 않을 거라 믿습니다."

마지막 말이 임팩트가 있었는지, 쫓겨나기 싫었는지 고개를 끄덕이는 기자들이 많았다.

"자, 이제부터 오필승 그룹에서 등이나 긁으며 한세상 편하게 사실 분들이 어째서 이 험한 정치판에 들어오게 됐는지 한 분, 한 분 설명해 드리겠습니다. 아 참, 문상식 국무총리 후보자는 예외겠군요. 그분은 대선 경쟁 때 인품에 반해 제가 직접 제안 드렸습니다. 앞으로 방방 뛸 저를 적절히 멈추게 하실 분으로요. 굽히지 않는 조언을 해 주시리라 믿기 때문에 부탁드렸습니다. 더 설명이 필요합니까?"

당연히 필요 없었다.

문상식은 대선 경선 전부터 수없이 검증된 남자였다.

민생당 쪽에서도 환영이었다.

대선에는 패배했지만, 국정 운영에 상당한 영향력을 행사할 수 있게 됐으니.

“자, 이제 가 보시죠. 제일 먼저 정은희 부총리 겸 기획재정부 장관 후보자시군요. 이분은 오필승의 재무 담당으로 계시다가 제가 미래 청년당을 창당하면서 오신 분이십니다. 이분도 굳이 이런 고생을 하지 않아도 될 분이신데 재능 기부 측면이라 볼 수 있겠죠. 오필승의 안방마님으로서 그 역량은 역대 기획재정부 수장을 가볍게 웃돈다 확신합니다. 이대로 장관이 되신다면 방만했던 기획재정부에 어떤 일이 벌어질 것 같습니까? 그날로 줄초상이 날 겁니다. 국민 여러분 곡소리 나는 기획재정부 보고 싶지 않으십니까? 그럼 정은희 장관 후보자가 딱입니다. 돈 가지고 장난치는 놈들은요. 이제 좋은 시절이 끝난 겁니다.”

“다음은 정복기 장관 후보자시군요. 이상합니다. 아니, 과학기술정보통신부 장관 후보자로서 이분 이상의 사람이 있습니까? 이분이 만든 복기 시리즈가 전 세계를 제패했어요. 대한민국 과학 기술의 격을 한 차원 끌어올린 분이십니다. 세계 여느 나라에서 모셔 가려고 난리인 분인데 도대체 무엇이 문제죠? 누가 시비 건 겁니까?”

시비 건 이들도 정복기의 이력만큼은 까지 못했다. 다만 부족한 학력을 지적한 건데…… 이도 세계 최고의 대학에서 종신 교수직을 제안한 거로 끝.

결국 문제가 없어서 문제라는 것이었다. 반대하는 입장에서는 지옥일 테니.

“다음은 정홍식 외교부 장관 후보자군요. 쿠쿠쿠쿡.”

장대운이 느닷없이 웃자 다들 어리둥절하다.

"에효~ 이러니 국민이 국회의원더러 국개의원이라는 말을 하는 겁니다. 많은 분들이 저의 외교적 영향력이 대단하다는 건 인정하실 겁니다. 그 원천이 이분에게서 나온다면 이해가 가십니까? 단언컨대 한민족 역사상 이분보다 세계적으로 발이 넓은 분은 없을 겁니다. 북미, 남미, 아시아, 유럽, 아프리카까지 전 영역에 걸쳐 이분과 인맥을 맺기 위해 줄 선 분들이 여의도 바닥을 빙 두르고도 두 바퀴는 남을 겁니다. 이런 분을 모르고 허튼 자질 타령이라니, 이러니 우리 대한민국의 외교가 국제 무대에서 삼류 소리를 듣는 게 아니겠습니까? 참으로 안타깝습니다. 국회의원분들 부디 공부 좀 하세요."

"다음은 홍주명 통일부 장관 후보자시네요. 이분은 호텔 가온의 전 대표로서 현 가온 전통문화 연구회 수장을 맡고 계시죠. 대한민국 전통에서만큼은 타의 추종을 불허할 만큼 역량을 갖고 계십니다. 그만큼 북한과 통일에 대해 관심이 많으시죠. 가장 가슴 아파하시고요. 제가 삼고초려 끝에 모셔온 분이십니다. 달라질 통일 정책을 기대하면서요."

목이 타는지 장대운이 컵에 든 물을 마셨다.

"큼큼, 다음은 김연 문화체육관광부 장관 후보자시네요. 다들 왜 이러시죠? 알면서 이러는 건가요? 문화계 쪽에서 이분 이름을 모르는 분 계시나요? 미국, 유럽에서조차 어떻게 한번 모셔갈까 하는 분인데 제가 우리 대한민국의 문화체육관광 정책을 뼛속까지 훑어 달라고 부탁드렸습니다. 아시죠. 이쪽도 말이 아주 많이 나온다는 거. 쥐톨도 안 되는 권력으로 수많은 꿈나무들의 눈에서 피눈물을 흘리게 만드는 것들 말입니다. 짐작건대 김연 후보자께서 가시는 순간 그들도 좋은 시절은 끝난 겁니다. 두고 보세요."

"다음은 이학주 법무부 장관 후보자시네요. 이분도 문제 있습니까? 국회에서는 아주 오랜 기간 오필승의 고문 변호사로 계신 게 문제라는데 오히려 장점 아닙니까. 그 덕에 사법계 이해관계에서 자유로울 수 있잖습니까? 사법계가 문제 많다는 건 국민도 인식하고 계실 텐데요. 왜요? 이대로 계속 사법 갱스터를 놔둘 생각이십니까?"

점점 심해지는 발언 강도에 기자들도 서서히 조심스러워하기 시작했다. 저러다 장대운이 발작하는 순간 또 무슨 일이 벌어질까 모를 일이니.

그러나 장대운은 냉정히 이어갔다.

"다음은 도종민 산업통상자원부 장관 후보자시네요. 아시겠지만 이 자리는 현재 대한민국이란 국가의 산업과 향후 미래 먹거리를 관통하는 자리입니다. 검증도 안 된 아무나를 앉혀야 하나요? 이분은 제가 빠진 오필승 그룹의 실질적인 수장 역할을 맡으며 국가 전체를 시야에 두고 살핀 분입니다. 더 대단한 능력자가 있나요? 이론, 실무 전부를 통틀어 더 나은 분 있나요? 당연히 없겠죠. 그렇지 않다면 더더욱 환영했어야 할 일일 테니까요."

"다음은…… 음, 이제 마지막이군요. 조형만 국토교통부 장관 후보자. 저는 아직도 이분을 장관으로 모시는 게 무슨 문제인지 전혀 인식을 못하겠습니다. 이 대한민국에서 땅과 개발에 관한 한 이분보다 더 조예가 깊은 분이 계신가요? 널뛰던 집값을 후려친 '분양가 상한제'도 이분이 만들었습니다. 수도권 외 전국의 개발 계획과 맞닿은 분이기도 하고요. 이분을 제외하고 누가 감히 개발을 논할 수 있는지 저는 감이 잡히지 않습니다. 특히나 해마다 부동산 비리가 터지는 한민당이 무슨 자격으로 자질을 논하는 건지 말이죠."

기자들은 어느새 타이핑도 멈췄다. 카메라 플래시를 터트리지 않았다.

춘추관에서 움직이는 건 오로지 외국 기자밖에 없었다.

장대운은 더는 논란을 용서하지 않겠다는 태도로 마무리 지었다.

"우려는 알겠지만 지나치면 간섭이 됩니다. 저에게 맡긴 이상 믿고 지켜봐 주십시오. 제가 직접 30년간 검증한 능력자들이십니다. 이런 능력자들이 돈도 필요 없다. 명예도 필요 없다. 오직 대한민국과 국민의 영광을 위해 뛴다고 상상해 보십시오. 전율이 돋지 않습니까? 이 정부에 무슨 일이 벌어질지 말입니다. 그러니 더는 흔들리지 마십시오. 시끄러운 건 누군가의 부당한 이익을 건드려서 그런 겁니다. 그렇게 이해해 주십시오. 시끄러우면 '아~ 어떤 쥐새끼가 화살 맞고 깨갱대고 있구나' 하고요. 국민 여러분, 저더러 그러라고 대통령시킨 거 아니겠습니까? 하하하하하하하하하하하하."

Chapter. 38

Chapter. 38

이 브리핑도 역시 논란이 됐으나 조국일보가 쫓겨나는 걸 본 언론이 입 다물고 원내 제1당이자 여당인 미래 청년당이 강력하게 밀고 민생당마저 돕고 무소속마저 상당수가 OK 하는 마당에 한민당, 국민당 둘만으로 무작정 버티기엔 무리가 있었다.

더구나 새롭게 가족으로 편입된 SBC 방송사가 대놓고 논란의 장관 후보자를 옹호하기 시작하면서 찬성하는 쪽이 압도적으로 많아졌다. SBC 방송사는 모기업인 태형건설을 적대적 M&A로 인수 후 시장 주식의 95% 이상 담고 상장 폐지했다. 오필승의 계열사가 된 것.

어쨌든 권위로 인해 인수인계할 틈도 없었던 정권의 특성을 십분 이해하는 국민에, 끊임없이 터져 나오는 대통령 지정 문서들에 대한 건까지 한민당은 어떻게 해도 몰매를 맞았고 결국 백기를 들었다.

초안대로 인선이 통과. 장대운은 곧바로 임명해 버렸다.

"여성가족부 폐지에 대한 말은 안 나오나요?"

"나오긴 하는데 몇몇 극성 단체에서만이 전부입니다. 사회적 공감대가 형성된 듯합니다."

"그렇군요."

"아 참, 주한 미국 대사관에서 성화입니다."

"왜요?"

"그야…… 전화 안 하냐는 거죠. 도람프에게."

"지랄이군요."

"……예."

"흠."

"사실 일본에서도 항의가 왔습니다."

"전화 안 하냐고요?"

"예."

"이것들이 초장부터 왜 이 지랄들이죠? 평소 아는 척도 안 한 것들이. 뭐 맡겨 놓은 것도 아니면서."

"그래도 미국이 제일 먼저 축전을 보내왔잖습니까."

"우리도 감사 인사를 제일 먼저 보냈잖아요. 그럼 된 거 아니에요? 감사 인사 안 보낸 나라 있나요?"

"……없습니다."

쩔쩔매는 도종현이라. 보다 못한 김문호가 나섰다.

"그래도 미국은 대한민국의 가장 든든한 우방국이지 않습니까? 첫 단추는 좀 평범하게 가시는 게……."

"온갖 조약으로 우리 권리를 침해하는 놈들이 우방국이라고요? 세상에 그런 우방국도 있어요?"

"큼…… 그렇긴 한데 차차 개선하시고 시작은 역대 정부의 관례대로 가는 게 맞다고 생각합니다. 지금 으르렁대 봤자 경계심만 살 것 아닙니까."

맞는 말이긴 하였다. 반기를 품었다면 결정적인 순간까지 인내하고 계속 인내해 상대가 모르게 하는 게 가장 성공 확률이 높았다.

시끄럽게 앵앵대는 건 상황에 전혀 도움이 안 되는 태도다. 하지만 장대운의 생각은 조금 달랐다.

"그러니까 도대체 언제까지 역대 정부의 관례대로 해 줘야 하는 건가요?"

그러다가 역대 정부 꼴이 난다면? 김문호도 팽팽히 맞섰다.

"인사 정도야 얼마든지 해 줄 수 있지 않습니까. 돈 드는 것도 아닌 데다 이빨을 일찍 드러내 봤자 전부 우리 손해일 겁니다. 그걸 먼저 생각해 주십시오."

"중국의 예를 드는 건가요?"

"거기까지 갈 필요도 없습니다. 거래와 협상의 법칙이잖습니까. 내 패를 먼저 까지 않는다."

"흠……."

옳은 말이다. 부인할 수 없을 만큼.

"거기까지라면 나도 설득당해야 맞는 거겠네요."

"감사합니다. 설득당해 주셔서."

"좋아요. 하기로 한 거면 도람프부터 시작해 보죠."

대한민국은 조용히 살고 싶어도 주변에서 놔두질 않는다.

지정학적이라는 엿 같은 위치 때문인데.

재밌는 건 이 나라가 가진 정권의 성향에 따라 동북아 정세가 달라진다는 거다. 그에 의한 파급력, 달라질 전략, 쏟아부을 자원을 생각하면 미국으로선 초를 다툴 사안이긴 했다. 그렇기에 저리도 전화 안 하냐 똥줄이 타는 거고.

그렇잖나. 이번 정권의 가장 핵심적인 기류를 형성할 이가 장대운인데 그와 뭐라도 선이 닿아야 계산을 하든지 짐작을 하든지 할 텐데 정보가 없다.

주한 미국 대사관 입장에서는 본국에서 쪼고 청와대는 묵묵부답이고 미칠 지경.

대통령이 되자마자 각 나라에서 앞다퉈 보낸 축전이라는 것도 이와 성격이 엇비슷했다.

그들도 아는 것이다. 인간 장대운을 아는 것과 대통령 장대운을 아는 건 천지 차이라는 걸.

"일본은 왜 성화래요?"

"관계 정상화를 원하는 것 같습니다."

"하여튼 쫌생이 같은 놈들."

관계 정상화를 원한다면 대낮에 큰길로 걸어 들어오면 될 일이다. 이렇게 뒷구멍으로 수작을 벌일 필요 없이.

"천성이 섬나라에 갇혀 산 족속이라서 그런지는 몰라도 늘 추잡한 길로만 골라 다니네요."

그렇지 않나? 잘못한 게 있으면 사과하고 피해 준 거 있으면 배상하고 앞으로 이런 일이 다시는 벌어지지 않을 거란 약속만 해 주면 서로에게 편하다.

그걸 안 하겠다고 온갖 거짓부렁을 해 대니 나중엔 그 거짓말이 자기들 스스로도 감당 안 될 곳까지 치달은 것이다. 온 국민을 기만하고 세계인의 시선을 왜곡하고. 자기들끼리 얽히고. 등신들.

"언제까지 세상을 속일 수 있다고 생각하는 건지. 쯧쯧쯧."

"대통령님. 좀."

"알았어요. 알았어."

"선을 이어도 됩니까?"

"싫은데 또 안 하면 안 되는 거잖아요."

"집계상 일본은 아시아 한류의 40%를 감당하는 나라입니다."

이게 또 문제였다.

확 끊고 싶은데 얘들이 또 너무 한국을 좋아한다.

한국을 동경하고 한국을 따라 배우려 한다. 극우 놈들이나 정권은 미국 똥구녕 빨아 대기 바쁘지만, 국민 대체로는 한국을 아주 좋아한다는 게 일본을 막 대할 수 없는 큰 이유였다.

과거사야 어쨌든 우릴 좋아한다는데 침 뱉을 순 없잖나.

"으음…… 정권만 딱 떼어 지워 버리면 참 좋을 것 같은데."

"……."

"그래서 일본이 원하는 게 뭔데요?"

"과거사 청산입니다."

"뭐……라고요?"

장대운의 표정이 일그러졌다.

"전대 정부와 합의를 봤으니 인정하라는 겁니다."

"돈 100억 엔 주고 끝냈다던 그거요? 이것들이 미쳤나."

"맞습니다. 박진주 정권 때 그랬다가 총선에서 역풍을 맞았죠."

"하아…… 그 씨발 것들은 국정 농단이나 열심히 하지 왜 외교까지 손대서 사람 귀찮게…… 이거 생각할수록 열받네. 그 쉐끼들 다 어디 있어요?"

"당연히 구치소에 있죠."

"조져요."

"예?! 안 됩니다!"

"조져요."

"안……됩니다."

"조져요."

"……건들면 역풍이 불 겁니다."

"조져요."

"……예."

김문호가 고개를 푹 숙이자.

"태어난 게 후회되게끔 만들어요."

“박……진주 씨도요?”

“그 양반은 냅 둬요. 인형한테까지 화낼 만큼 상식이 없는 사람이 아니랍니다.”

상식…….

“크음…….”

“갖은 수단을 다 동원하세요. 본인은 물론 가족 친지까지 전부 찾아다 피눈물을 쏟게 하세요. 국내에 있든 해외에 있든. 지금 당장.”

“예, 잠깐 나갔다 오겠습니다.”

명령을 받은 김문호가 나가자 도종현이 얼른 자리를 차지했다.

“그럼 일본은 몇 번째로 잡을까요?”

아직 OK 하지 않았는데 도종현은 다 된 것처럼 마무리 지으려고 한다.

거부해도 되건만. 장대운은 못 이기는 척 져 줬다.

어쨌든 외교는 외교니까.

“……맨 마지막으로 하세요.”

“아…….”

“또 왜요?”

“과거사 문제에 대한 답은요?”

“뭘 또 물어요. 뻔한 거 아니에요? 뽀큐.”

곡사포 포신이 올라가듯 풀리는 가운데 손가락이 남쪽을 가리키자 도종현이 한숨만 푹푹 내쉰다.

"이러면 또 관계가 틀어집니다."

"틀어지라고 하세요. 하나도 안 무서우니까."

"험한이 올라올 겁니다."

"한두 번 올라오나요? 마음대로 하라고 하세요. 아니, 언제까지 그 엿 같은 프레임으로 갈지 보죠. 여기 이 대한민국에 장대운 정권이 들어섰어요. 자부심 좀 가집시다. 지들도 계속 적대하기에는 정치적 부담이 클 거예요. 그 잘난 미국이 압력을 행사할 테니."

"음……."

"잊으시면 안 됩니다. 저를 이 자리에 앉힌 국민의 열망을요. 대통령마저 탄핵한 국민이 겨우 일본 따위에 꼬리를 마는 대통령을 본다면 되겠어요? 강하게 갑시다."

"알겠습니다. 맨 마지막으로 일정 조율해서 알리겠습니다."

"그러세요. 그럼 오늘 일은 끝이죠? 애들 학교 끝나는 시간이라."

"예, 그렇습니다."

국가공무원법 개정부터 내각 인사에 청와대 인선까지 참모진들은 밤낮없이 갈려도 장대운만큼은 예외로 두고 퇴근 시간을 지켰다.

이는 장대운의 의사가 아니라 참모진의 엄중한 결정이었다.

장대운은 가장 빛나는 곳에서 대한민국을 이끌 자였다.

그렇기에 가장 아름다워야 할 의무가 있었다.

이를 위해 휴식 시간의 보호는 절대적이었고 가정생활 또

한 그리되게 프로그램을 짰다. 보고서도 최대한 간략하게, 임기 기간 폭삭 늙은 꼴을 만들지 않기 위해.

일어나던 장대운이 멈칫 돌아봤다.

"첫 순례지는 확정됐죠?"

"아, 예, 이어도 해상 연구 기지와 독도 경비대입니다."

"음, 출사표를 임진각에서 던졌으니 대통령으로서 영토의 최남과 최동을 순회하는 건 아주 좋은 장면이군요. 마음에 듭니다."

"그리 강조할 생각입니다."

고개를 끄덕이다 또 뭔가를 떠올렸는지 검지를 세운다.

"그리고 또."

"예."

"김정운이는 어떻게 됐어요?"

"아, 서로 간 보는 상태입니다."

"쉽게 갑시다. 질질 끌지 말고 판문점에서 만날 건지만 물어보세요. 만난다고 하면 만나고 싫다면 그냥 끝내요."

"아…… 그렇게요?"

"뭘 또 큰일이라고 끌려가요. 쿨하게 가세요. 지들이 아쉽지 우리가 아쉽나?"

"알겠습니다. 그리 전하겠습니다."

"이제 됐죠?"

"옙, 들어가 쉬십시오."

"감사해요. 덕분에 대통령이 돼서도 가정을 안 놓치게 됐네요."

"한창 중요할 때가 아닙니까. 아버지로서, 남편으로서."

"감사해요. 그럼 들어가 볼게요."

청와대에 일이 산더미인 건 국민이 알 도리가 없었다.

조선 시대 궁궐에 사는 나랏님이 얼마나 극악한 업무량을 소화했는지도 백성은 알 도리가 없었다.

그들은 본 것만 안다. 그렇기에 자주 보여 줘야 했다. 국뽕을 자극할 요소로 한가득 담아서.

다음 날로 전용 헬기에 오른 장대운과 김문호, 백은호는 이어도 해상 기지로 향했다.

가장 남쪽. 망망대해, 드넓은 바다 한복판에 찍힌 작은 점 하나.

이 보이지도 않게 조그만 인공섬의 위치가 얼마나 절묘한지 전용 헬기가 안착하자마자 일본과 중국에서 일제히 성명을 발표했다고 한다.

중국은 동중국해에 대한 심대한 이권 침해라며 떠들고 일본은 한국이 드디어 침략의 야심을 드러냈다며 방방 뛰었다. 근데 뭔 침략?

처음엔 장대운도 별생각이 없었다.

그저 내가 내 땅에 오는 데 뭔 지랄들인가 했는데.

성명을 듣고 보니 이게 또 간단히 넘길 문제가 아니었다.

게다가 기지소장마저 이렇게 브리핑한다.

"……그리하여 이어도는 7광구를 주목하고 있습니다. 7광구는 채산성 있는 석유전 및 천연가스전이 다량 매장되어 있을 것으로 추정되는 아주 중요한 지역입니다. 저 중국은 벌써 십여 개의 가스전을 설치하여 선점한 상태인데 우리는 우리 영토임에도 불구하고 막지도 못하고 가스전 설치도 못 하는 실정입니다."

순간 장대운은 이게 무슨 개심박한 소린지 이해를 못 했다.

내 땅에 다른 놈들이 말뚝 박는데 아무것도 못 한다고?

"이는 1974년 1월 30일 체결된 한일 대륙붕 협정 때문입니다. 당시 한국은 7광구의 가능성을 봤으나 개발할 기술이 없어 일본의 도움을 받기로 합니다. 영유권 문제를 잠정적으로 보류하고 '한일 공동 개발 구역'으로 설정하게 되죠. 협정은 1978년 발효되었고 50년 동안의 유효 기간을 설정함에 따라 2028년에 만료됩니다."

그래서? 그래서 뭐가 어떻게 되는데?

"문제는 한일 대륙붕 협정이 발효되고 나서부터입니다. 일본이 태도를 싹 바꾼 거죠. 당연히 유의미한 개발은 이루어지지는 않았고 1980년대 이후에는 일본의 일방적인 거부로 공동 탐사가 중단됩니다. '공동 탐사가 아니면 한쪽의 일방적인 개발은 불가능'하다는 독소 조항을 근거로 멈춘 채 시간만 보냈습니다. 저희가 예측하기에 2028년 협정이 만료되고 나서는 7광구의 개발을 두고 영유권 문제가 재점화될 것으로 보이며 중국과 일본은 이미 7광구 수역이 자기 관할 수역이라고 대륙붕 한계 위원회(CLCS)에 자료를 제출한 상태입니다."

점입가경이라. 문득 물어보고 싶었다.

"미국이 부시 대통령 때 설정한 대륙붕에 대한 영토 인정건이 있었을 텐데요? 그것도 무시하는 겁니까?"

90년 초 아버지 부시가 제7함대를 이끌고 대한민국의 영토 수역을 대대적으로 정비한 적이 있었다.

그때 대륙붕을 기준으로 영토를 끊어 놨기에 이어도나 독도에 대한 영유권 주장이 한결 줄어들었는데.

"일본이 1978년에 맺은 협정을 근거로 영토 확정은 무효라고 주장하고 있습니다. 미국이 한국에 속았다고요. 독도에 대한 문제도 다시 꺼내 다케시마라 하여 국제 재판소에 소송에 들어갔습니다."

입을 떡. 국내 정치에 아웅다웅하는 사이 별 거지 같은 일이 다 벌어지고 있었다.

"이 쉐끼들이 정말 미친 거 아니에요? 이래 놓고 우리더러 과거사 청산해서 자기들 체면 살려 달라고 한 겁니까?"

김문호를 쏘아보았다. 이래도 일본과 잘 지내고 싶냐고?

김문호도 아차! 하는 얼굴로 바뀌었다. 7광구 문제는 2030년대에 이르러서도 일본과 지속적으로 싸우는 골치 아픈 사안이었다.

'놓쳤어. 내가 이런 큰 실수를 하다니.'

얼른 고개를 푹.

"죄송합니다. 제가 여기까지 파악이 안 됐습니다."

"알죠. 알죠. 아무렴 잘 알죠. 내가 누구보다도 잘 알겠죠. 그 얘기가 아니잖아요."

언성이 높아졌다. 분노하고 있다는 것.

몰랐으면 몰랐으되 장대운이 알았으니 곱게 가긴 글렀다.

이럴 바엔 편승하는 게 진리.

"이와 관련된 모든 것을 재조사하여 보고서를 올리겠습니다."

"그래야죠. 개쌍놈의 새끼들이 감히 우리 영토를 넘봐요. 내가 놔둬야 해요?"

"절대로 안 됩니다."

"죽여야죠."

"준비하겠습니다."

"그래야 합니다. 반드시 그래야 할 겁니다."

으르렁.

얼마나 살기가 돋는지 해상 기지 사람들마저 움찔 놀란다.

그러나 다시 돌아봤을 땐 장대운은 언제 그랬냐는 듯 봄날 햇살과 같은 미소로 그들을 위로했다.

"이 먼 곳에서 우리 대한민국의 주권을 지키기 위해 얼마나 노력하셨고 또 얼마나 속이 타셨겠습니까. 이제 걱정하지 마십시오. 제가 알았으니 전과는 달라질 겁니다."

"아……예. 그러면 정말 좋겠습니다."

"믿어 주세요. 나 장대운은 한다면 하는 놈입니다. 아, 근데 중국 놈들이 말뚝 박았다고 하셨는데 조금 더 자세히 들을 수 있을까요?"

"물론입니다. 저희가 파악한 자료에 의하면……."

7광구 서쪽 해상에 16기의 유전과 가스전을 설치, 이 중 제

12기 시설물에는 해양 순시선용 대 수상 레이더와 감시 카메라, 헬기 이착륙장이 들어섰다고 한다.

원유 시추 시설에 해양 순시선용 대 수상 레이더? 감시 카메라?

누가 봐도 군사적 목적으로 전용할 수 있다는 얘기였다.

"오호라, 중국은 7광구를 집어삼킬 계획이로군요."

"예, 그렇게 보입니다. 대통령님."

"조사보다 시급한 게 있었네요. 김 비서님."

"옙."

김문호가 대답했음에도 지도를 한참 신중하게 들여다본 장대운이 말했다.

"일단 이곳 이어도부터 키워야겠어요. 뭐든 베이스캠프가 든든해야겠죠?"

"키우신다면? 어느 정도로……?"

"불침항모라고 들어 봤나요?"

"아……."

김문호만 입을 떡. 그러나 이곳 브리핑실에 모인 모두는 무슨 소린지 잠시 못 알아듣는 표정이었다가. 뜨악!

불침항모라면 이어도를 군사 시설로 개조하겠다는…… 안 그래도 연구 시설만으로도 온갖 방해와 핍박을 받는데…….

장대운은 손사래를 쳤다.

"아이, 내가 그리 생각이 없는 사람이겠습니까? 하하하하하. 대놓고 군사 시설을 만들자는 얘기가 아닙니다. 기항지

정도는 어떨까요? 접안 시설 정도는 더 붙여도 될 것 같은데."

그거나 이거나 아닌가?

"……."

"……."

"……."

멍한 이들 앞에 장대운은 돌을 하나 더 던졌다.

"여기에 하나 더 추가한다면 미사일 기지 정도도 괜찮겠네요. 국방부에 남아도는 현무 미사일 좀 여기에다가 박아 놓으면 한결 수월할 것 같은데 어떠세요?"

"대, 대통령님."

연구소장이 자기를 봐 달라고 손들었다.

"예, 말씀하세요. 소장님."

"설마 이어도를 폭파시키실 작정이십니까?"

"예?"

"이어도가 군사 시설로 탈바꿈된다면 유사시 제1의 공격 목표가 될 겁니다. 이 이어도가 말입니다."

그제야 기지 사람들도 장대운이 던진 말의 의미를 깨달았는지 기겁한 표정이 됐다.

하지만 장대운은 오히려 그런 소장을 노려보았다.

너 뭐냐는 식으로.

"뉘앙스가 이상하네요. 그럼 유사시에도 혼자만 안전하겠다는 생각이십니까?"

"예?"

“이어도를 폭파시킬 만큼 마음먹고 들어온 상대라면 이미 전면전이 아닌가요? 연구 시설이라고 공격 안 당할 거라 보십니까?”

“그건…….”

전쟁 나면 이래나 저래나 죽는 건 매한가지였다.

어떤 함대가 적을 뒤에 두고 전진할까?

그들에게는 이어도는 연구 기지든 생활 시설이든 알 바가 아니었다. 현대전은 전격전. 언제 점령해서 언제 조사하고 언제 안전하다고 보고받을까? 무조건 초토화시켜 놓고 전진하겠지.

미사일 기지가 있든 없든 이어도는 공격 대상이었다.

어차피 죽는다는 것.

그제야 연구소장도 장대운의 말을 이해했다.

어차피 죽는다면 차라리 이어도를 목구멍의 가시같이 겁나 껄끄럽게 만드는 것이 훨씬 낫지 않겠나?

“아…… 제 생각이 짧았습니다. 죄송합니다.”

고개 숙이는 연구소장의 어깨를 장대운이 토닥였다.

“원래 국제 역학엔 상식이 없어요. 힘 대 힘. 나부터도 그럴 텐데요. 우리 장병들 안 다친다면 뭐든 다 할 생각이에요.”

“제가 간과했습니다. 지원해 주신다면 적극적으로 임하겠습니다.”

“좋아요. 이어도에 대한 건은 청와대에서 논의 후 진행해 보죠. 대충 현무 미사일 이십 기와 천궁 백 기 정도면 이어도 보호는 물론 7광구는 물론 상해와 규슈까지 커버가 가능하니 이 주변에선 거의 여포겠는데요."

"아……예."

움찔움찔.

"고생하세요. 여러분의 노고는 제가 잊지 않겠습니다. 연구비도 팍팍 지원해 드릴게요."

"감사합니다!"

뜻밖의 부분에서 연구비 포텐이 터졌지만 어쨌든 이어도엔 태풍이 불 것이다. 감당은 이들이 할 테고.

그러든 말든 장대운은 진해로 날아갔다.

중간 급유를 하고 독도로 슝.

중간쯤 됐을 때 햇살이 반짝이는 바다를 보던 김문호가 입을 열었다.

"괜찮겠습니까?"

"뭐가요?"

"이어도 말입니다. 큰 반발이 일 텐데요."

"칫, 반발하라죠. 눈에는 눈, 이에는 이에요. 중국이 지랄하면 서해안 무인도 전부에 미사일 기지를 설치할 거예요. 일본이 난리면 남해안 무인도에다가도 똑같이 해 줄 겁니다."

"대통령님, 너무 극단적이지 않겠습니까? 집권 초기인데."

"그러니까 김 비서는 저놈들 간부터 보라고요?"

"……예."

아니라고 고개 젓는 장대운이다.

"5년이에요. 우린 5년 안에 무언가 결실을 맺어야 해요. 이것저것 따질 시간이 없습니다."

"……."

"우리에겐 시간이 부족합니다. 시간이 너무 부족해요."

"음, 대통령 임기가 5년이란 게 함정이라는 말씀이군요. 미국처럼 재선도 안 되고."

"……예."

확실히 뭘 해 보기엔 5년은 너무 짧았다.

그래서 어떤 새바람이 불든 대한민국이란 시스템 안에 녹아 없어져 버리는지도 모르겠다. 뿌리부터 변화시키기에 5년은 찰나와도 같았으니.

무거워진 마음처럼 헬기는 무겁게 독도 선착장에 내려앉았다.

기십 명의 사람들이 마중 나와 있었다.

그중엔 민간인 두 명도 끼어 있었다.

"대통령님, 이분들이 독도의 진짜 주민이십니다."

"아, 그런가요?"

노부부였다.

얘기는 들었다. 독도에 거주하는 진짜 주민이 있다고.

독도 경비대가 배치된 명목상의 이유이자 독도가 대한민국 영토라는 것을 입증하는 상징적인 인물들.

2년 전에는 포항세무서 울릉지서에 독도 주민으로서는 최초로 세금까지 납부해 독도가 대한민국 국민이 살며 세금을 내는 명백한 대한민국 영토임을 재확인시켜 준 사람들이기도 했다.

확실히 남달랐다. 부여잡은 손에서 전해지는, 마주친 시선으로 느껴지는 형형함은 이들이 남들과 똑같은 삶이 아닌 사명감으로서 이 자리에 섰다는 것을 분명히 알게 하였다.

그래서 더 장대운은 마음이 답답해졌다.

기쁨보단, 자랑스러움보단, 안타까움이 컸다.

'어째서 이런 섬 따위에 얽매여 고단한 삶을 자청하신 겁니까.'

그냥 섬이었다. 이것저것 의미를 다 떼어 내고 보면 아무것도 없는 섬이다. 심지어 UN에서는 독도를 섬으로도 인정 안 하고 있다. 암초란다. 사람이 마을을 이루어 경제 활동을 할 수 없는 곳이니.

이어도도 마찬가지였다. 똑같은 암초.

이 조그만 암초 두 개가 대한민국의 최남단과 최동단에 위치하며 대한민국의 영해와 배타적 경제 수역을 확장시키지 않았다면 이토록 중요하지는 않았을 텐데. 중국이나 일본이 침 바르려 그리 애쓰지도 않았을 텐데.

그러면 이 노인들도, 서른 명의 이 피 끓는 청춘들도 황금마차마저 오지 않는 이 척박한 암초 덩어리에서 살 필요가 없었을 텐데.

전부 정부 탓이었다.

"……."

어느 곳과 몇 킬로미터 떨어졌고 어디에 무엇이 있고 지정

학상 중요도가 어쩌니저쩌니하는 열심을 담은 브리핑은 귀에 닿지도 않았다.

근원을 해결 못 한다면 이도 역시 영원한 도돌이표가 아닌가.

언론에서는 임기 시작과 동시에 영토부터 순회한 첫 대통령이니 뭐니 하며 떠든다.

찬양 일색.

그러나 장대운은 속에 화상을 입을 만큼 부글부글 끓었다. 그럴수록 알 수 없는 갈증만 더해 갔다.

"박차를 가하세요. 국가공무원 규정을 완비하는 즉시 움직일 겁니다. 시간이 없어요. 우리에겐 시간이 너무 없어요."

발표는 전격적이었다.

장대운 정부 첫 사업으로 이어도 해상 과학 기지의 확장이 발표되는 순간 또 그것이 보도 자료를 타고 전국으로 퍼져 나가는 순간 대한민국은 경악했고 이 소식을 들은 중국과 일본은 온갖 악의적 성명으로 삼국 간 긴장감을 높였다.

군사적 행동까지 고려한다는 소식에 정부를 칭찬하던 언론은 금세 논조를 바꿔 국민의 불안감을 증폭시켰고 청와대에서마저 외교적으로 민감한 사안이니 조심하자는 의견을 올렸다.

- 강하게 나가는 건 좋은데 지금은 상황이 아니지 않냐? 저들의 주장을 무시할 만큼 우리가 강하지도 않잖아.

장대운은 더 당당하게 나갔다. 또 직접 춘추관에 섰다.

"말도 안 되는 짓거리죠. 너무 어이가 없어서 똥이 나올 것 같습니다. 아시아의 평화를 도대체 누가 망친다는 겁니까? 저 중국은 자기 영해를 넘어선 곳의 스프래틀리 군도(난사군도), 센카쿠 열도, 스카보러 섬까지 자기 땅이라고 우기고 있어요."

지도를 꺼내 보여 줬다.

"이 섬들 중 어디가 중국해와 맞닿아 있습니까? 전부 대만과 인접하거나 대만 저 아래에 있는 장소잖습니까? 이런 중국이 이어도라고 가만히 놔둘까요? 깡패도 아니고 무조건 우기면 자기네들 것입니까? 나는 이 자리를 빌려 국민이 주신 대한민국 대통령의 권한을 가진 자로서 중국에 강력하게 경고합니다. 한번 넘어와 보세요. 중국은 그날부로 19세기로 회귀해야 할 겁니다."

이 브리핑이 나가자.

중국은 대번에 전쟁을 일으키겠다고 오페라를 불렀다.

괜히 동해 함대를 기동시키고 관영 매체가 한국인에 대한 기망과 헛짓거리를 벌이는 가운데 장대운도 가만히 안 있었다.

조용히 수백 기의 현무 미사일이 서쪽을 향하는 장면을 뉴스로 생중계시켰다. 그리고 말해 줬다.

- 건들면 우리도 망하겠지만, 너희도 절대 무사하지 못한다.

이 소식은 단번에 온 세계로 퍼져 나갔다.

이에 호응한 베트남, 필리핀, 대만, 말레이시아 등이 중국을 성토했고 그동안 중국이 세계인을 상대로 벌인 짓을 집중 탐구하기 시작했다.

안 그래도 미국이 중국에 이를 갈고 있던 시점이었다.

2035년이 되면 중국이 미국을 추월할 거란 보고서가 올라오며 거의 발작에 가까운 알러지가 생긴 마당에 한중전쟁의 씨앗이 발아했다.

오호통재라. 웬 떡이냐 싶어 신난 주한 미군에 데프콘이 떨어지고 제7함대마저 오키나와에서 기동하겠다고 엔진을 부릉부릉 예열을 가했다.

세계가 온통 중국을 손가락질하며 중국인의 몰상식한 행태를 고발하기 시작한다.

분위기가 불리해지니 또 언제 그랬냐는 듯 쑤욱 들어가는 중국에, 중국의 관영 매체에, 불안에 떨던 한국인은 물론 중국에 당하던 베트남, 대만, 필리핀, 말레이시아, 브루나이까지 환호하며 한국을 추켜세웠다.

오케이 거기까지.

들썩들썩. 언론은 또다시 입장을 바꿔 임기 시작부터 조국 수호에 핏대를 세운 대통령이라고 발바닥을 핥는다.

[이번 건은 좀 심한 건 아시죠?]

"심하긴요. 중국이 저리할 줄 알고 계셨잖습니까. 미국의 정책에도 꽤 도움된 거로 알고 있는데요."

도람프와의 화상 통화였다.

축전을 보낸 국가 중 첫 화상 통화.

[그래도 미국이 도와준 건 맞잖습니까.]

"전후를 확실히 판단하셔야죠. 우리가 미국에 기회를 준 겁니다. 까부는 놈들 손봐 줄 기회. 덕분에 고개를 갸웃대던 세계인이 미국의 정책에 호감을 드러내잖습니까."

[한마디도 안 지는군요.]

"이게 이기고 지는 문제입니까? 미스터 프레지던트께서는 내가 어떤 사람인지 공부하지 않으셨나 봅니다."

[공화당에 이런 말이 돌긴 하더군요. 대통령이 되려면 장대운과 손잡아라. 지금은 장대운 대통령으로 바뀌었겠습니다.]

"험난한 세월을 산 증거겠죠."

[흠, 왠지 같은 자리를 맴도는 것 같네요.]

같은 자리를 맴돌게 만든 건 너잖아 라고 말하고 싶었지만 장대운은 그저 미소로만 응답했다.

화상 통화를 연지 어언 10분.

도람프는 본론으로 들어가지 않고 상대가 먼저 지치길 기다리고 있었다.

이래서 장대운은 이런 유의 미팅을 싫어했다.

가진 호감도마저 싹 지울 협상이라는 이면을 가진 친목 도모 말이다.

장대운은 손목시계를 보는 척 시선을 내렸다.

결국 도람프는 두 손을 들었다.

[이거 안 되겠군요. 이런 식이라면 영원히 그 자리겠어요. 알겠습니다. 내가 졌습니다.]

"무엇이 더 궁금하시죠?"

[그렇군요. 답은 이미 받았군요. 이번 정부의 성향은 이 일로 확연히 증명됐으니까요. 제 지인도 그러더군요. 장 대통령께서는 간단명료한 걸 선호하신다고요.]

"사안에 따라 다르겠죠."

[음…….]

도람프의 표정이 또 굳었다.

장대운. 여간 까다로운 게 아니었다. 2015년 당선 이래 꽤 많은 국가의 수장들과 만났다고 자부했는데도 이런 유는 처음이었다. 마치 노회한 사업가와 만나는 기분이라.

[중국과의 관계는 회복되기 어렵겠습니다.]

"그도 상황에 따라 다르겠죠. 자기가 필요하면 언제든 허리를 굽히는 게 저들의 속성이니까요."

[일본은 어떻습니까?]

"평행선이 아닐까요? 각자가 원하는 게 명백할 테니."

[북한에 대해서는 어찌 보십니까?]

"건방지죠."

[……그렇군요.]

이후로도 몇 가지 질문과 대답, 대화가 흘렀지만, 알맹이는 없었다.

약속 시간이 끝나자마자 장대운은 대화를 멈췄고 1도 미련 없이 화상 통화를 종료했다.

도람프의 미간이 잔뜩 찌푸려진 건 거의 동시였다.

참모진들이 우르르 들어왔다.

"어떻지?"

"가장 까다로운 유형이더군요."

"맞아. 시종일관 우위를 점할 수 없었어. 이러면 동등하게 갈 수밖에 없는데……."

싫다는 표정이 역력.

우위에서 찍어 누르는 협상을 맛본 도람프는 결코 자기가 쥔 걸 놓치고 싶지 않았다.

"다른 방면으로 압박한다면?"

"중국 건 못 보셨습니까? 구석으로 몬다면 장대운은 동맹 파기도 불사할 겁니다."

"그러면 우리 쪽에도 도움되는 거 아닌가? 한국은 우리 미국을 지지하는 자들이 많아."

"문제는 후폭풍이겠죠. 혈맹이라 인식되는 한국과의 동맹 파기 건은 재선에 영향을 끼칠 겁니다. 미스터 프레지던트."

"아……."

"장대운은 충분히 그러고도 남습니다. 잊으셨나요? 클린턴 이후 20년간 민주당이 이곳 백악관에 들어올 수 없었던 이유."

"잘 지내야 한다는 거군."

"다행인 건 장대운이 거래의 기본을 안다는 거겠죠."

참모의 말에 이성적으로는 고개를 끄덕인 도람프지만 욱 올라오는 심정은 막을 수가 없었다.

자신은 세계 최강대국 미국의 대통령이었다.

감히 맞담배 피우려 들다니.

"일본은 어떤가?"

바로 맥락을 읽은 참모가 답했다.

"분명한 건 장대운이 넉살 좋게 받아들일 인물은 아니라는 거겠죠."

"하아…… 이중적인 놈들이라 나도 싫긴 한데."

"악화 일로일 겁니다."

"잠시 비켜나 있을까?"

"그러기엔 중국의 행보가 만만치 않습니다."

도람프가 이마를 잔뜩 찌푸렸다.

미국의 중국 의존도가 시간이 갈수록 높아지고 있었다.

싼 제품. 중국산 싼 제품이 인플레이션으로 가는 미국 경제를 멱살 잡고 캐리하고 있다고 해도 과언이 아닌 시절이라.

참으로 기특한 일임은 분명한데.

저 중국이 미국을 제치고 세계 최고의 국가로 올라서겠다는 야심을 품은 게 문제였다.

감히 패권국을 지향하다니.

주던 먹이나 받아먹던 똥개 주제에.

즉시 싹을 잘라 버리고 망가뜨려야 함에도 직접적으로 건

들지 못하는 건 역시 또 싼 제품 때문이었다.

중국의 공장이 돌아가지 않으면 미국의 물가는 걷잡을 수 없이 치솟는다. 이는 곧 폭동과도 맞닿아 있었다.

미국은 총기 소유국이었다.

진압부터가 어렵고 배고픈 이들에게는 사명감, 애국심이란 개똥보다도 쓸모없는 이념이었다. 질서가 무너지고 도래하는 혼돈을 막기 위해서라도 주 방위군을 투입해야 하는데 미군의 총부리가 미국인을 향하는 순간 연방제는 의미가 사라진다. 미국은 그 즉시 옛 서부 시대로…… 오십몇 개의 나라로 해체될 거라는 보고서도 나왔다.

그만큼 중국의 성장이 매섭다는 것.

도람프가 방방 뜨며 중국을 향해 거센 경제 제재를 지르는 것도 이를 막기 위한 일환이었다. 다시 고분고분한 중국을 만들기 위해.

물론 중국도 약점은 확연했다.

멈출 수 없는, 멈추면 안 되는 수레바퀴라 지속적인 성장을 하지 않으면 스스로 무너지는 경제 구조였다.

14억의 인구와 6억의 최하층 빈민.

미국은 인구수에 입각해 중국의 성장을 저해하고 내부에서부터 무너지게 할 계획을 작성했다.

점점 더 살기 어려운 중국을 만들기 위해.

6억의 배고픈 빈민이 분연히 떨쳐 일어나는 걸 보기 위해.

쪼개진 중국을 위해. 그중 하나를 먹어 미국을 위한 영원한 공장으로 만들기 위해.

이것이 미국의 현 대 중국 정책의 실태였다.

"경제학자들을 풀로 돌려 보니 이미 떼 놓을 수 없는 상태라 보는 게 지배적입니다. 값싼 노동력을 이용하려던 전략이 도리어 미국의 발목을 잡은 거죠. 그나마 남은 가능성이 있다면 인도 정도인데……."

말하면서도 고개 젓는 참모였다.

인도는 그냥 어렵다. 숙련된 인적 자원부터 고속도로와 항만, 철도 등 총체적으로 인프라가 부족하다. 이 시점, 그걸 해결해 주려다간 재선에 영향이 올 테고.

돈이 넘쳐 나고 애국심에 똘똘 뭉치던 예전 미국이 아니었다.

미국은 안팎으로 전부 곪아 있었다.

"다른 아시아 국가도 마찬가지입니다. 아프리카도 다를 게 없고 남아메리카는 정치가 너무 불안합니다. 그렇다고 한국, 일본, 대만도 선택지가 될 수 없습니다. 인프라는 확실하지만, 인건비가 최고 수준으로 중국을 대체할 저임금, 고효율의 공산품 생산지가 될 수 없습니다."

"……더는 방법이 없나?"

"마지막 남은 곳으로는 북한이 있습니다. 세계에서 유일하게 중국보다 더 싼 제품을 공급할 가능성이 남은 나라로."

"하아…… 북한이라니."

도람프는 입술을 꽉 깨물었다.

북한까지 나왔다면 말 다 한 것이리라.

위대한 조국, 미국이 정녕 갈 때까지 간 거라고.

하지만 참모는 그렇게 생각하지 않았다.

"북한의 가능성을 우습게 보지 마십시오. 현존하는 국가 중 중국을 대체할 유일한 나라입니다. 현재의 북한만 보면 오류를 범하기 십상입니다. 남한을 먼저 보십시오. 같은 민족입니다. 한국인들의 근면·성실은 유대인도 고개를 젓습니다. 북한도 여건만 마련해 준다면 그 이상으로 가능해질 겁니다."

"맞습니다. 이대로 중국과의 관계를 지속시킨다면 머지않아 손 쓸 수 없을 지경에 이를 겁니다. 중국이 값싼 공산품을 무기로 미국의 목을 잡을 수도 있습니다."

"옳은 지적입니다. 더구나 북한을 살리는 순간 중국의 급속한 성장에도 브레이크를 걸 수 있습니다. 과거 일본의 사례를 잊지 마십시오. 일본의 성장을 막기 위해 우린 중국을 선택했습니다."

"북한이 그 정도인가?"

도람프가 놀란 건 북한이 그런 가능성을 가졌다는 것이 아니라 참모진들이 모두 입 합쳐서 북한 개발에 동의한다는 점이었다.

각자 개성이 강한 관계로 잘 섞이지도 않는 이들이 하나같이 북한을 미국의 품으로 끌어들이자고 말이다.

"더구나, 폐쇄적인 게 아주 큰 장점입니다. 개방만 한다면 미국에만 문을 열어 줄 테니까요."

"북한이 우리 미국에만 문을 열어 준다? 지금 나열한 거 외

다른 장점이 더 있나?"

"문맹률입니다. 아시아는 물론 전 세계적으로도 국민 대다수가 모국어를 읽고 쓰고 할 수 있는 나라는 별로 없습니다. 우리 미국조차 50%에 간당간당한데 말이죠. 남한과 북한은 국민의 98%가 넘는 숫자가 아무런 문제없이 모국어를 사용합니다."

"맞습니다. 이 수치가 중요한 건 곧 노동력의 질로 환원되기 때문입니다."

"옳은 지적입니다. 문맹률 수치는 고품질의 공산품 생산과 맞닿아 있습니다. 잠시 열었던 개성 공단 건을 보셔야 합니다. 아시아 어떤 국가에서도 나올 수 없는 최상위 품질을 자랑했습니다."

"애석하게도 그걸 우리가 막은 겁니다. 당시 우리가 조금 더 현명하게 대처했다면 지금과 같은 골머리를 썩이지 않아도 됐을 텐데."

"더욱이 북한을 개방시켜 좋은 점은 우리가 직접 움직이지 않아도 된다는 겁니다. 북한 아래엔 남한이 있죠. 풍부한 기술력의 남한. 그 기술력이 값싸고 질 좋은 노동력의 북한을 만난다면 이보다 더 큰 시너지는 없을 겁니다."

이 정도면 차라리 열광에 가까웠다.

최고의 씽크탱크에서 낸 결론일 텐데 도람프는 느낌이 꼭 집에 찾아온 영업 사원이 자기 물건이 최고라며 강매하려는 것처럼 여겨졌다.

이놈들이 북한에 뭐라도 먹은 게 아닌지 의심이 들 만큼.

하지만 금방 고개를 저었다.

뭘 먹으려 했다면 북한보다는 중국이 훨씬 나았겠지. 베트남이나 다른 아시아 국가들이 훨씬 수월했겠지. 북한에 뭘 먹을 게 있다고.

골이 아팠다.

"그러니까 남북한을 통일시키자는 건가?"

"예?"

"그렇게 물꼬를 트다 보면 통일은 귀결인 것 같은데."

"현재로선 통일도 나쁠 이유가 없어 보입니다. 그러나 최대한 시간을 끄는 것이 우리 미국의 이익에 부합하겠죠. 다만 저 북한을 세계 무대로 끌어내는 것만도 미스터 프레지던트의 업적에는 큰 획이 될 순 있을 겁니다."

"음…… 그러려면 대북 제재부터 해제해야겠군. 그러라는 건가?"

"그게 순서일 겁니다."

"러시아는? 러시아는 괜찮고?"

"러시아는 북한이 열리는 걸 제일 반길 나라입니다. 남한과의 관계도 상당히 우호적이죠. 시베리아 철도만 언급해도 러시아는 모든 수단을 강구하여 덤빌 겁니다."

북한이 열리는 순간 유럽이 남한까지 연결되는 그림이 그려졌다. 더 힘을 쓴다면 알래스카를 통과해 아메리카 대륙까지 연결될 수도 있었다. 온 세계가 연결된다는 것.

러시아는 철도 물류의 중심지로서 또 한 번의 계기를 맞이

하게 될 것이다.

"그러면 러시아가 다시 부활하는 거 아닌가? 기껏 죽여 놨는데."

"결정하셔야죠. 이대로 중국에 잠식될 건지, 다른 길에서 지난 선택의 과오를 최소한으로 줄일 건지 말이죠."

그것이 문제였다.

늑대를 피했는데 호랑이가 나올 가능성이 높다.

그러나 뒤꿈치를 문 늑대도 만만치 않다. 그로 인해 미국은 점점 힘이 빠지고 있었다. 머지않아 그 늑대가 허벅지로 올라오고 상체까지 씹어 먹을 것이다.

어느 것 하나 쉬운 일이 없다는 것.

세계 최강국의 대통령치곤 말이다.

"더 생각해 봅시다. 아직 그리 급한 건은 아니니까. 우선 파리 협정부터 끝냅시다. 기후 협약인지 뭔지 거슬려서 안 되겠어요."

◇ ◆ ◇

한창 바빠 죽겠는데. 두 달 사이 북한이 벌써 6번이나 ICBM 미사일 도발을 감행했다.

축전은 보내 놓고 뭐 하는 짓인지.

"이 쉐끼가 정말……."

"기뻐해 주십시오. 드디어 판문점 회동이 잡혔습니다. 역사적인 날이 될 겁니다. 남북한 정상이 판문점에서 정식 회동이라니요. 하하하하하하.”

으드득 이 갈고 있는지도 모르고 도종현이 달려왔다.

만나잖다. 장대운은 더 기가 막혔다.

만나자면서 미사일을 날렸다고?

이 쉐끼들이 누굴 호구로 아나?

도대체 왜 저 지랄인 건지 이해할 수가 없었다.

그거 한 번씩 날릴 때마다 언론이 신나서 국민의 불안을 증식시킨다. 군도 데프콘이 걸린다. 자다가도 말고 군장 꾸리고 약속된 진지로 달려 나가야 한다는 뜻이다.

이래 놓고…… 문 앞에 칼 들고 와서는 웃는 낯으로 만나자고?

“원래 이런 식으로 차근차근 물꼬를 트는 겁니다. 닫았던 개성 공단도 다시 열고요. 교류하다 보면 좋은 날이 오지도 않을…….”

“만나지 말까?”

“예?”

“도 비서실장님.”

“예.”

“상황이 이래요. 미팅 날짜 잡아 놓고 뒷구녕에다 대고 상대방 아버지 뭐 하시는 분이니? 집은 어디에 사니? 차는 있고? 연봉은 얼마니? 자꾸 캐묻는 격이잖아……요.”

“…….”

“만나야 해요?”

장대운은 통일이란 업적 따위 아무래도 상관없었다.

대화 몇 번에 통일할 거였으면 진즉 했겠지.

"약속을…… 잡았지 않습니까?"

"그러니까요. 약속 잡을 시기가 오면 알아서 자중해야 하는 거 아니에요? 이렇게 짜증 나게 하는데 만나야 하는 거냐고요."

"그야……."

"안 되겠어요. 취소하세요. 뭔 애새끼가 신용이 없어요. 바로 브리핑 날리세요. 우린 앞에서 웃고 뒤에서 헛짓하는 놈들이랑은 절대 만날 생각이 없고 관계도 맺을 생각이 없다고. 남북 정상 회담은 취소입니다."

"안 됩니다!"

도종현의 언성이 높아졌다. 장대운도 언성을 높였다.

"아, 왜요?!"

"이번 만남은 굉장히 중요한 계기가 될 겁니다. 이를 위해 얼마나 준비했는데 그냥 끝냅니까."

"그게 나을 걸요."

"예?"

"이대로 만났다간 그 면상에 주먹부터 꽂아 줄 것 같은데. 그래도 괜찮아요?"

"……예?"

"마음대로 하시라고요. 만나는 순간 그 찐빵 같은 얼굴에 주먹을 꽂아 주겠다고요. 내가."

"……."

입을 떡.

"그리고 그 새끼들 하는 짓에 한두 번 당해요? 대충 화해의 분위기를 만들다 미국을 끌어들이겠죠. 우린 놔두고 미국이랑만 협상한다고 또 분탕질 치겠죠. 내 말이 틀렸어요? 아니, 만나자고 해 놓고 미사일 날리는 놈들을 누가 신뢰해요?"

"그야……."

"김정운이 코 뭉개는 거 보고 싶으면 이대로 추진해도 좋습니다. 뭐, 잘됐네요. 데프콘3 걸어 놓고 주먹 꽂는 순간 미사일을 날리는 겁니다. 이참에 무력 통일 좀 해 보죠. 오호, 그거 괜찮네."

좋다고 손바닥을 비비는 장대운에 도종현은 기가 질릴 것 같았다.

마냥 하는 소리가 아니었다.

지금껏 본 장대운은 웬만하면 자기 말을 지키는 사람이다.

판문점, 세계 수많은 언론이 모인 가운데 장대운이 다짜고짜 김정운의 턱을 날린다면? 그 순간 미사일이 슝 날아가고 제2의 한국전쟁이 발발한다면?

"하아……."

차라리 안 만나는 게 낫다.

차라리 이쯤에서 취소하는 게 낫다.

그래서 다시 한 번 물었다.

"정말 취소합니까?"

"하세요. 전 그 쉐끼 만나기 싫어요."

"정말…… 여지도 없는 겁니까?"

"예."

지나가는 아무개 행인 한 명의 심정에도 조심 또 조심하는 양반이 이럴 때는 참으로 단호하다.

도종현은 고개를 절레 저었다.

"알겠습니다. 그리 발표하겠습니다."

결정은 오래 걸리지 않았다.

춘추관에서 대변인 성명이 이어지고 남북 정상의 역사적 회동을 기대하던 언론은 파투난 것에 깜짝 놀라 이 사실을 국민에 알렸다. 미사일이나 쏴 재끼는 새끼한테는 절대 잘해 줄 수 없다는 장대운의 입장문을 낭독하며.

반응은 반반이었다.

귀한 기회를 날렸다는 측면이 있나 하면 잘했다는 쪽도 강했다. 언제까지 우쭈쭈 해 줄 순 없을 노릇이라고.

"별 거지 같은 게 신경 거슬리게 말이야. 쩝, 이쯤에서 북한은 접죠. 이어도 개발은 순조롭게 되고 있죠?"

"예, 적절한 시점, 미국이 도와줘서 한결 수월해졌습니다. 일본도 조용해졌고요."

"좋네요. 이참에 하나 더 요청해 보죠. THAAD를 거기에다 설치하는 건 어떠세요?"

"THAAD요? THAAD를 이어도에요?"

"예, 까짓거 한 기 설치했는데 한 기 더 설치 못 할까요? 문의해 봐요. 싫다 하면 성주군에 있는 것도 철수하겠다고 하시고요."

"……그냥 설치하겠다는 말씀이시네요."

"예."

입을 다무는 도종현이었다.

"왜요?"

"요새 일부러 그러시는 겁니까?"

"예?"

"너무 분탕질 치잖습니까."

"그렇게 보여……요?"

"차근차근 풀어 나가도 될 일을 왜 자꾸 싸우려……."

"차근차근한들 풀어질 일이에요?"

"그건……."

아니다.

차근차근 백만 년 접근한들 풀어질 일은 없었다. 그게 가능했다면 현재의 호구 한국은 존재해서는 안 된다.

장대운이 씨익 웃었다.

"이거 선수들끼리 왜 이러세요. 협상이잖아요. 일단 찔러보세요. 안 찔러봤잖아요. 왜 지레 겁먹어요?"

"……."

"지들 멋대로 움직였으면 우리도 당당히 요구해야죠. 그 때문에 얼마나 많은 피해를 감수해야 했어요?"

"그건 대통령 임시 권한 대행이……."

"그래서 한국이 안 한 거예요?"

한국이 설치한 것이다.

잘했든 잘못했든 한국이 승인한 일이다.

"물론 생짜로 도와 달라고는 안 하죠. 선물이 있다고 해요."

"선물이요?"

똑똑똑. 김문호가 문을 빼꼼 연다.

정은희가 꼭 저러는데 재도 저러네 하고 있는데.

"주한 미국 대사가 만나 뵙고자 합니다. 어쩔까요?"

"갑자기요? 언제요?"

"될 수 있는 한 빨리라고 했습니다. 오늘도 좋다고 하고."

"오라고 하세요."

"옙."

대답을 마친 지 10분도 안 돼 주한 미국 대사가 도착했다.

시간상 얘도 출발하면서 던진 게 틀림없었다.

만나줄 걸 알았다는 것처럼.

'하아…….'

이게 또 심보를 뒤튼다. 그동안 얼마나 위세가 좋았으면 대통령을 만나는 자리조차 자기 위주일까?

"마크 내리 주한 미국 대사가 도착했습니다."

노란 머리 백인이 사람 좋은 미소를 앞세우고 들어왔다.

이놈도 턱부터 돌리면 저 가면이 벗겨질까? 상상하는 와중 축하 인사가 왔다 갔다 쓸데없는 외교적 미사여구들이 약 5분간 오갔다.

그리고.

"이번에 북한과의 회동을 취소하셨다고요?"

이게 목적이었나?

"아, 그 일요? 좀 시끄러웠죠?"

"북한 그 한복 입은 아줌마가 서울을 불바다로 만들 거라고 꽥꽥대긴 하는데 상관없습니다. 북한이 이러는 게 한두 번 있는 일이 아니잖아요."

감 놔라 대추 놔라 하는 순간 엿이나 먹어라 하려 했는데 의외의 말이 나온다.

이름이 마크 내리라고?

그러고 보니 대다수의 미국 대사가 영어를 고집하는 것과 달리 한국어 구사 수준이 대단하였다. 첫 마디부터 영어를 한 번도 꺼내지 않았다.

기본이 됐다는 것.

슬그머니 호감도가 올라간다.

캬아~ 이게 외교였다. 말 몇 마디에 없던 호감도를 올리다니.

마크 내리가 웃는다.

"의미 없는 만남이 뭣이 중요하겠습니까. 진짜는 실리겠지요."

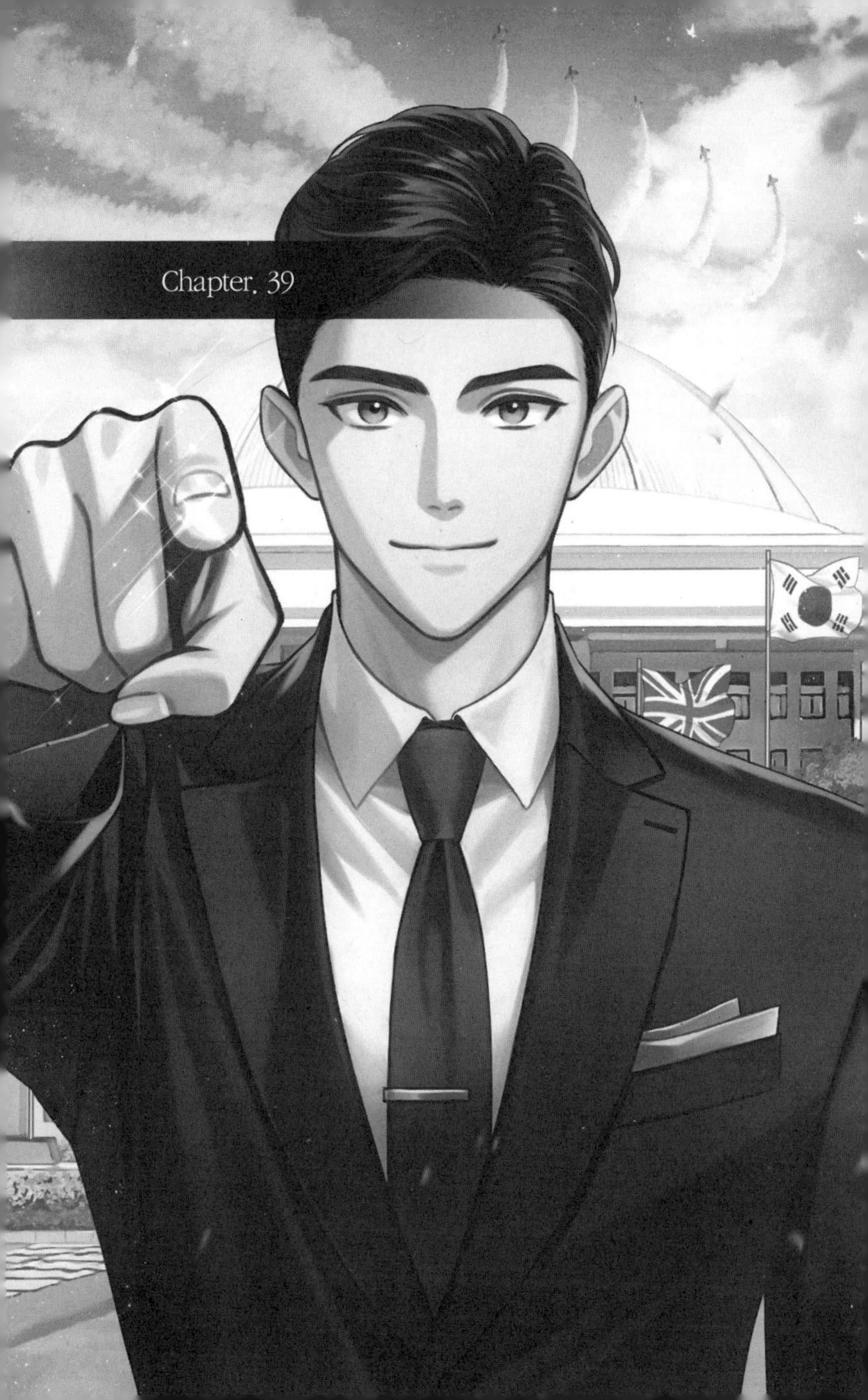
Chapter. 39

Chapter. 39

어랍쇼.

잘한다 잘한다 했더니 진짜 잘하는 인간이 와 버렸다.

이러면 또 우린 못 참지. 장대운도 씨익 웃었다.

"오호호, 모처럼 말이 통하는 분이 오셨군요."

"사실 백악관에서는 북한과의 관계 회복을 고민하고 있긴 합니다만 아직 지령이 떨어지거나 한 건 아니라 저도 여유는 있습니다."

"백악관도 북한에 관심이 있다고요?"

"전해진 소식으로는 그렇다고 합니다."

이런 걸 막 말해 줘도 되나? 의심이 들었다가도 그깟 게 무는 대수인가 싶었다.

대북 제재만 하더라도 할 얘기가 태산 같은데. 던져 봤다.

“혹시 북한을 중국 대용으로 쓰려고요?”

“금세 알아들으시네요. 대단하십니다.”

“미국이 중국 때문에 곤란한 게 한두 가지가 아닌 걸 모르는 사람이 있을까요? 좋은 대안 중 하나이긴 합니다. 미국이 체면만 버리면 금방 수습될 일이기도 하고요.”

“하지만 핵 문제 때문에 계속 걸립니다.”

“핵은 우리가 문제죠. 미국까지 날아가지도 않을 것 가지고 생색은 마세요.”

“그런가요?”

“체제나 인정해 주세요. 그러면 알아서 빗장 풀 겁니다.”

“어! 체제 인정이라. 그건 좀…… 개인적인 말씀이십니까? 대통령으로서 하는 말씀이십니까?”

“둘 다요.”

“이야~~~ 그것참, 정말 명쾌하시네요. 들은 것 이상이십니다.”

너도 그래요.

“그러고 보면 백악관이 참 답답하죠? 이렇게 직접 와서 묻고 대화하면 될 일을 지들끼리 대가리나 굴리고요. 세상 전부가 다 지들처럼 보이나 봅니다. 하하하하하하하하.”

백악관을 까는 미국 대사라.

마크 내리가 점점 마음에 드는 장대운이었다.

"그래서 오늘 무슨 일로 찾아오셨나요?"

"아아, 깜빡할 뻔했군요. 이어도 개발 건 때문입니다."

"오호, 그래요? 안 그래도 그 건 때문에 미국의 의사를 물을 게 있었는데요."

"정말입니까? 하하하하하하, 이거 정말 잘 통하네요. 그래, 물어보실 게 뭡니까?"

"THAAD 말입니다. 이어도에도 설치해 주세요."

"예?!"

"간단합니다. 어떤 미친놈이라도 종말적 미사일을 이어도에 낭비하진 않을 테니 그 용도는 아니고요. 일단 박아 놓으면 인근 전체를 관찰할 수 있지 않겠습니까?"

손을 비비며 상체를 가까이하는 장대운에 마크 내리는 저도 모르게 뒤로 물러섰다.

움찔움찔.

뭔 사람의 눈빛이…… 구운 마시멜로를 앞에 둔 아이 같냐.

마크 내리는 퍼뜩 정신을 차렸다.

"아…… 레이더군요."

"예."

"으음, 백악관과 조율해야 할 일입니다."

"조율할 게 얼마나 되겠습니까? 기껏 해 봤자 중국이나 반발하겠죠. 대만이나 일본이나 반대할 이유가 없지 않겠습니까? 미국 자산인데."

대신 한국은 이어도 근방을 안전지대로 만들고.

“그야…….”

“좋게 가자고요. 무턱대고 설치해 달라는 건 아니니까.”

“다른 건도 있군요.”

장대운이 씨익 웃었다.

“7광구 아시죠?”

“7광구요? 아……예.”

마크 내리의 고개가 갸웃.

이 시점에 웬 7광구?

“그거 개발하려고요. 미국이랑 같이.”

“아아~~ 그게 골자였군요. 석유 시추.”

마크 내리도 옛 보고서에서 본 적 있었다.

세계 3위의 매장량.

당장에라도 개발해야 마땅했으나 아쉽게도 분쟁 지역으로 돌아설 가능성이 높은 곳이라 손 놓고 있음을. 어느 정치인인들 중국과 일본을 상대로 그만한 부담을 지고 싶지 않았을 테니까.

장대운은 그걸 건드리려 하고 있었다.

동아시아의 화약고를 말이다.

“맞아요.”

정말 맞구나.

안 된다는 걸 알지만, 마크 내리는 그래도 미국의 동아시아 외교의 첨병으로서 역할을 다할 생각이었다.

“그럼 THAAD 설치가 이해됩니다. 안전하게 가자는 거…… 엇!”

"왜요?"

"이 건은 일본과 협정이 들어간 사안 아닙니까? 공동 개발이 아니면 안 되게끔 조항이 있는 거로 알고 있는 데……요."

JDZ 한일 대륙붕 공동 개발 협정이었다.

그 협정대로라면 일본의 승인 없이는 7광구 개발이 불가능하였다.

그럴 모를 리 없는 장대운일 텐데.

그 순간 짜증 난다는 듯 장대운의 미간이 찌푸려졌다.

"아이, 이 사람 잘 나가다가 또 삐끗하네. 했던 말 또 하게."

"예?"

"의미 없는 종이쪼가리 따위 뭣이 중.요.합.니.까! 진짜는 실리라면서요? 아니에요?"

아까 했던 말을 되돌려 주니 마크 내리의 얼굴에서 여유로운 미소가 사라졌다.

"이는 외교적 분쟁 거리가 될 수도 있는 심각한 사안인……."

"에게, 미국이 움직이겠다는데 일본이 까불어요? 미국이 그 정도밖에 안 돼요?"

"……!"

"우와~ 미국도 끝물이구만. 겨우 일본 따위에게 쩔쩔매다니. 추락하느라 바쁜 그 섬나라에 뭐라도 약점 잡혔어요? 에이씨, 이 정도였다면 괜히 기대했잖아요. 그냥 미국 정유사와 다이렉트로 갈 걸."

"……."

"알겠습니다. 미국 정부의 입장은 충분히 들었고요. 빠지는 거로 알겠습니다. 텍사스 쪽부터 알아볼까나…… 아시죠? 내가 셰일 가스 개발에도 한 발 걸치고 있는 거. 그쪽으로도 은근 발이 넓답니다."

퍼미언 분지였다.

거기에서 터진 셰일 가스 덕에 DG 인베스트가 달러를 갈퀴로 긁는 걸 모르는 미국인은 없었다. 지혜롭게도 DG 인베스트는 그 수익의 일정 부분을 미국 석유 카르텔과 나눴다. 미국의 세계 패권에는 관심이 1도 없는 오직 돈에만 영혼을 판 놈들이 DG 인베스트 뒤에 늘어서 있다는 것이다.

'안 돼. 마냥 그놈들에게 맡겼다간 전쟁이 터질지도 몰라.'

마크 내리는 자기도 모르게 벌떡 일어났다.

"가시게요?"

"아, 예, 긴급 타전할 내용이라……."

일어난 김에 둘러대는 마크 내리에게 장대운은 고개를 끄덕였다.

"오~ 좋은 태도네요. 새로운 게 나왔으면 빨리빨리 알려야죠. 어서 가서 물어보세요. 아까 내가 제안한 거 하나도 빠짐없이. 나중에 도람프한테 물어볼 겁니다."

반응은 즉각적이었다.

그날 밤 바로 도람프에게 전화가 왔다. THAAD라니 무슨 의도냐고?

다른 의도 없고 이어도에 설치하는 김에 울릉도에도 하나 더 설치해 달라고 했다. 지금 장난하냐는 말에도 퇴근 후에는 전화하는 거 아니라고 알려 줬다. 님은 출근 시간이지만 나는 퇴근 시간이라고. 매너 없이 이러면 안 된다고.

이후로 뭐라 뭐라 했는데 장대운은 듣지 않고 끊었다. 해줄 거면 하고 안 할 거면 성주군에 있는 것도 다 가져가라고.

끝.

다음 날 아침이 되자 도종현이 핼쑥한 얼굴로 두툼한 종이철을 들고 대기하고 있었다.

"뭔가요?"

"국가공무원법 개정안입니다."

"오오, 완성됐어요?"

"마침내 해냈습니다."

대통령 첫 지시로 청와대 입성하자마자 근 두 달을 퇴근도 제대로 못 하고 만든 초안이었다.

도종현은 감격스러운 표정을 감추지 않았다.

"다른 분들은요?"

영광을 같이 누려야죠.

"오전까지는 자라고 했습니다."

"아! 하긴."

겁나 피곤하겠다.

"보시겠습니까?"

"당연히 봐야죠."

첫 장부터 빽빽한 문장들로 가득 차 있었다.

개정안의 제안 사유와 주요 내용이 판사의 판결문처럼 평소 잘 쓰지 않는 단어로 나열되어 보는 이의 읽기 능력을 감퇴시키려 하나 장대운에겐 귀여운 장난이다.

"……정지, 무효 등의 징계를 할 경우 소명할 기회를 주고 처분할 때는 그 이유를 붙여 처분받는 사람에게 알리고 그 명단을 관보에 게재하여야 한다. ……부정행위를 예방하고 부정행위자의 처벌을 목적으로 하나 현행법은 징계받는 자에 대한 지나친 기본권 제어의 측면이 있는바 공익적 필요에 의해 성명과 생년월일을 공개하기로 한다……."

걸리면 신상 털린다는 얘기다.

현행 국가공무원법은 총 12장 85조로 이루어져 있었다.

제1장은 총칙,

제2장은 중앙인사관장기관,

제3장은 직위분류제,

제4장은 임용과 시험,

제5장은 보수,

제6장은 능률,

제7장은 복무,

제8장은 신분 보장,

제9장은 권익의 보장,

제10장은 징계,

제11장은 벌칙,

제12장은 보칙(補則)에 대해 각각 규정한다.

장대운이 손에 쥔 변경안에 대한 신·구조문 대비표에는 현행과 개정안의 차이에 대한 내용이 세세히 분류돼 적혀 있었다,

핵심은 공무원이 위법한 행위를 하거나 직무를 태만한 때에 관한 것과 직급 보수와 권익의 확장 부분이라.

절차에 대해서는 비슷하게 나왔다.

징계는 파면·해임·강등·정직·감봉·견책하기 전 징계 위원회를 두어 판단하게 하고,

권익은 공무원이 질병·부상·폐질·퇴직·사망 또는 재해를 입었을 때 본인 또는 그 유족에게 적절한 급여를 지급하는 것과 공을 세웠을 경우였다.

"금융 치료가 제대로 되겠네요."

"자그마치 30배 적용입니다. 이대로 괜찮겠습니까?"

"지하철 무단 승차도 30배라면서요."

"……그렇죠."

"1원을 먹든 100원을 먹든 처먹은 게 확인되면 30배로 토해 내라. 이 얼마나 간명합니까? 국가공무원의 명예를 중대하게 실추시킨 범죄에 대해서는 10년 형부터고. 아주 잘 짜인 징계 개정안입니다. 마음에 듭니다."

"그렇군요. 다행입니다. 초안보다 세 배는 더 강해져서 다들 걱정이었는데 마음에 드신다니 어깨의 짐이 가벼워지는

것 같습니다."

"여기 퇴직한 5급 이상의 공무원들에 대한 첫 5년간 민간 사업장 취업 제한과 이후 3년간 50인 이상 민간 사업장 취업 제한 건도 잘 나왔네요."

퇴직자 민간 사업장 취업 건의 골자는 기관장급들이 퇴직 후 몇억씩 받으며 민간 기업의 이사나 사외 이사로 팔려 가는 걸 원천적으로 차단하고자 추가하였다.

사회 부조리가 너무 심해서.

앞에서 끌어 주고 뒤에서 밀고.

한때 졸업식 노래로 매년 온 나라 학교에서 부를 만큼 권장한 참 좋은 선후배 관계가 국가 공무로 들어가는 순간 전혀 도움이 안 되는 적폐가 됐다. 상당한 피해를 양산시키고 그런 기류가 당연한 것처럼 여기게 만들었다.

후배, 이것 좀 도와줘. 에헤이, 선후배 좋은 게 뭐냐? 퇴직하면 네 자리 하나는 내가 봐줄게.

그래, 유도리 좀 부리라고. 좋은 게 좋은 거 아니냐.

규정대로 일한 사람을 반편이로 만드는 문화라.

없어져야 마땅했다. 첫 5년과 더한 3년이란 공백은 그 인맥의 상당 부분을 희석시킬 시간이니까.

"사실 이것도 그리 완벽한 건 아닙니다. 빠져나갈 구멍은 있습니다."

"뭔가요?"

"사업자를 내면 됩니다."

아~ 그렇군.

"더 잘됐네요. 그놈들 따로 분류해 놓고 시시때때로 세무 조사해요. 기업들이 대놓고 보호도 못 해 줄 거잖아요."

"그렇긴 하죠."

"전부 소급해서 적용하세요."

"예?! 소급 적용이요?! 소급 적용은 무리입니다. 상당한 저항이 일 겁니다. 국가가 개인의 기본권까지 간섭하는……."

장대운은 도종현의 말 끊었다.

그걸 몰라서 하는 말이 아니니까.

"그럼 국가 대계에 예외 사항을 두라는 건가요? 국가가 그 자리에 올려 주며 드넓은 명예를 줬어요. 연금도 겁나 받아요. 근데 그 명함을 이용해서 부당한 이익을 취해요? 그놈들은 되고 이제 퇴직하는 이들이 안 되는 게 더 형평성이 안 맞지 않나요?"

"그건 그렇지만 사회적 파장이 엄청날 겁니다."

"싫으면 5급 되기 전에 퇴직하라고 하세요. 누가 잡는대요?"

"하아……."

도종현의 우려는 이해 갔다.

이는 곧 오필승에서 온 여섯 장관도 마찬가지였으니까.

하지만 나부터가 그 끈을 끊지 않는다면 누가 따를까?

"이해해 주세요. 오래전부터 잡았어야 할 기본입니다. 차일피일 미루다 사회적 불평등만 야기하고 있어요. 그냥 갑시다. 우리가 가야 정착될 겁니다."

"으음…… 그렇게 확고하시다면 알겠습니다."

"대신 보상은 확실히 하잖아요. 5급부터는 이전과 상당히 달라진 대우로요. 먹고 사는 데 풍족하다 못해 남아도는 급여 체계인데."

"음……."

"공을 세운 공무원에 대한 10단계로 나눈 보상 체계도 부족하지 않을 겁니다."

제5장과 제9장엔 권익의 보장 내 사안에 따라 세전 급여의 최대 30배까지 보상받는 개정안도 들어가 있었다. 기본 급여 외 수당으로 붙은 식대, 교통비, 품위 유지비 등등을 모두 포함한 급여로서 보상을 인정해 주겠다고.

예를 들어, 세전 급여 책정이 200만 원에 3단계에 해당하는 공을 세웠다면,

200만 원 x 9배 = 1,800만 원이란 보상을 급여 외 받게 되는 것이다. 각 단계 간 차이는 3배씩이다.

도종현이 어느 정도 수긍하자 장대운은 추가적으로 할 것도 지시했다. 할 일이 너무 많았다.

"국가 대리 소송 제도 도입과 무고죄도 정비해 주세요."

"국가 대리 소송 제도라면……요?"

"개인과 기업 간 싸움이 붙었을 때 소송이 걸리면 보통 어떻게 되죠?"

"그야……."

"로펌 경력이 있으니 아시잖아요. 백이면 백, 개인이 집니

다. 절대 이길 수가 없어요. 이때 국가가 확인하고 먼저 배상부터 해 주는 제도입니다. 대신 국가가 기업에 구상권을 청구하는 거죠. 이자 붙여서."

"아…… 그렇군요. 근데 제원은……?"

"이자 부분을 활용하면 차고 넘칠 거예요. 소송의 질과 규모에 따라 단계 구분을 하는 거죠. 오히려 돈을 벌 겁니다."

"알……겠습니다. 힘없는 국민에겐 좋은 제도 같으니 이도 검토하여 넘기겠습니다."

"대신 무고죄는 확실히 해야겠어요."

"어떻게……요?"

"소송은 기본적으로 목숨 걸고 덤비는 싸움입니다. 아닌가요?"

"그렇죠. 총칼만 없을 뿐이지 맞습니다."

"의도를 갖고 남을 죽이려 했다면 그만한 대가를 치러야겠죠?"

"그렇긴 합니다. 무고에 당해 삶이 망가진 이들이 꽤 됩니다."

"성폭행이면 성폭행으로, 살인이면 살인으로, 명예 훼손이면 명예 훼손으로 등가 교환할 근거를 마련해 주세요."

"예?!"

도종현이 다시 고개를 바짝 세웠다.

"너무 편중된 시각이십니다. 그러면 피해 본 이들마저 함부로 나오지 못할지도 모릅니다."

"그러니까 국가 대리 소송 제도가 필요하죠. 거기에서 합당한 심사를 받으면 되잖아요. 먼저 배상받고 말이죠. 나중에 싸우면 배상이 된답니까?"

"배상이요? 으음, 선 배상, 후 조치군요."

"다만 국가를 상대로 장난치면 안 되겠죠. 이도 30배 법을 붙이세요. 무고하다 걸리면 30배입니다. 골통 잘못 굴리다 걸리는 순간 인생 엿 되는 걸 알려 주자고요."

"아아……."

이 일을 어쩔까나.

괜히 참모진들 재웠나 후회하는 도종현이었다.

혼자선 도저히 감당이 안 된다.

"안 되겠습니까?"

"대통령님, 꼭 그리 하셔야겠습니까?"

"예."

"이렇게 말려도요?"

"가요. 가자고요. 갈 수 있을 때 가야죠. 언제 가요?"

"……."

"기회 있을 때 빼먹자고요. 솔직히 도 비서실장님도 답답한 게 많잖아요."

"……."

"예? 가요."

"하아…… 아이고야, 이젠 저도 모르겠습니다. 이대로 진행하면 되겠습니까?"

도종현이 지치는지 허리를 붙잡는다.

장대운은 아직 멀었다며 고개를 저었다.

"두 개 더요."

“……뭡니까?”

“범죄인들 신상 공개를 추진해 주세요.”

“예?! 그러면 인권 단체들이 난리가 날 겁니다.”

“제가 해결할게요.”

뻔뻔하게 나가는 장대운에 도종현은 다시 고개를 푹 숙였다.

“하아…… 뭐, 알아서 하신다니까. 그리고요?”

“이거 부칙 말이에요. 이 법은 공포 후 6개월이 경과한 날부터 시행한다. 라고 적혀 있잖아요.”

“예, 그것도 문제가 되나요?”

“예, 3개월 이하로 바꾸죠. 사안에 따라 바로 시행할 수도 있게. 올해부터 바로요. 쇠뿔도 단김에 빼는 거죠.”

“아…….”

“안 될까요?”

빤히 보는 장대운.

도종현은 고개를 털며 다시 허리를 세웠다. 실의에 빠진다고 알아줄 보스도 아니고.

“아닙니다. 예, 예, 마음대로 하시죠. 그렇게 가겠습니다.”

“그럼 권 대표께 전해 주세요. 빨리 국회 통과시키라고요. 기대하고 있을게요.”

“예, 예, 어련하시겠습니까. 얼른 가서 전하겠습죠.”

고개를 절레 저으며 나가는 도종현에 장대운은 미소 지었다.

아직 멀었다. 이제 겨우 첫발을 뗀 거다.

이제 겨우 시작이다.

과연 며칠이 지나지 않아 국가공무원법 개정에 대한 발의가 올라오며 국회가 시끄러워졌다. 이 소식을 들은 언론도 날뛰었는데 그들이 집중한 건 30배율과 10년 이상 징역형에 대한 것이 아닌 고위 공무원의 5년, 3년 민간 사업장 취업 금지였다.

이미 취업한 이들의 생계를 무슨 근거로 위협하는 건지 모르겠다며 난리를 피워 댔고 몇몇 국회의원도 또한 나서서 이는 헌법에 명시된 기본권마저 무시한 처사라며 빨갱이도 이런 짓을 안 할 거라 침 튀겼지만, 미래 청년당은 너는 떠들어라 나는 가겠다며 법안을 밀고 나갔다. 그리고 빨갱이라 외친 국회의원은 며칠이 안 가 비리 사건이 터지며 쑥 들어갔다.

SBC 방송국도 슬슬 기지개를 켰다.

모기업인 태형건설을 삼키고 시중에 나도는 주식 대부분을 꿀꺽함으로써 새로 생긴 오필승의 가족이 자기 목소리를 높였다. 팩트로서.

이번 국가공무원법 개정안이 무엇을 위한 건지.

공무원의 부패와 부패된 이들끼리의 카르텔을 막기 위한 청와대의 오랜 고심으로 퇴직한 기관장급들의 민간 기업 취업 실태와 그들의 급여 수준을 집중 보도했다.

사법부터 세무, 감사, 금융 등을 망라하는 출신들이 밖으로 나가는 순간 국가 전반에 걸친 거미줄 같은 인맥으로 누구를 위해 일하고 또 그들이 숨기고픈 민낯까지 까자 국민도 공분을 일으켰다.

국가사업이 일어날 때마다 번번이 끼어들어 부당 이익을

취하고 어떻게, 어느 위치에서, 어느 방식으로 참견하는지, 그와 관계된 현 공무원들은 누군지, 대대적인 의혹을 일으키며 융단 폭격을 가했다.

새벽 아침을 여는 근면한 이들 앞에 밝힌 것이다.

공무원들이…… 기관장급 아니, 어느 정도 선까지만 올라가 퇴직하는 순간 어떤 일이 벌어지는지.

골프나 치고 다니면서 연봉을 몇억씩 받고 법리 검토 잠깐 해 주고 억 단위 돈을 쓸어 담는 그들의 맨얼굴이 드러났다.

SBC 방송사 MC는 이런 말도 남겼다.

- 기업이 그만한 돈을 준다는 건 그 돈이 아깝지 않은 일을 해 준다는 얘기가 아닐까요? 평생 동안 국가의 녹을 먹은 공무원이, 그 수장들이 이래서 되겠습니까? 그들의 등을 본 후배 공무원들이 과연 어떤 생각을 품겠습니까?

기획재정부 장관급은 기업의 재무 이사로 다이렉트로 간다.

국토교통부 장관급은 건설사 사장이 된다.

검찰 지검장, 판사급은 로펌의 파트너가 되거나 그룹사 법무 이사가 된다.

언론은 다를까?

어지간한 기업의 홍보팀 수장들은 죄다 언론인 출신들이다.

국민 모르게, 국민이 알 수 없는 곳에서 지들끼리 뒤 봐주며 사바사바.

불매 운동 조짐이 일어나고 있었다.

명단에 오른 기업들은 말도 못할 이미지 타격에 기겁해 사태 수습에 나섰다. 국가를, 장대운을, 상대할 수 없으니 그들을 손절하는 방향으로.

"잘 되고 있네요. 거봐요. 좋아할 거라 했잖아요."

"그……렇습니다. 예상보다 훨씬 좋아하네요."

"암만요. 사촌이 땅만 사도 배 아픈 법인데 아무것도 안 하는 것들이 명함 하나 갖고 그 돈을 쓸어 가는데 누가 좋다 하겠어요? 그것부터 끊고 망신을 줘야 그리로 딸려 갈 인원이 팍팍 줄어드는 겁니다. 겁이 나서라도."

"……그렇죠."

고개를 끄덕이는 도종현이었으나 장대운의 용건은 끝나지 않았다.

"국가 대리 소송 제도는 반응이 어떤가요? 무고죄랑."

"아! 문의가 상당합니다. 정말 국가가 대신 소송해 주냐는 거죠. 이런 식으로 실질적인 도움을 줄 줄은 몰랐다는 의견이 대세입니다. 그동안 대기업의 횡포에 당한 사람들이 많았다는 거죠."

"고무적인가 보네요."

"예, 반면 무고죄 등가 교환에 대해서는 우려의 목소리가 높았습니다. 힘없는 자는 당하고도 함부로 말도 못하게 될 거라고요. 그들이 대놓고 막으면 무슨 수로 억울함을 호소하냐는 거죠."

"예?"

갑자기 정색하는 장대운에 도종현이 멈칫했다.

"예…… 그런 말이 돌고 있습니다."

"하아~~ 이러니까요. 이러니까 문제라고요. 제대로 홍보가 안 됐잖아요."

"예?"

"도 비서실장님부터가 개념이 안 잡혔잖아요. 이러니 뭐가 되겠어요?"

"……."

"무고죄 등가 교환은 국가 대리 소송 제도와 맞닿아 있잖아요. 상호 보완하는 개념으로 출발하는 거잖아요."

국가 대리 소송 제도는 국가가 개인을 대신해 움직인다.

피의자가 제아무리 좋은 변호사를 산다고 한들 이보다 강할 수는 없었다.

누군들 조심하지 않겠나? 억제제로는 최상이었다.

그제야 도종현도 개념을 잡았다.

"아…… 저부터가 틀렸군요."

"억울한 일 당했다면 국가에 심사를 맡기라는 거잖아요. 접수되는 순간 국가는 바로 심사에 들어가고 경찰은 수사하고. 그 증거로 소송에 들고. 이해가 가세요?"

"……제가 실수했습니다. 그 부분에 대해 최대한 홍보하겠습니다. 아, 근데 그러면 변호사 협회랑도 마찰이 있지 않겠습니까? 따지고 보면 변호사의 일과 같은데요. 이런 식이라면 누가 변호사 사무실을 찾겠습니까?"

"애초 국가 대리 소송 제도를 말씀드릴 때 기업과 개인 간의 마찰을 위한 제도라고 했잖아요. 이혼 소송, 민사 소송 따위를 위한 게 아닙니다. 억울한 사람은 사무실 한 켠에 피해자 상담실을 잡아 서비스를 따로 마련하면 됩니다. 무고에 대한 경고도 포함해서요. 진짜 억울한 사람은 그마저도 감수하겠죠."

기업과 개인 간의 마찰도 사실 논란의 여지가 있긴 했다.

개인이 잘못해 놓고 우기는 경우도 숱하게 많았으니까. 그런 자들은 무고도 서슴지 않는다. 하지만 이유도 모른 체 억울함을 강요당하는 대다수는 없어야 했다.

이 제도의 단점이 바로 거기에 있었다.

쭉정이를 구분 못 하는 것.

"일단 갑시다. 법령이 정비되기 전에 최대한 알기 쉽게 배포해 주세요. 물론 국가를 우롱했다간 30배 처맞는 것도 충분히 알리고요. 몇십 년 법만 본 사람들이 안전장치 하나 못 만들겠습니까?"

"……예, 알겠습니다."

"그럼 그 건은 됐고. 이참에 범죄자 신상도 공개할 생각인데 어떠세요?"

"으음, 다시 말씀드리지만, 인권 단체가 난리 날 겁니다."

"그런 것들 말고요. 제가 유념해 둬야 할 일이 따로 있냐는 거예요."

"그 외엔 딱히 없을 겁니다."

"그럼 진행하세요. 다만, 강력 범죄에 한해서입니다."

"범위는요?"

"도둑 같은 잡범이나 경범죄만 제외하면 됩니다. 나머지는 전부 까세요."

혹시나 도종현이 반발할까 싶어 논리를 준비하고 있는데.

"사실 저도 이 부분에서만큼은 찬성입니다. 우리나라는 범죄자들에 대한 처우가 너무 관대한 측면이 있습니다. 때로는 태형 제도를 부활시킬까 고민한 적도 있을 만큼요."

"오오, 모처럼 의견일치네요. 저도 태형 제도 부활은 염두에 두고 있죠. 갇힌 고통밖에 없으니까 재범률이 높은 거 아니겠습니까? 아 참, 애완동물 면허제는 어떠세요?"

"애완동물 면허요?"

뭔 소리냐는 듯 눈을 동그랗게 뜬다.

"자동차 면허처럼 앞으로 애완동물 키우려면 면허를 받게 하려는 거죠. 어떠세요?"

"……애완동물도 면허가 있어야 한다고요?"

"예."

"개념은요?"

"현행도 소나 돼지, 닭 등 가축 사육에는 면허가 있어야 하잖아요. 한 단계 더 세부화시키자는 거죠. 단, 모든 책임은 주인에게 귀속되는 거로 하고요."

길거리에 널린 개똥들.

개물림 사고 같은 것들은 우연히 나오는 게 아니었다,

전부 주인이 문제다.

"……."

"예를 들어, 강아지를 봤을 때. 이 강아지가 태어나는 순간부터 임시 번호가 지정되고 국가 관리 내로 들어오는 거죠. 그 강아지가 주인을 찾게 됐을 때 주민 등록 같은 진짜 번호가 나오고요. 주인은 따로 면허증을 받지 못하면 애완동물을 키울 수 없고요."

"음…… 어려운 길인 것 같습니다. 지금도 상당한 숫자가 애완동물을 키우고 있습니다. 그분들이 반대하지 않겠습니까?"

당연히 나올 지적이었다.

지금껏 괜찮았는데 갑자기 면허를 따라면 누구든 저항을 할 것이다.

"더 늦기 전에 지금이라도 만들어야 합니다. 앞으로 애완동물을 기를 인구를 생각하면. 으으으……."

"면허는 어떻게 만들 생각이십니까?"

"동물의 사육에 대한 기본적인 교육을 수료해야죠. 대상 애완동물이 정해진다면 그에 맞는 교육을 다시 받고요. 실기 평가도 받고요. 이수해야 가능하게 말입니다. 아니면 선 입양 후 1개월 이내 이수하던가요."

"하아, 강아지 한 마리 키우는 것도 어렵게 됐네요."

"그렇게 쉽게 생각해선 안 됩니다. 격이 달라졌어요. 애완동물을 단순히 집에서 키우는 가축으로 보는 시대는 지났습니다. 그에 맞게 법령을 정비하고 자격을 부여해야죠. 진짜 애완동물을 사랑하는 이들이라면 이게 맞다고 호응해 줄 겁니다. 우리 주변엔 우리 생각보다 절대로 안 되는 환경에서

막 키우는 사람이 많습니다."

"하아…… 근데 우리가 동물 키우는 것까지 개입해야 하는 겁니까?"

받아들이기 어렵다는 표정이었다.

그래도 설득해야 한다.

"하나씩 하자는 거죠. 천천히 정착되게."

"……."

"제가 드린 말씀이 납득 안 가신다면 어디 공원에라도 둘러보고 오세요. 거기 개똥이 얼마나 많은지. 개들을 얼마나 어이없이 키우는지 말이죠. 생명을 키운다는 개념부터가 없어요. 동반자라며 정작 자기 개가 가진 성향도 몰라요."

"……."

"부탁드립니다. 한 번만 하면 됩니다. 자동차 면허는 뭐 언제부터 법제화됐는데요. 국민의 인식 수준을 끌어올려야 합니다."

"알겠습니다. 할 수 없죠. 이도 빨리 제도를 만들도록 하겠습니다. 그에 걸맞은 절차도 수립하고요."

"고생해 주세요."

"예."

눈코 뜰 새 없이 바빴다. 하나를 끝냈다 싶으면 열 개가 나오고 열 개를 겨우 끝냈다 싶으면 백 개의 고칠 점이 나온다.

이전 정부에선 대체 뭘 했는지. 맨날 디저트나 처드셨는지.

할 일이 태산이었다.

'바쁘다. 바빠.'

서류를 뒤적이던 장대운은 뻑뻑해지는 뒷목에 문득 이런 생각이 들었다.

- 이거 내가 너무 일을 찾아서 하나?

일이란 게 그랬다. 찾기 시작하면 한도 끝도 없다.

반면, 찾지 않으면 전혀 보이지 않는다.

그런 면에서 일을 만드는 자신은 아주 못된 상사인가?

찾아도 버거울 판에 만들기까지 하다니.

좋지 않은 상사였다.

≪어제 미국 백악관 발표에 세계가 주목하고 있는데요. 한국의 이어도와 울릉도에 THAAD를 설치하는 안건을 하원에 전달했다고 합니다. 이에 중국과 러시아는 공동 성명으로 동아시아의 긴장감을 조성하는 짓은 즉시 멈추라고 하였으나 백악관은 이 모두가 한국의 요청에 의한 것이라고 해명했습니다.≫

미국의 움직임이 빨라졌다.

설치 안 해 줄 거면 성주군 것도 도로 가져가라 말했다지만 이어도, 울릉도 THAAD 설치는 미국에도 이익이다.

가만히 앉아 중국의 남동 해안가와 대만, 필리핀까지 감시할 수 있고 러시아 북해 함대 또한 그 권역에 들어오는데 얼마나 좋을까.

우리도 미국에 호응해 이렇게 발표했다.

- 이는 한국 정부의 공식적인 요청에 의한 것이고 영토 수호를 위한 고심에 의한 결정이니 양해를 부탁드린다.

이게 제일 중요했다. 영토 수호.

이미 한 기 설치했는데 몇 기 더 설치 못 할까.

미국이 자리 잡은 곳에 누가 미사일을 날릴까?

미국이 자리 잡은 곳에 누가 얼쩡거릴까?

상징성이었다.

이로 인해 중국과 러시아와의 관계가 껄끄러워진다지만 역사를 보아온 자로서 말하건대 이딴 부대낌은 영토 수호란 이익에 비하면 아무것도 아니다. 심심할 때마다 동해상으로 미사일을 쏴 대는 북한이야 미치고 팔짝 뛸 일이겠지만 우리가 무슨 상관일까. 그런데.

"울릉도 주민이 THAAD 설치 결사반대를 외치고 있습니다."

"……반대라고요? 왜요? 자기들 보호해 주려고 일부러 끌어왔는데."

"아무리 설명해도 듣지를 않습니다. 연평도 건을 들며 절대 안 된다고 막고 있습니다. 울릉도는 평화의 섬이라고요."

연평도 포격 사건을 들먹였단다.

울릉도 주민의 말은 연평도에 군부대가 있었기에 공격당한 거 아니냐는 것.

"예?! 그것들 다 미친 거 아니에요? 울릉도랑 연평도랑 같아요?"

"대통령님…… 말씀을 좀 조심……."

"자기들이 미국이 좋다 했잖아요. 미국이 들어와야 안전해진다고 떠들었잖아요. 미국을 그렇게 빨아 대면서 왜 지랄들이래요? 지들 원하는 대로 해 줬는데."

"막상 하려니 불안한가 봅니다. 러시아가 말이죠."

"세상에 이런 똥 멍청이들이 다 있답니까."

모리셔스 섬이란 곳이 있었다.

그 섬엔 날지 못하는 새가 있었는데.

아주 오랜 기간 천적이 없는 섬에서 최상위 포식자로 군림한 녀석으로 우연히 들른 사람마저 무서워하지 않고 따라다녔다고 한다. 호기심에.

그 새의 이름이 도도(Dodo)였다. 포르투갈어로 '바보'를 뜻하는.

그래서 멸종됐다. 주제를 몰랐기에.

"……."

시류를 읽지 못하는 문명도 그랬다.

구한말 대한제국이 망한 이유는 고립됐고 스스로 고립을 자초했기 때문이었다. 저 일본이 시류에 편승해 세계사 일익으로서 나설 때까지 이 땅의 지도자들은 눈앞에 놓인 손톱만한 이익에 몰두해 당파 싸움밖에 할 줄 아는 게 없었다.

고립이 이렇게 무서웠다.

시류를 읽지 못하는 눈이 이렇게나 어리석었다.

그러나 입 밖으로 내지는 않는다. 대통령이니까.

어버이의 마음으로 다시 한번 기회를 줄 뿐.

"알았어요. 이어도부터 설치하고요. 그때까지도 결사반대를 외치면 울릉도 주민 투표에 들어가세요. 주민 투표에도 반대가 승리하면 철회할게요."

"으음, 그래도 괜찮겠습니까?"

"원하는 대로 해 주자고요. 대신 울릉도 지원 사업은 축소시키세요. 점진적으로. 쫙쫙. 알죠?"

"당연히 그래야죠. THAAD 가져오려고 도람프와도 얼굴을 붉히셨는데 아무것도 모르는 것들이 말이죠."

"그렇게 가시죠."

"예."

그사이 몇 번 설득을 시도했으나 울릉도 주민들의 반대는 돌아설 줄 몰랐다. 마치 THAAD를 설치하면 울릉도에 전쟁이라도 벌어지는 것처럼 눈 감고 귀 닫고 우기기만 했다.

결국 주민 투표에 들었고 반대 58.3%로 승리했다. 이때 투표율이 52% 수준이었으니 주민 투표 승리는 강성들에 의한 것이나 다름없었다. 즉 울릉도 주민은 강성들의 손에 자기 운명을 맡긴 것이다. 겨우 몇십만의 극우가 1억 2천만의 국민을 지배하는 저 일본처럼.

고개를 절레절레.

"그럼 남은 한 기는 어쩔까요?"

"반품은…… 안 되겠죠?"

"예."

도람프도 의회랑 얼굴을 붉히며 가져왔다.

"파주 쪽은 어떤가요?"

"북한을 도발하시겠다는 겁니까?"

"어차피 성주군 거로 다 보잖아요. 새삼스럽게."

"음…… 그렇네요. 하긴 파주 쪽이면 괜찮겠습니다. 우리 군부대가 많으니까요."

"부대 영내에 설치하라고 해요."

"영내에요? 그건 좀 어렵지 않나요?"

"왜요?"

"그야 보안……."

말하면서도 이건 아니라는 걸 깨달았는지 도종현은 입을 다물었다.

한국은 전작권이 없었다. 성주군에 THAAD가 설치된 후부터는 영토 전역을 아예 대놓고 미국에 보여 주고 있다. 하나 더 달라붙는다고 달라질 게 있나?

"알겠습니다. 파주에 설치하겠습니다."

"그리해 주세요."

"그나저나 중국이 길길이 날뛰겠는데요. 북경 너머 서안까지 다 범위에 들어갈 테니까요."

"어쩌겠어요. 그게 중국의 운명인데."

울릉도에서 쫓겨난 나머지 한 기의 THAAD가 파주시 모부대에 설치된다는 소식이 퍼져 나가자 파주 시민도 들불같이 일어났다.

왜 지랄들 하는지 모르겠다. 남들이 일어나니까 일어나는 건지 하여튼 중국도 길길이 날뛰며 기필코 막겠다고 선언했으나 울릉도 같은 소요는 없었다.

다른 곳도 아니고 군부대에 설치하겠다는데, 군에서 알아서 하겠다는데 지들이 더 무슨 말을 할까. 파주에 살며 군부대 모르는 인간이 있나?

그런데 또 도종현이 헐레벌떡 뛰어 들어온다.

복잡한 거 마무리 짓고 내부의 일을 보려는데 말이다.

"TV 좀 보십시오."

다짜고짜 뉴스 채널로 돌린다.

중국 대변인 얼굴이 나왔다. 요새 자주 보는 터라 익숙했다.

왜냐고 도종현을 보니 그저 TV나 보란다.

≪중국은 평화 구역인 이어도 해상이 화약고로 물들길 바라지 않는다. 중국은 평화를 사랑하는 민족으로 세계 평화에 일조할 용의가 충분하다. 최근 한국의 행보가 동아시아의 평화를 해치는 방향으로 흘러 참으로 우려스럽다…….≫

누가 평화를 해친다고?

뭔 개소리를 저리도 삼삼하게 늘어놓는지.

≪……그리하여 한국과 일본의 대륙붕 기준 영해 경계선 확정에 동의하는 바다. 다만, 불합리한 건 중국과 한국 사이의 영해 경계선이다. 이는 분명 한국, 일본의 기준과는 다르게 일괄 적용된 것이니 중한일 영해 분쟁의 사유가 되는 바 이를 명확하게 정비해 중한 영해 기준도 대륙붕으로 삼아 향후 분쟁 사유를 미연에 방지하는 것이…….≫

"허, 허허허, 허허허허허허."

헛웃음만 나왔다.

무슨 개소리를 지껄이나 했더니 침도 안 닦고 남의 영해를 집어삼킬 생각이었다.

얘들은 대체 어떤 정신세계 속에서 살고 있는지.

정말 한 판 붙자는 건가?

참모진들을 전부 불러 모았다.

중국 대변인 브리핑 내용을 몇 번씩이나 복기한 참모진들도 다들 어이없어 입을 떡 벌렸다.

"그러니까 한국이 일본과 대륙붕 기준으로 영해를 나눈 것을 트집 삼아 서해도 마찬가지로 대륙붕을 기준으로 영해를 다시 정해야 한다 주장하는 거죠?"

이 주장이 나온 속내는 이랬다.

서해는 한국과 중국 한가운데로 EEZ(배타적 경제 수역)가 정해져 있다. 하지만 이를 대륙붕 기준으로 보면 중국에서 뻗어 나온 대륙붕이 서해의 70%를 차지한다. 게다가 황하강과

양쯔강에서 나온 퇴적물이 실시간으로 중국의 대륙붕을 넓히고 있다.

즉 이를 기준으로 EEZ 경계를 삼을 경우 그 순간 서해의 70%가 중국 관리하에 들어간다는 얘기다. 100년, 200년 후에는 80%가 되겠지.

90년대에 끝난 영해선을 이렇게 바꾸겠다는 것.

"말도 안 됩니다. 대놓고 남의 영토를 빼앗겠다는 심보 아닙니까!"

"당장 항의해야 합니다!"

"이를 절대로 두고 보면 안 됩니다!"

참모진도 길길이 날뛴다.

중국도 물러설 생각이 없는지 계속 떠들고 러시아는 조용하고 북한은 애매하고 미국은 이걸 이용할 생각만 한다.

이러면 전쟁밖에 답이 없다.

순식간에 소란스러워진 집무실.

그나마 먼저 접했다고 장대운은 잠잠히 있었다.

지금 그가 원하는 건 이런 소모적 전쟁 따위가 아니었다.

국가 정비가 더 시급하다.

이럴 때 중국 따위에 함몰되는 건 10원 한 장의 이익도 기대할 수 없었다. 이익이 없는데 왜 저리 열성일까.

"다들 원하는 것 같은데 이참에 미사일 한 방 날려 줄까요? 북경에다?"

"예?"

"뭔 항의를 해요. 남의 땅 빼앗겠다는데. 현무로다 미사일 한 발 중난하이에다 떨어뜨려 주면 되죠."

"예?!"

다들 움찔해서 쳐다본다.

진짜 그럴 생각이냐고?

웃어 주었다.

"에이, 그런 간댕이로 뭘 하시겠다고. 죽는 게 두려워요?"

"……."

"……."

"……난 말이에요. 두려운 건 하나뿐이에요. 내가 보고 싶은 거 못 볼까 봐. 이 대한민국이 내가 그린 그림과 맞닿는 꼴을 못 볼까 봐요. 고작 이 한 몸 죽는 건 일도 아니에요."

"대통령님……."

"……."

"……."

"저 중국을 폭격해서 그리 만들 수 있다면 난 백 번이라도 할 겁니다. 자, 중난하이 폭격에 동의하십니까?"

"……동의할…… 수 없습니다."

김문호였다.

"왜죠?"

"우리도 망할 테니까요."

"맞아요. 우리도 망할 겁니다."

"……."

"……."

"항의가 필요합니까?"

"필요 없습니다."

"좋아요. 그럼 우린 우리 할 일만 합시다."

지시하였다.

상대하지 마라. 대신 저들이 우리 영해를 건드렸으니 우린 다른 걸 건들자.

다음 날로 SBC 방송사에서 북경조약, 간도협약에 대한 부당함을 주장하는 뉴스가 전국으로 나갔다.

북경조약으로 우린 연해주를 잃었고,

간도협약으로 우린 간도를 잃었다.

이에 중국은 연해주와 간도를 제 마음대로 팔아먹은 배상을 해라.

중국에서 뭐라든 말든 세계 속으로 계속 떠들었다. 거품을 물고 난리를 피워 대도 한결같이 배상하라며 국제 재판소에 소송을 걸었다.

그럼에도 중국은 이어도 건과 같이 해군을 움직인다거나 하지는 않았다. 일본, 러시아는 묵묵부답인 가운데…… 끼어드는 순간 일본은 대마도를 내놓고 오키나와와 홋카이도를 독립시키라고 대응하려 했다. 러시아는 음…… 제발 안 끼어들길 바랐다.

불곰은 좀 그렇잖나.

걔들이 괜히 불곰으로 불리는 게 아니다.

이놈들은 아무리 상처를 입어도 상대만 물어 죽이면 이겼다고 생각하는 족속이다. 황당한 건 군뿐만 아니라 국민 대다수도 그렇다는 건데.

싸워 봤자 이득이 없는 놈들.

한중만 서로 으르렁대며 싸우길 얼마나 지났을까.

파주의 THAAD 설치가 완료됐다.

◇ ◆ ◇

"거 더럽게 시끄럽네."

중국이랑 하는 주둥이 싸움은 날로 격해졌다.

하루 중국 대변인이 나와 쏼라쏼라 하면,

다음 날로 우리 대변인이 나와 중국의 명치를 쳤다.

시원하게 미사일 날리며 개싸움 하는 것도 아니고 멀찍이서서 이빨만 날리는 뇌피셜 날 선 공방이었지만 이도 져선 곤란했다.

어떻게든 반박할 건더기를 찾아 던졌고 철판 바닥을 박박 긁어서라도 이유를 찾아 다른 논란거리를 생산해 댔다.

그런 와중 전경련과의 행사가 잡혔다.

경제인들과의 청와대 오찬은 대통령의 의무였고 통과 의례라고 한다. 부정할 수 없는 관례라고.

고로 진행해라.

옙.

이들이 세금이고 일자리이니 약간의 혜택으로 잘 달래고 다독이고 반협박으로 투자를 이끌어 내거나 성과를 만들어 봐라. 불만 품지 마라. 이건 역대 정권이 처음 집권할 때마다 거쳤던 절차와도 같았으니.

옙.

"요즘 시끄럽죠?"

"……."

"……."

"……."

삼십 명만 추린 오찬장엔 미슐랭 쓰리스타도 부럽지 않은 음식을 두고도 적막이 흘렀다. 당연히 클래식 같은 음률도 흐르지 않았다.

대통령이 분위기 전환을 위해 묻는데도 이들이 대답하지 않는 건 대통령을 무시해서가 혹은 이 자리에 불만을 가져서 또는 지들끼리 합의하여 대통령을 길들이려는 것도 아니었다.

저들의 눈에 든 건 오직 하나.

저 새끼가 또 무슨 짓을 하려고 우릴 불렀지? 였다.

김문호는 이해했다.

아마도 장대운이란 인간을 대한민국에서 가장 처절히 겪은 인간들이 바로 이들이지 않을까?

장대운은 같은 편에서는 한없이 따뜻한 햇살이지만 적에게는 지옥의 마귀도 울고 갈…… 비교당하는 지옥의 마귀가 오히려 감사해 할 인간이니까.

"하긴 긴말이 필요 없겠죠. 바로 본론으로 들어갈까요? 오늘 여러분을 모신 목적은 하나예요. 중국입니다."

삼십 명의 얼굴에서 그늘이 졌다.

올 게 왔다는 표정들.

저들도 눈과 귀가 있으니 요새 중국과 상당히 껄끄럽고 그렇지 않아도 중국 정부가 오만 트집을 잡으며 현지 공장을, 판매점을 괴롭힌다고 보고받았다.

몇몇은 이제 진짜 시작이구나. 포기한 표정도 나왔다. 아무래도 오늘은 결단의 날이 될 것 같다는.

"대 중국의 무역에서든, 다른 이유에서든 불편한 게 있다면 말씀해 주세요. 이슈가 이슈인 만큼 중국에 관해서는 최대한 호의적으로 도와드릴 생각입니다. 그렇지 않나요? 참으로 때가 좋습니다. 국민의 중국 호감도가 역대급으로 바닥을 치고 있어요. 이럴 때 하지 못한 걸 해야 하지 않을까요? 어서, 어서들 말씀해 보세요."

"……."

"……."

"……."

그러나 아무도 대답하는 사람이 없다.

그러든 말든 장대운은 혼자 싱글벙글.

"여러분의 입장은 이해합니다. 먼저 나섰다가 망치를 맞으면 곤란하겠죠. 예, 제가 먼저 명분을 드리겠습니다. 오성 회장님."

"아…… 예. 대통령님."

왜 내가 먼저냐는 표정이 스윽 지나간다.

"오성 전자가 중국 애들 때문에 제일 곤란하지 않나요?"

"그야……."

"산업 스파이 등쌀에, 현지 공장은 제멋대로인 정책 변경에, 때마다 찾아와서 떡값을 요구하고 가정 대소사까지 챙겨야 하는 거 지겹지 않으세요?"

"크으으음……."

불편하다는 헛기침이 나왔다.

애들 보는 데서 이렇게 면을 깎아도 되냐고?

장대운의 미소가 차갑게 변한 건 그때였다.

"아이고, 우리 회장님이 기분 많이 상하셨나 보네요. 겨우 면 좀 깎였다고 내 앞에서 시위를 다 하시고. 나는 지금 저 중국이랑 목숨 걸고 한판 뜨고 있는데."

"그게…… 아닙니다."

"요새 오성 전자가 매너리즘에 빠진 것 같던데. 경영권 교체 좀 해 드릴까요? 조금 더 진취적인 인물로다."

Chapter. 40

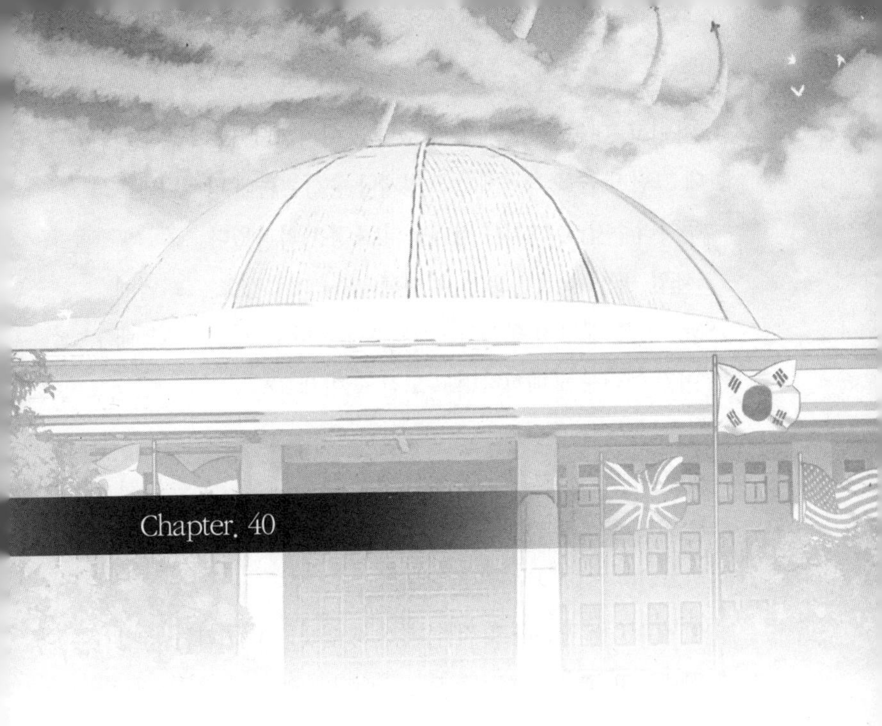

Chapter. 40

오성 회장의 입이 떡.

부들부들 움직이지 못했다.

불편한 기색을 비쳤다고 바로 경영권 교체라니.

그제야 삼십 인의 그룹사 회장들도 자기들이 지금 어떤 자리에 와 있는지 새삼 깨달았다.

이번 정부는 좀 까분다고 기업에 세무 조사니, 정책적 불이익이니, 비리 조사니 하는 거로 회초리들 생각이 없었다. 걸리는 순간 바로 목이 뎅겅.

오성에서 오성 전자를 빼면 무엇이 남을까?

오성 회장이 앉은 자리에서 벌떡 일어났다.

"아이고, 대통령님, 제가 뭘 했다고 이러십니까. 어떻게 저한테 그런 말씀을…… 제가 그렇게나 충성했는데 말입니다."

주저리주저리. 그러나 장대운의 표정은 차가웠다.

"사업 방향을 올바르게 지시해 주니 따랐겠죠. 그 덕에 TSMC의 목 끝까지 쫓아왔고요. 자세 똑바로 안 하세요? 내가 여기 여러분을 대화하려고 모신 줄 아세요?"

"……."

바로 차렷 자세로 공손히 하는 오성 그룹 회장의 모습을 본 다른 기업사 회장들도 어느새 다리 모으고 허리를 바로 폈다.

이거였다. 이런 분위기를 원했다.

동서고금을 막론하고 적을 가장 손쉽게 무너뜨리는 방법 중 하나가 바로 두목부터 조지는 것이다.

효과는 즉빵. 그룹사 회장들의 자세에 기합이 들어갔다.

"길게 말씀 안 드립니다. 여러분도 여러분을 이 자리까지 모신 목적을 나름 짐작하실 거라 믿습니다. 자, 기회를 드릴게요. 지금부터 제가 듣고 싶은 걸 말씀해 보세요. 모두 들어 드리겠습니다."

너희들의 상황이 어떤지 모르지는 않는다.

그러나 너희 입에서 나오지 않으면 없는 일이다.

판을 깔아 줬으니 어서 얘기하라는 장대운의 태도는 무척 부드러웠지만, 그 이면에 깔린 입장은 단호했다.

말 안 하고 넘어가는 순간 망하든 말든 일체 신경 쓰지 않겠다.

단지 그뿐인가? 그놈은 눈 밖에 난다.

장대운의 눈 밖에 나는 순간 대한민국에서 사업은 끝난 거나 다름없다.

부당한가? 무엇이 부당한가?

자본주의 사회에서 지분율은 곧 총이고 칼이고 핵이다.

네놈들은 내키는 대로 직원들을 귀양 보내고 자르지 않나?

네놈들이 흥청망청 빚으로 덩치를 키울 때 나는 너희 품으로 파고들어 심장을 움켜쥐었다.

장대운이 앙심을 품고 주총을 여는 순간 나락으로 떨어지는 건 순간이었다. 경제계는 이런 장대운을 경제 대통령이라 불렀다. 그런데 현실에서도 대통령이 됐다. 마음먹고 조지기 시작하면 제아무리 철옹성이라도 공중분해 되는 건 수순.

수십 년 금이야 옥이야 키운 기업이 해체돼 도매금으로 팔리는 것이다.

물론 기업 자체와 직원들은 무사하겠지만.

메스로 도려내진 자신들의 운명은…… 후우…….

∽ 윗물이 온전치 않으니 나라에 우환이 끊이지가 않아요. 열심히 일한 직원들이 무슨 죄입니까? 기업에 망조가 드는 건 순전히 경영진들의 탓입니다. 책임을 져야겠죠? 책임을 져야 할 겁니다. 나라가 살려 준다 한들 안심하지 마세요. 내 손에 걸리면 차라리 안 태어나는 게 더 나았다는 생각이 들 테니까.

다들 기억했다.

처음 전경련 회의에 참가해 던진 장대운의 말을.

대놓고 반발한 기업사 다섯 개가 두 달도 안 돼 개박살 났다. 대가리만 싹 도려내 전문경영인 체제가 됐다.

"……맞습니다. 대통령님의 말씀이 전적으로 옳습니다. 확실히 우리 오성 그룹에도 날파리가 급증하긴 했습니다. 지난 석 달 사이 다섯 건이나 기술 탈취 정황이 드러나 내부적으로 감사를 진행 중입니다. 몇몇 직원들은 아예 중국이나 대만으로 이직한 경우도 있었고요. 죄송합니다."

오성 회장이 포문을 열었다.

"저희도 중국 관료들 등쌀 때문에 사업이 갈수록 어려워지고 있습니다. 계약서가 의미 없습니다. 조건을 이행하지 않아도 누구 하나 처벌받는 놈이 없고 배상도 못 받습니다. 어이없는 무단 복제에도 난감할 지경이고요."

"대놓고 불법을 자행하는데도 공안들은 구경만 하고 있습니다. 항의해도 모르는 일이라며 꿈쩍도 안 합니다. 들어갈 때만 하더라도 온갖 혜택을 나열하더니 이뤄진 게 하나도 없습니다. 이러다 투자금도 회수 못 할 것 같습니다."

"얼마 전부터는 전력도 오후 다섯 시까지만 배급하겠다는 통보가 왔습니다. 24시간을 돌려야 하는 제철소에 전력을 공급 안 하겠다는 겁니다. 생산하지 말라는 것 아닙니까. 그 시간 동안 받을 손해를 항의해도 누구 하나 신경 쓰는 놈이 없습니다. 안 그래도 이 때문에 긴급회의 중이었습니다."

"조직적인 방해가 이뤄지고 있습니다. 각 상점마다 몇몇 놈들이 진을 치고 들어오려는 고객을 막습니다. 그들을 향해 매국노라 소리칩니다. 공안을 불러도 이 역시 시늉만 낼 뿐 키득키득 웃기만 합니다. 지난달 매출이 30%나 떨어졌고 이번 달도 암울할 지경입니다."

봇물 터지듯 튀어나왔다. 거의 울분처럼.

장대운은 이 순간만큼은 아까의 차가움을 지우고 고개를 끄덕이며 들어주었다.

그래그래, 내가 네 맘 안다. 거의 30분만 온통 중국발 불만이 쏟아졌건만 미간 하나 찌푸리지 않고 포용하였다.

"자, 물이라도 한잔하시죠. 목이 타실 텐데."

장대운을 따라서 와인잔에 든 물을 마시는 삼십 인들.

"여러분의 고충을 충분히 들었습니다. 사실 이는 이미 오래전부터 예견된 일이고 제가 누차 강조한 일이기도 합니다. 중국을 믿지 말라고요. 그래, 당해 보니 어떠십니까?"

"확실히 공짜는 없더군요. 시장이 큰 만큼 더 큰 스트레스를 받습니다."

오성 회장의 대답에 장대운은 삼십 인을 바라보았다.

"그래, 지금도 중국에 열광하십니까?"

"……."

"……."

"……."

대답은 안 하지만 후회의 뜻은 명백했다.

당장 나가고 싶은데 손해가 막심하다는 것.

“제가 중국과 대를 세우는 이유도 바로 그것 때문입니다. 이것들이 세상 알기를 개똥으로 알아요. 덩치 하나 믿고 주변국을 빈대 오줌처럼도 여기지 않습니다. 바로 십 년 전, 이십 년 전에 지들이 어땠는지는 잊고 말이죠. 배은망덕한 놈들이. 물론 이는 우리나라만의 문제는 아닙니다. 서양도 중국산 싼 제품에 발목을 잡혔어요. 일대일로에 열광하던 약한 나라들은 이제야 저 중국의 간악한 음모에 자신들이 당했다는 걸 깨달았죠. 알토란 같은 기간산업들을 다 빼앗기고 말이죠.”

삼십 인의 집중도가 높아졌다.

분위기상 다음에 나올 말이 보통은 아님이 느껴져서였다.

“다각화하세요. 중국에 목매지 마시고 인도나 다른 나라에 시선을 돌리세요. 이번 기회에 적어도 기업의 핵심만큼은 중국에서 빼내세요. 앞으로 중요한 기술들은 국가 보호 기술로 지정할 겁니다. 이를 어겼을 시 국가 반역죄로 다룰 만큼 중대하게 말이죠. 돈 몇 푼에 홀려 국가 기반 기술을 해외로 넘긴 놈들은 절대로 곱게 살지 못할 겁니다.”

“아…… 맞습니다. 저희가 원하는 바입니다. 그동안 처벌 수위가 너무 낮았습니다.”

“그 덕을 여러분들이 봤잖아요. 조금 잘못해도 바로 빠져나오고. 휠체어로 회피하고. 몇백억 횡령해도 며칠 살다 나오고 광복절 특사 같은 거로 석방되고. 아니에요?”

“…….”

"……."

"……."

자기들 불리한 건 반응도 안 한다.

"이젠 얄짤없습니다. 너나 나나 걸리면 다 죽는 거예요."

"그렇다면 국가나 정치로부터 당한 부당한 대우는 어떻게 해야 합니까? 우리가 하고 싶어서 비자금 만들고 그런 건 아니잖습니까."

문제긴 했다.

물론 일부러 비자금을 조성하는 놈들도 있지만, 정치인들 뇌물 주려니 회계상으로 문제없는 돈이 필요했다.

괜히 비용 부풀리고 유령 회사 세우는 게 아니었다.

"그래서 국가공무원법을 개정하는 거잖아요. 30배 법. 허튼짓하다가 걸리는 순간 패가망신 당할 거예요. 누가 협박하면 증거 잡아다가 정부에 보내세요. 그놈이 어떻게 되는지 본보기로 보여드릴게요. 그리고 여러분도 마찬가지입니다. 국가 대리 소송 제도가 시행됩니다. 절대 우습게 보지 마세요. 결함을 소비자더러 증명하라니요. 이게 뭔 개소리입니까. 소비자가 무슨 수로 자동차의 매커니즘을 풀이할까요? 현도 자동차 안 그래요?"

"그, 그렇습니다."

"똑바로 합시다. 트집 잡아 1년에 한 번씩 몇백만 대 리콜 때려 버리기 전에. 예?"

"알……겠습니다. 바로 시정하겠습니다."

"다시 반복해서 말씀드립니다. 이건 설득이 아니라 경고입니다. 이 정도로 말씀드렸는데도 바뀌지 않는다면 저와 싸우는 거로 알겠습니다. 자신 있다면 덤비셔도 됩니다."

삼십 인 중 자기도 모르게 그럴 일 없다고 고개 젓는 이들이 대다수였다.

알만큼 알고 있다는 것.

장대운도 더는 몰아붙이지 않았다.

첫 대면부터 회초리를 들었으니 이젠 당근을 줄 차례다.

"조금만 견디세요. 곧 여러 방면에서 상당한 혜택이 주어질 겁니다. 방식은 늘 같습니다. 아시죠? 따먹는 건 순전히 각 기업의 역량이라는 거."

일이 시작되려나 보다.

삼십 인도 이 자리가 요식 행위인 건 알았다.

굳이 자리를 만들 필요 없이 전화 한 통이면 끝날 일이고 기업의 애로 사항 따위 빠꼼이 장대운이 모를 리 없다. 다 알고 있음에도 부득불 화려하게 자리를 꾸린 건 국민에게 보여주기 위해서였다.

명분을 얻기 위해. 대 중국 정책에 속도를 내기 위해.

마지막 말도 이와 연장선이었다.

그렇기에 오성 회장은 청와대 밖 진을 치고 기다리는 기자들 앞에서 가장 먼저 인터뷰를 하였다.

"뜻깊은 시간이었습니다. 유익했고 기억에 오래 남을 순간이었지요. 여러분도 요즘 중국 때문에 곤란한 걸 아실 겁니다. 우리 기업들도 시시때때로 변하는 중국의 정책 때문에 여간 힘겨운 게 아닙니다. 갈수록 심해지는 제약 때문에라도 기업을 유지하기가 참으로 버겁습니다. 이에 대해 장대운 대통령님과 아주 심도 있는 대화를 나눴고 상당한 진척을 보았습니다. 나라와 국민이 저 중국 때문에 몸살을 앓는데 우리 기업이 동참 안 하면 배신이겠지요. 조금만 견뎌 주십시오. 조만간 결단을 내릴 것 같습니다. 그럼 이만."

◇ ◆ ◇

"반응은 어떤가요?"

"나쁘지 않습니다. 안 그래도 THAAD 건으로 피해를 본 이들이 성토하며 정부의 정책을 지지하는 쪽이 압도적입니다. 중국의 이해 못 할 행태를 국민도 인식하기 시작한 것이죠."

잘 진행되던 사업이 무산되고 잘 찍던 드라마에서 갑자기 하차되고 느닷없는 한국산 불매 운동에, 한국 여행도 금지되고 커뮤니티에선 온갖 혐한이 쏟아진다.

일방적으로 당하고 있다는 것에는 이견이 없었다.

"좋네요. 중국도 레이더로 이전부터 계속 우리를 지켜보고 있었다는 걸 강조하세요. 그들의 레이더가 어디까지 커버하는지 말입니다."

"예."

"국방부 장관은 언제 들어오나요?"

"아직 30분은 더 기다리셔야 합니다. 김 비서가 대기 중입니다."

김문호에게 맡겨 놨다는 얘기에 장대운은 고개를 끄덕이고 화제를 돌렸다.

"이어도 상태는 어떻게 됐나요?"

"현도 중공업이 계측에 들어갔습니다."

"근데 거기 가 보니까 망망대해에 해상 기지만 하나 뚝 서 있던데 가능한가요? 미사일 백 기 설치하겠다고 우기긴 했는데 자꾸 의문이 드네요."

이어도 해상 기지는 2003년도에 완공했다. 1995년 착공해서 8년간 200여 원이 들었다고.

그때의 보고서대로라면 이어도 부근 수심 50m 지점에 약 2㎢ 정도의 단단한 평지가 있었다. 이어도 해상 기지는 이어도 암초 속 수심 40m 지점에 말뚝을 박아 해상 36m까지 올렸는데 세월이 많이 지난 관계로 수중 상황이 어떻게 변했는지 불안했다.

결국 공사는 해상 기지처럼 말뚝을 올려 미사일 포대를 설치할 텐데 말이다.

"현도 중공업에게 맡겼으니 괜찮을 겁니다. 90년대에도 성공한 이들인데 지금은 2017년입니다."

"최대 몇 기까지 박을 수 있는지 확인해 주세요. 아 참, 수상 정박 시설도 추가했죠? 구축함 정도는 정박할 수 있는 놈으로다."

“예, 수상 정박 시설이 추가된 덕에 사업비가 커지긴 했으나 이도 문제없을 거로 보입니다.”

“해야죠. 이어도의 가치가 커졌으니 그에 걸맞은 인프라가 들어가야 합니다. 섬 전체를 걸어서 이동할 수 있게 잘 설계해 주세요. 이어도는 우리 정부의 상징이나 다름없어요.”

“옙, 면밀히 살피겠습니다.”

도종현의 대답에 잠시 한숨을 돌린 장대운은 앞에 놓인 보고서를 들었다.

A4용지로 20장 프린트된…… [국내 중국인 사업자 현황]이라 제목이 적힌 보고서였다.

“이게 청운이 판단한 중국의 실태라는 거죠?”

“오늘 아침 김 비서가 받아 왔습니다. 죄송하지만 저도 아직 보지 못했습니다.”

이어도 건으로 중국과의 마찰이 심상찮아지자마자 바로 지시를 내렸다.

- 국내, 중국과 관련된 모든 것을 조사하라.

그렇지 않아도 THAAD 때문에 한국은 온통 불합리를 받는 상태였다.

이대로 놔둘 수 없다는 측면에서 중국 입국자부터 출국자, 사업자, 유학 인원, 체류 인원, 차이나타운 등등 일정 금액 이상 자본이 움직인 것에 대해서도 전부 찾아내라 하였다. 지금으로.

두 달을 넘어 석 달을 향해 가는 시점, 부족하긴 해도 어느 정도 윤곽이 나왔다고 연락이 왔다.

이게 그 보고서였다.

장대운은 별말 없이 첫 페이지를 펼치고는 혀를 찼다.

"헛, 허허허허허, 이 지경이라는 건가요?"

가관이었다.

부동산, 상권, 연예계, 국가사업까지 수많은 이권에 중국 자본이 개입된 정황이 드러났다. 자본력을 바탕으로 한국 경제를 잠식하려 한 시도가.

다 뒤엎어도 모자랄.

이전 정부는 대체 뭘 보고 산 건지. 되레 중국몽에 빠져 빗장을 열어 주지 못해 안달이었다.

정말 전쟁 한 번 해야 하나 싶을 만큼 저 중국이 한국에 대해 유독 자신감을 부린 데는 전부 이유가 있었다.

'아주 거미줄처럼 쳐 놨네. 미친 것들이.'

이번 일의 시작은 국가의 자존심을 세우고 대등한 관계로 나아가기 위해서였다. 일방적인 강요가 아닌. THAAD의 예시처럼 우리 한국이 옛날의 한국이 아님을 인식시켜 주기 위해.

'답답하네. 제동은 걸어야겠는데. 이 정도로는 명분이 부족해.'

장대운은 해법이 필요했다. 꼬이고 얽힌 실타래 같은 형국을 풀어 줄 기막힌 한 수 말이다.

…………님? ……통령님?

"…대통령님?"

으응?

"대통령님."

"아! 예."

도종현이 부르고 있었다.

"국방부 장관이 도착했다고 합니다."

"아 예, 내가 너무 생각에 잠겼군요. 들어오시라고 하세요."

보고서를 한쪽으로 치웠다.

김문호가 머리가 희끗한 단정한 체구의 남자를 에스코트했다. 국방부 장관 서범주였다.

서범주랑은 그다지 인연이 없었다. 평소 군을 별로 신뢰하지 않는 장대운이었기에 서범주가 걸어온 화려한 이력은 도리어 독에 가까웠으나 국가 인재풀이 삭제된 마당에 딱히 눈에 띄는 이가 없어 도장 찍은 사람이었다. 주변의 추천에 의해.

즉 서범주에 대한 평가는 아직 미지수였다.

"어서 오십시오."

"서범주, 대통령님의 부르심을 받고 달려왔습니다."

경례라도 올려붙일 기세라 장대운이 얼른 말렸다.

의욕에 찬 태도는 +5점이다.

"하하하하, 너무 딱딱하게 안 하셔도 됩니다."

"아닙니다. 군 최고 통수권자에 대한 당연한 예의입니다."

"아이고, 알겠습니다. 어서 앉으세요. 몇 가지 여쭐 게 있어요."

"옙."

잠시 숨 돌리는 사이 이미래가 다과를 준비해 왔다.

2004년 미래 청년당에 입당한 김문호의 동생들은 전부 청와대에 입성했다. 비서실에 소속돼 정통으로 일을 도맡아 주고 있다.

“멀리서 오셨는데 죄송하지만 바로 본론으로 들어가겠습니다.”

“물론입니다. 저는 상관없습니다.”

“예, 저 그 현무 말입니다.”

“현무라면…… 현무 미사일 말씀이십니까?”

“예.”

“말씀하십시오.”

“대체 얼마나 갖고 있는 거죠?”

“예?”

잠시 어벙벙한 표정이 나온다.

“으음, 질문이 잘못됐나요? 다시 여쭙겠습니다. 현무 미사일이 우리 군 주력 미사일이 맞나요?”

“맞습니다.”

“초창기부터 지금까지 얼마나 생산됐는지 알고 싶습니다.”

“전부 말씀이십니까? 로스난 것까지 포함해서요?”

“예.”

“으음, 제가 파악한 바로 6천여 기 정도 됩니다.”

“6천 기요?!”

“옙.”

헐~. 깜짝 놀랐다. 이 조그만 땅 어디에 그만한 미사일이 숨겨져 있는 건지. 상상외의 수량이다.

"그럼 분포가 어떻게 되죠?"

"아…… 미사일 분포도를 말씀하시는 거라면 거의 전무입니다. 대부분 2차 부대나 강원도 산간 지방에 숨겨져 있습니다."

"그게 무슨 말씀이죠?"

"대다수가 창고에 쌓여 있다는 겁니다."

"……?"

분포도가 전무한데 대부분 2차 부대나 강원도 산간 지방에 숨겨져 있고. 또 대다수가 창고에 쌓여 있고.

이게 무슨 소리인지.

"……어엇! 설마 창고에 처박혀 있다는 건가요?"

"예, 현재 운용 중인 건 3백여 기밖에 안 됩니다."

장대운은 잠시 계산이 되지 않았다.

6천 기가 만들어졌다는데 겨우 3백 기만 운용 중이라고? 왜?

그 많은 돈을 투자하여 만든 걸 운용도 안 하고 왜 창고에 때려 박아 놓은 거지?

뭔 이런 개 같은 일이 있나 하며 어이없어하고 있는데.

서범주가 머리를 긁적이며 말했다.

"그 삼백 기도 실은 허수입니다."

"예?!"

"실제로 연료를 채워 놓은 건 1백 기 정도밖에 안 될 겁니다. 나머지는 모형처럼 거치만 해 놓은 상태죠."

두통이 왔다.

6천 기에서 3백 기도 어이없는데. 그 3백 기도 전부가 전력화된 게 아니라고? 겨우 1백 기만 쓸 수 있다고?

"왜……요?"

"연료비 때문입니다. 현무 미사일은 액체 연료를 사용하는 3단 체계로 개발되었기에 단계마다 들어가는 연료의 질이 차이 납니다. 아시다시피 연료는 공기와 만나는 순간부터 산패되기 때문에 일정 기간이 지나면 교체해 줘야 하죠. 비용 절감차 그리 운용하는 거로 알고 있습니다."

"……."

그러니까 실컷 6천 기 만들어 놓고 막상 급할 땐 1백 기밖에 못 쓴다는 얘기?

"……."

장대운은 6천 기를 들었을 때보다 이게 더 황당했다.

중국, 러시아, 일본…… 사방이 적인 나라가.

대체 뭐 하는 짓인지.

별안간 다른 것들도 궁금해졌다.

"전차 현황은 어떻게 되나요?"

"3세대까지 2천 대 정도 됩니다."

자랑스럽게 대답한다. 서범주는 육군 출신이었다.

"포는요?"

"6천 문 정도 됩니다."

뭔 말만 했다 하면 6천이다.

"야포 이런 거 말고 자주포만 말입니다. K9."

"아! K9이라면 실제 운용은 8백 문 정도 될 겁니다. 1천3백 문 중."

이마저도 다 못 쓰고 있단다.

"후우~~~~~~."

어쨌든 국방부를 포방부, 포방부 부르더니 단지 이 전력만 놓고 보면 당장 중국이랑 한판 떠도 되겠다. 중국도 3세대 이상은 3,500대 겨우 넘긴다. 그 숫자로 저 땅덩어리를 커버한다는 것.

그런데 언제 현대전이 땅만 팠던가?

미사일 날아다니고 전투기, 폭격기가 적 상공을 돌아다니며 먼저 온갖 기반 시설부터 조진다.

걸프전 이후 현대전의 개념이 이런 식으로 바뀌었다.

멀리서 졸라 쏴서 초토화시킨 후 육군이 깃발을 꽂는다.

국방부 애들은 지금 잘못돼도 한참 잘못돼 있었다.

역행을 하다니. 아직도 주적이 북한인가?

"2000년에 한미 미사일 협정이 종료됐잖아요. 어째서 고체 연료로 갈아타지 않았죠?"

"당시 연료 기술이 미비했던 것도 있지만 전 정권 10년간 국방 연구비를 대폭 삭감해서 어쩔 수 없었습니다."

"사서 쓰면 됐잖아요."

"그도 미국이 제동을 걸어서. 정부도 호응해서……."

결국 한민당 때문이란다.

빨갱이 때려잡자며 국방력 강화를 외치던 놈들이 되레 한국의 국방을 약화해 왔다는 것.

지들 정권 잡기 편히 만들기 위해.

"저희도 미사일을 제대로 개발하고 싶었습니다. 그때마다 온갖 트집을 잡으며 방해해 왔습니다. 이 때문에 때려치운 연구원들이 한두 명이 아닙니다."

"하아…… 그래서 현무가 아직도 액체 연료를 쓴다는 거죠? 개량조차 안 됐다고요."

"……예."

잠시 서범주를 쳐다보던 장대운이 다시 입을 열었다.

하긴 얘가 무슨 잘못일까? 지도 장관이 될 거라 알았을까?

"창고에 박힌 것들 다 정비하고 연료 싹 채우는 데 얼마나 걸릴까요?"

"예?"

"창고에 박아 두면 그냥 쓰레기잖아요. 안 그래요?"

"그야…… 근데 정말 6천 기 다 실전 배치하시려는 겁니까?"

"그래야 저 중국이 움찔이라도 하겠죠. 우리가 이 모양이니 마음 놓고 갈구는 거 아니겠습니까? 후환이 두렵지 않으니까. 이참에 서해 무인도에 현무를 설치하는 것도 고려해 보세요. 아니, 몇 개 섬을 아예 지정해서 박아 놓으세요. 언제든 날릴 수 있게."

"아아…… 대통령님."

"예."

"정말 중국이랑 전쟁하실 생각이십니까?"

이 양반이 미쳤나?

미사일 박아 놓으라고 했지 누가 쏘라고 했나?

이게 국방부 장관 입에서 나올 말인가.

"서 국방부 장관님."

"옙."

"저 중국이 말이죠. 저보다, 서 장관님보다 우리 군 사정을 모를 것 같습니까?"

"……."

"그리고 제가 전쟁하려고 마음먹었으면 이러고 있겠습니까? 당장에 북경부터 작살내 놓겠죠. 만일 저들이 선전 포고를 해 왔다고 해 봅시다. 미사일 1백 기 가지고 감당 가능하겠어요? 진짜 그렇게 믿으세요?"

"……죄송합니다. 시정하겠습니다."

"예, 시정하시고 잔말 말고 움직이셔야죠. 정비되는 족족 서쪽 부대에 배치하고 언제든 발사할 수 있게 각 잡으세요. 준비 태세 말입니다. 믿어도 됩니까?"

"옙, 믿어 주십시오. 그리 움직이겠습니다."

"당장 하세요. 허튼 소리하는 놈 있으면 명단만 가져와요. 알겠습니까?"

"알겠습니다. 그러면……."

일어나야 하는지 대기해야 하는지 감을 못 잡는 그에게 장대운은 출입문을 가리켰다.

서범주는 그제야 그물에서 풀려난 물고기처럼 부리나케 나갔다.

이쪽으로는 소변도 안 갈길 것처럼.

"후우…… 군 실태가 엉망이군요."

"……."

"……."

육군만 극렬이었다.

해군, 공군은 장비 부족에 노후화로 쓸 만한 건 거의 없고.

전차가 아무리 많은들 무슨 소용일까? 제공권을 빼앗기는 순간 딱정벌레 수준이 될 텐데.

게다가 이 조그만 나라에 뭔 별이 그렇게 많은지.

400명이 넘는다 하였다.

이러니 군이 정치화되는 것이다.

지들끼리 계열 잡고 이전투구를 일삼다 헛짓거리나 하고 그 아래는 어떻게든 장성이 돼야 하니 죽을 각오로 비위 맞추고 또 이런 일이 반복이다. 그 아래, 그 아래까지.

장성들의 대우는 또 어떤가?

'개사기'라는 말이 나올 정도였다. 전속 부관, 비서실장, 당번병, 운전병 등 뒤치다꺼리 해 주는 병력만 1대 소대급.

하는 거 없이 급여도 세다. 굉장히 세다.

그것도 모자라 거기에 준장만 진급하면 도검 장인을 불러다가 삼정검을 만들어 준다. 예우라는 예우는 전부 받으며 살다 퇴역 후에는 연금 외에도 품위 유지비라는 항목으로 또 돈을 받는다.

물론 장성급 즈음 되면 머릿속에 위험한 정보들이 잔뜩 있어 쉿! 하는 용도라는 걸 이해 못 할 정도는 아니나.

문제는 미군도 저 중국군도 이 정도까지 혜택을 받지는 않는다는 것이다.

'이것도 이유를 찾다 보면 유신 정권까지 가게 되는데.'

정통성이 없는 정부는 군 수뇌부에 손을 내밀 수밖에 없고 장성들의 마음을 얻기 위해 의전 서열부터 예우까지 모든 걸 파격적으로 바꿨다. 다음 군부 정권 때도 역시 그 기조를 이어갔고.

그 결과가 지금이었다.

준장과 대령은 겨우 1계급 차이지만 받는 대우는 쫄병과 장교와의 간극만큼 벌어진다.

"다 조져야 돼. 다 조져야 해요. 나라 꼴이 온전히 돌아가려면."

폭풍이 지나간 듯 조금은 얼이 나간 표정으로 퇴근 준비하던 도종현 곁으로 김문호가 붙었다.

왜? 라고 쳐다보는 그에게 김문호가 손가락을 동그랗게 말며 탁 꺾는다.

"우리 올만에 한잔 어때요?"

그러고 보니 참 오랜만에 보는 제스처였다. 근 1년만인가?

총선 준비하느라 바빴고 총선 이후엔 대선 준비하느라 바빴으니.

"한잔……하자고?"

"예전에 같이 갔던 노포 거기서요. 어때요?"

"곱창?"

"예."

"……으음, 좋지. 안 그래도 대화 상대가 필요했어."

"저도요."

의기투합한 두 사람은 곱창집으로 향했다.

가게는 여전히 구석졌고 여전히 허름하였고 곱창 맛 또한 여전히 고소하였으나 10년 사이 주인이 바뀌었다.

입이 천금같이 무거운 노인은 없어지고 그 아들이 뒤를 이은…… 다만 두 사람이 들어가자 자연스레 장사 접는 건 똑같았다.

"……."

"……."

지글지글 모둠으로 불판에 올라간 곱창, 대창, 막창이 자기 기름에 튀겨지는 걸 두 사람은 말없이 지켜만 봤다.

흐뭇한 미소로 소맥 한잔씩 만 두 사람은 뭐라 할 것도 없이 잔을 부딪치며 한입에 털어 넣었다.

"캬아~~~~~~~."

"후우~~~~~~~~."

이제 좀 살겠다.

한결 개운해진 두 사람은 서로를 바라보았다.

오랜 동지.

2004년 처음 만난 이래 지금까지 변함없이 함께다.

그렇구나. 우리 벌써 12년이나 됐구나.

도종현이 피식 웃었다.

인턴으로 들어온 김문호에게 기강 잡겠다고 수작 벌이던 젊은 날의 도종현을 보면서.

"웃으시네요."

"으응?"

"뭔가가 떠오르셨어요?"

"아, 문호 씨 처음 만났을 때."

"……그것도 올만에 들어 보는 것 같네요. 문호 씨란 호칭."

"그런가?"

"몇 년밖에 안 됐는데 아주 긴 시간 못 들어 본 것 같네요."

문호 씨, 문호 씨, 문호 씨…… 우리 문호 씨.

"5급 비서관에 오른 후부터 삼갔나?"

"그죠. 비서랑 비서관이랑은 다르다고 밥 대우해 줘야 한다고 그러셨죠. 잘난 사수가요. 거리감 느껴지게."

"하하하하하하, 그러고 보면 정말 뭣도 모르고 지나온 것 같아. 똥인지 된장인지 구분도 안 되는 눈으로 말이야."

"왜요. 누구보다 열정적이셨는데요."

"그런가?"

"제가 보증할게요."

"그래? 우리 문호 씨 보증이면 믿을 만하지? 하하하하하하하, 한잔 더 할까?"

"좋죠. 제가 특제 소맥으로 말아 들이죠."

소맥을 잔에 채운 두 사람은 지글지글 끓는 곱창엔 손도 안 대고 다시 한 번에 털어 넣었다.

"후우~~~~~~~~~~."

"으으음……."

그러나 아까의 표정은 나오지 않았다.

"확실히 첫 잔만큼은 아니군."

"그렇죠?"

아쉽다는 듯 잔을 탁 내려놓은 도종현은 김문호와 시선을 맞췄다.

"우리가 매너리즘에 빠진 건가?"

"……."

"이런 기분이 들어. 지금 뭐 하고 있는 건지."

"……."

"그분은 아직 배가 고픈데 우리만 타성에 젖은 걸까? 아님, 우리의 역량이 여기까지가 전부인가. 아님, 나의 문제인가."

"……."

"난 두려워. 자넨 어떤가?"

"……저도 문득문득 두려움이 엄습해 옵니다."

김문호도 그렇다고 한다. 도종현은 조금 더 용기를 냈다.

"감당하기 어렵나?"

"모르겠습니다. 이 떨림이 어떤 의미인지. 무섭기도 하고 갈피를 못 잡을 것 같기도 하면서도 설렙니다. 그리고 또 이 설렘이 어디서 비롯된 건지 알 수 없음에 흠칫흠칫 섬뜩합니다. 형님은요?"

"……."

도종현은 대답은 않고 소주병을 들어 소맥잔에 들이붓고는 그대로 꿀꺽꿀꺽 마셔 버렸다.

마시지 않고는 견딜 수가 없었다.

"그렇구나. 그랬어. 너는…… 역시 그랬어. 설렜어."

"형님……."

"그래도 네가 나보다 낫다. 아니, 나랑 다르지. 늘 그랬어. 넌 뛰어나. 나는 두려움에 떨기 바빴는데."

"……."

"그분과 함께라면 무엇이든 할 수 있다고 여겼는데 말이야. 요즘 특히 실감하네. 그분이 되레 나에게 맞춰 주고 있었음을. 내 수준에 맞게 말이야."

"형님……."

"아니라고는 말아. 문호 너도 알고 있잖아. 내 간땡이가 여기까지밖에 안 된다는 걸."

"……."

걱정스럽게 쳐다보는 김문호의 어깨를 툭 치는 도종현이었다.

"난 괜찮아. 그렇게 보지 않아도 된다. 나는 내가 평범한 인간이란 걸 새삼 깨달았을 뿐이다."

"……."

"괴물들의 영역에 넘어와 있음을 겨우 눈치챈 거지. 뱁새 주제에 잘도 여기까지 온 거야. 더 늦기 전에 알아채서 다행이지."

버거웠다.

"……."

"그래서 난 더는 어깨를 나란히 하려 애쓰지 않을 생각이다. 그렇잖아. 뱁새가 황새 따라다니면 큰일 나지. 암 그렇고말고."

"……형님."

"대신 평범함에 집중하련다. 평범한 사람이 할 일도 따로 있어. 이 부족한 놈을 그분이 이 자리에까지 올린 이유가 있다는 거야. 그렇지?"

"예."

"난 실망하지 않아. 도리어 어깨가 가볍다. 각자 할 일을 하는 거야. 그래서 너한테 물어보고 싶은 말이 있었어."

"……말씀하십시오."

"일단 한잔만 더 마시자."

다시 소맥 컵에 소주를 가득 따르는 도종현에 김문호도 자기 잔을 내밀었다. 그 잔을 말없이 바라보고는 역시 가득 따라 주는 도종현이었다.

소리 없이 부딪치고 한입에 털어 넣었다.

"후우…… 확실히 늙긴 했나 봐. 겨우 세 잔 마셨는데 속이

후끈후끈하다.”

“…….”

“하하하하하, 그래도 개운~하다. 조금 더 빨리 너랑 자리를 가질 걸 그랬어. 문호야.”

“예.”

“어깨 펴라. 네가 뛰어난 건 일찍이 다 알잖아.”

“아닙니다.”

그래도 공손한 김문호에 도종현은 눈앞에 있는 남자가 처음부터 늘 저랬다는 걸 기억해 냈다.

상상도 못 했던 정책을 입안하고 정치계마저 놀랄 파격을 행사하면서도 겸손했다. 부당한 것에 대해서는 그 대상이 설사 장대운이라도 맞설 만큼 대가 센 놈이건만 식구들 앞에서는 늘 조심스러운 자세를 가졌다.

오늘따라 그게 참 고마웠다.

“짜식이.”

“…….”

“문호야.”

“예.”

“말이 나온 김에 하나 물어보자.”

“예.”

“너 이런 상황, 예상했었어?”

현 정부의 상황 말이다.

“아닙니다.”

"너도 그분이 이럴 줄은 몰랐다는 거구나."

"저도 잠시 적응이 안 됐습니다."

"그럼 지금은 적응했고?"

"다만 이해하려고 노력 중입니다."

"이해라…… 어떤 식으로?"

"아마도 최종장을 앞둔 남자의 각오 같은 것 아니겠습니까?"

"최종장을 앞둔 남자의 각오?"

"임기가 10년 아니, 20년만 됐어도 이리 움직이지는 않았을 겁니다. 그분은 소란 없이도 충분히 원하는 그림을 만들 수 있는 분이시니까요."

"……."

장대운도 그리 말하긴 했다.

시간이 부족하다고. 늘 입버릇처럼 말하며 답답해했다.

이마저도 알아듣지 못한 참모진의 잘못이 크겠지.

"네 말은 변하신 게 아니라 변해야 함을 말하는 거구나."

"예. 스스로 먼저 변하시려는 겁니다. 지금과 다른 걸 얻으려 한다면 다른 삶을 살아야 하지 않을까요?"

쿵. 심장이 먼저 반응하는 걸 도종현은 느꼈다.

- 다른 걸 얻으려면 다른 삶을 살아야 한다.

공감이 갔다.

나를 변화시키고 싶다면 내 삶부터 변화시켜라.

'훗, 아내한테 제일 해 주고 싶은 말이네.'

사십 줄에 들며 오십 줄에 닿으며 불어난 덩치에, 작아진 옷에, 한숨을 내쉬며 늘 다이어트를 다짐하나 매일매일 좌절하는 그녀에게 이 말을 전해 주고 싶었다.

'늘씬한 나를 원한다면 늘씬한 삶을 살아라.'

하지만 이걸 입 밖에 내는 우를 범하지는 않는다.

가뜩이나 예민해진 그녀는 조언이 필요한 게 아니라 위로가 필요하니까. 괜히 잘난 척 건드려 봤자 돌아오는 건 부실해진 아침상밖에 없을 테니.

도종현은 피식 웃었다. 이랬다. 자신은 이런 사람이었다.

예를 들어도 꼭 주변의 것들로 이해하려 했다.

태풍 같은 바람도 정면으로 맞붙는 저 김문호랑은 뿌리부터가 다르다. 거목이 아닌 주제에 거목을 흉내 내려 했다.

천재들에게는 천재들의 삶이 있다는 걸 부정한 채.

"그래서? 앞으로 어떻게 될 것 같은데?"

도종현은 김문호가 속내를 말할 수 있게 길을 터 줬다.

좇아가는 것도, 나란히 서는 것도 못 하겠지만.

들어 주는 건 충분히 할 수 있다.

"강공지속일 겁니다. 총동원령을 내려서라도 관철해 낼 겁니다."

"총동원령까지…… 가는 거야?"

"어쩌면 악당의 악당을 품은 순간부터 예견된 일 일지도 모르겠습니다."

"악당의 악당. 아아……."

김문호의 꿈. 이젠 장대운의 꿈.

"다릅니다. 제 악당의 악당은 국내에 국한된 것이었지만 그분의 악당의 악당은 다릅니다. 세계인에게는 세계인의 시야가 있는 법이겠죠."

"사람에 따라 같은 꿈이 달라졌다는 거야?"

"그게 정답이겠죠. 악당의 악당이 성장한 겁니다. 세계급으로."

"후우…… 감도 안 잡힌다."

"……."

"그냥 최선을 다하다 법이 정한 대로 임기를 마치는 건 어렵나? 다음 세대가 이어받으면 될 일이잖나."

"그 법이 문제인 거죠. 임기를 마치는 순간 그분은 절대로 정치와는 담을 쌓을 분이시니까요. 법대로 말이죠. 잊지 마십시오. 우린 첫발부터 우리의 주적이 대한민국의 시스템이라고 규정 받았습니다."

"……!"

"지금 아니면 안 된다는 겁니다. 눈치 보고 교양 떨고 체면 차리고 이런 건 하지 않겠다는 겁니다. 오로지 실리만 좇겠다."

"……."

도종현의 주먹이 어느새 쥐어졌다.

맞다. 장대운은 훗날 역사의 심판이니 대세적 흐름이니 따위는 쳐다보지도 않았다.

올바로 서야 하니 서려 할 뿐이고 눈앞에 적이 있으니 치울 뿐이다.

이 간단한 걸 어려워하고 있었다. 자신이든 이 대한민국이든.

"언젠가 같이 한잔하는데 이런 말씀을 하셨어요. 본인이 정치판에 뛰어든 계기를 아냐고요? 그분은 원래 정치와는 1도 연관될 생각이 없으셨습니다."

"그래?"

"들어 보시겠습니까?"

"좋지."

아주 오래전 이야기를 들려줬다. 장대운에게도 정치 혐오로 알러지 반응을 일으킬 때가 있었음을.

그때 그를 설득한 이들이 있었음을.

∽ 뭐라꼬 고민하노. 함 해 봐라. 내가 딴 놈들은 안 믿어도 니만큼은 철석같이 믿는다.

∽ 저를요?

∽ 봐라. 딴 놈들 같으면 얼씨구나 받았을 것도 시큰둥 안 하나. 노자인가? 거 중국에 그 양반이 안 그랬나? 뭐든 하려는 놈은 시키지 말라고. 그놈이 바로 도둑놈이라고. 그래, 맞다. 정치는 니 같은 놈이 하는 기다. 귀찮아하고 하기 싫어하고 편히 지내려는 놈들.

∽ …….

∽ 다시 생각해도 옳은 말이다. 니 같은 놈들한테 정치를

맡겨야 민족이 평안해진다. 이래도 거절할 끼가? 개썅놈들한테 맡겼다가 나라 꼴이 우째 됐는지 못 봤나?

ꩰ 그야…….

ꩰ 내도 바로 정하란 말은 아이다. 돌아가는 꼴을 보니 한심해서 생각 좀 해 보라는 기다. 언제까지 멍청한 놈들한테 미래를 맡겨 둘꼬.

ꩰ ……아이고, 알겠어요. 예, 생각해 볼게요.

어린 장대운과 어떤 대통령과의 일화를.

ꩰ 얼마 전에 그랬어. 이제부터 내 주위에 뭘 요구하거나 살살 대는 인간들이 넘쳐날 거라고. 그것들이 다 날 갉아먹을 거라 했어. 하지만 그것들도 때로는 아주 유용하니 놓지 말고 케어해야 한다고.

ꩰ 케어까지 가셨어? 아버지가 널 과대평가하셨네.

ꩰ 아니라고! 특히 널 보라고 하셨어. 웬만하면 네 말을 들으라고. 네가 듣기 싫은 말을 할수록 널 신뢰하라고. 넌 나에게 아무것도 바라는 게 없다고.

ꩰ 그건 잘 보셨네.

ꩰ 중요한 결정의 순간에 반드시 상의하라고…… 젠장. 대통령이 되어서도 허락을 받아야 한다니.

ꩰ 아직 겸손을 잃지 않았네. 가능성은 있겠어.

ꩰ 뭐라고?

∽ 교만이 목까지 차면 귀에 안 들리거든. 네가 나중에 될 모습이고.

∽ ……어휴~ 모르겠다. 알아서 생각해라.

∽ 그 태도가 널 수렁으로 몰 거란 말이야. 정신 똑바로 차리라고.

∽ …….

∽ 잘 들어. 부통령으로 딕 체니를 염두에 두고 있지?

∽ ……!

∽ 유능한 사람은 맞아. 과격론자라 껄끄럽긴 한데 이도 네가 어떻게 활용하느냐에 따라 달라지지 않겠어?

∽ …….

∽ 웬만하면 전쟁만큼은 하지 마라.

∽ 뭐?!

∽ 만약에 어쩔 수 없이 전쟁해야 한다면 서류만 쳐다보지 말고 군인들과 그 가족들이 어떤 마음인지 살펴라.

∽ 갑자기 그건 또 무슨 소리야?!

∽ 그냥 들어! 두 번째, 금융을 꼭 감시해야 해.

∽ …….

∽ 그놈들이 너 몰래 돈 잔치를 벌일 거다. 미국의 국부를 담보로 흥청망청 지들 마음대로 샴페인을 터트릴 거야. 넌 하나하나를 다 살펴 위험을 직시하고 사안이 좋지 않으면 중벌로 처벌해. 이게 어쩌면 전쟁보다 더한 일이 될 수도 있으니까.

∽ ……넌 내가 전쟁을 벌일 거라 보는구나.

∽ 너로 인해 미국은 더 큰 불안에 휩싸이게 되겠지. 스스로 고립을 선택하고 누리던 영광도 잃고.

∽ 내가 그렇게 나쁜 대통령이 되는 거냐?

∽ 지금으로선 아주 다분해.

∽ 그런데도 넌 나를 밀어 주고?

∽ 다른 놈인들 다를까. 그나마 말이 통하는 네가 낫겠지.

∽ …….

∽ …….

∽ …….

∽ …….

∽ ……그냥 네가 대통령 할래?

∽ …….

∽ …….

∽ …….

∽ 생각해 보지 않았나 봐.

∽ 응, 맞아. 별로 궁금하지 않았으니까.

∽ 그러니까 아이러니지. 궁금하지 않으면서 전부 알아. 전부 안다는 건 관심이 있다는 건데. 까놓고 얘기해 굳이 단계를 거칠 필요 있어? 누군가에게 조언한다는 건 변수가 많잖아. 안 들어먹을 수도 있고…… 니가 날 두고 말이 통해서 다행이라는 말을 할 정도면 겪어 봤다는 거잖아.

∽ …….

∽ 그냥 해 봐.

∽ 내가?

∽ 못 할 게 뭐 있어? 역량이 딸리냐 인지도가 낮냐 인맥이 부족하냐. 돈이 없냐. 왜 널 상자 속에 가둬? 말마따나 최악인 나도 대통령 하겠다는데.

∽ ……!

∽ …….

∽ …….

∽ …….

∽ 맞아. 내가 안 한 거 맞아.

∽ 정치는 피할 수 없어. 어느 라인을 따라가든 끝에 다다르면 무조건 만날 수밖에 없는 게 정치야. 너라면 이미 골백번도 더 마주쳤어야 했고.

∽ 그것도 맞아.

∽ 이게 피한다고 될 일이야?

∽ 아니지.

∽ 그럼 결정 났네. 너도 덤벼.

∽ 뭘 덤벼. 니 꺼나 잘해.

∽ 난 잘할 거야. 아버지에게 물어보고 너한테도 물어보고 말이지. 그러면 되는 거 아냐?

∽ 맞아. 내가 원하는 게 그거야. 중대한 결정에서만큼은 아버지와 꼭 상의하라는 것.

∽ 너한테도 상의할게. 그러니까 너도 정치 해. 내가 밀어줄게.

∽ 웃기지 마. 내가 무슨 정치를 해. 난 그냥 음악이나 할란다.

∽ 하라니까.

∽ 싫어.

∽ 해.

∽ 싫다고.

∽ 해 봐 좀.

∽ 싫어!

"이 얘기는 10년 전인가 첫 월드 투어를 할 때 들었습니다. 그분을 친구라고 부르는 미국 대통령에게서 직접."

"첫 월드 투어라면 네가 홀로 백악관에 수행했을 때?"

"예. 본인이 친구를 정치판에 뛰어들게 했다며 엄청 자랑스러워하더군요."

"흠, 그렇다면 결국 자신이 아니면 안 된다고 판단하신 건가?"

"누군가는 오만이고 독선이라 말할 수도 있겠지만, 한 사람의 철인(哲人)이 또 유토피아를 건설해 내기도 하지요."

"하긴 누가 그분을 대신할 수 있을까? 과연 어떤 인간이?"

"가정할 필요도 없습니다. 아무도 못 합니다. 단언컨대 그분 아니면 아무도 못 합니다."

"문호 너도?"

"예. 일찍이 저도 제 포지션을 깨달았죠."

"천재인 네가 봐도 그분은 닿을 수 없는 곳에 계시다는 거냐?"

김문호가 피식 웃는다.

"그래서 얼마나 다행입니까?"

"으응? 뭐가?"

"그 괴물이 우리 편인 게요."

"아……."

◇ ◆ ◇

국방부 장관 서범주는 자신에게 주어진 명령을 아주 성실히 수행했다.

기존 배치했던 현무 미사일을 재정비하고 창고에 처박아 두었던 것들도 일제 정비에 들어갔다. 급박하게 진행되지는 않았으나 꾸준함이 엿보였다.

준비되는 현무 미사일로부터 사로에 안착하며 착착착 한 결같이 서쪽을 겨누었고 명령과 동시에 일제히 날아오를 준비를 갖췄다.

처음 열 기를 시작으로 삼십 기, 오십 기, 백 기가 넘어가자 중국도 더는 두고 볼 수 없는지 익숙한…… 이제는 옆 동네 친구처럼 여겨지는 대변인을 내보내며 온갖 악담으로 한국이 동아시아의 평화를 해친다고 난리를 피워 댔다.

그러든 말든 준비되는 사로가 이백 개가 넘어가자 중국도 더는 어쩔 수 없는지 동쪽 해안 지대로 병력을 배치하고 준비 태세를 갖춰 갔다.

금방이라도 전쟁이 터질 것처럼.

으르렁대며.

한국도 당연히 후유증이 있었다. 먼저 제 발에 놀란 외국인 투자자가 토끼면서 주가가 폭락하였다. 이건 개이득. 주식을 또 헐값에 싸 담을 수 있으니.

왜 조용한가 싶게 언론도 고개를 쳐들었다. 쓸데없는 중국과의 기 싸움에 수출입에 문제가 생기고 중국과의 계약이 전부 파기됐다는 등 연일 경제 불안을 성토, 한국 경제가 날로 망가지고 있음을…… 이도 당한 게 많아 카더라는 못 하고 수출입 통계를 토대로 정부를 공격했다.

동시에 한동안 쩌리처럼 지내던 한민당도 얼씨구나 튀어나왔다.

뺀질뺀질하게 생긴 국회의원 몇 놈을 앞세워 한반도 평화를 해치는 장대운을 탄핵하자고 외쳐 댔다. 탄핵이 무슨 애들 장난인지.

재밌는 건 그에 호응한 시민 단체 몇몇이 시위대를 조직하고 광화문으로 몰려왔다는 것이다. 이도 너무 자주 보던 수법이라 식상할 정도였다. 얘들은 발전이 없다.

그러든 말든 차근차근 현무 미사일은 쌓여만 갔다.

6천 기라고 했으니 아직도 한 세월이다.

국내 정유사를 쥐 잡듯 잡아 기름을 짜내 계속 퍼부었다. 일이야 어쨌든 건드는 순간 초토화된다는 걸 인식하게 해 주려면 현무가 짱이다.

그러던 중 러시아가 뜬금없이 한마디 던졌다.

더 이상의 분쟁은 서로에게 도움되지 않으니 멈추라고.

뭥미?

여태 가만히 있다가 불곰이 왜?

쳐다본 김에 일본도 돌아보았다.

일본도 난리였다. 연일 한국과 중국의 전쟁을 기정사실처럼 보도하며 외교적 만류는 1도 없으면서 한국이 중국에 개터지듯 얻어맞고 쓰러지는 장면을 소설처럼 전개해 나갔다.

하여튼 니들이 그렇지.

결국 미국 도람프에게 전화가 왔다.

"왜요?"

〈6권에서 계속〉